HEYNE
BÜCHER

Das Buch

Kansas in den 30er Jahren. Der Patchwork-Club, eine eingeschworene Frauenclique in der Farmgegend von Harveyville, trifft sich einmal wöchentlich zum Handarbeiten. Diese Treffen, die einem gleichbleibenden Ritual folgen, sind wie bunte Farbtupfer im Alltag der Frauen. Im Club spielt Patchwork jedoch nicht die Hauptrolle. Vielmehr tauscht man Neuigkeiten aus, bespricht Probleme, erteilt Ratschläge, es wird gelästert und viel gelacht. Jede Schrulligkeit findet ihren Platz, und Solidarität ist höchstes Gebot.

Mit Rita, der »Neuen« aus der Stadt, kommt frischer Wind in den Club. Rita provoziert mit ihren ungewöhnlichen Ansichten, kann Handarbeiten nicht ausstehen und ist vielmehr an den Geschehnissen hinter den Kulissen des einfachen Landlebens interessiert. Als ein Mord entdeckt wird – der Mann einer der Patchwork-Frauen, der als vermißt galt, wird tot aufgefunden – bekommt Rita von einer Zeitung den Auftrag, einen Artikel darüber zu schreiben. Die Zeit der Langeweile ist vorbei, und sie stürzt sich mit Feuereifer in die Ermittlungen. Doch als sie ihren Freundinnen schließlich triumphierend den Mörder präsentieren will, erlebt sie eine ungeahnte Überraschung…

Ein herrlich frischer Roman über Frauensolidarität und Frauenfreundschaft, mit wunderbar skurrilen Figuren und voller hintergründigem Humor.

Die Autorin

Sandra Dallas hat sich mit ihrem ersten Roman, *Busters Café*, der auch ins Deutsche übersetzt wurde, bereits einen Namen gemacht. Ihr dritter Roman, *Das Tagebuch der Mattie Spencer*, liegt als Hardcover ebenfalls im Heyne-Verlag vor. Die Autorin arbeitet als Journalistin für *Business Week* und *Denver Post* und hat zahlreiche Sachbücher veröffentlicht. Sie lebt in Denver, Colorado.

SANDRA DALLAS

DER CLUB DER PATCHWORK-FRAUEN

Roman

Aus dem Amerikanischen
von Susanne Höbel

WILHELM HEYNE VERLAG
MÜNCHEN

HEYNE ALLGEMEINE REIHE
Nr. 01/10473

Titel der Originalausgabe:
THE PERSIAN PICKLE CLUB
erschienen bei St. Martin's Press, New York

Umwelthinweis:
Dieses Buch wurde auf
chlor- und säurefreiem Papier gedruckt.

Printed in Germany 1997
Umschlagillustration: Larry McEntire
Umschlaggestaltung: Atelier Ingrid Schütz, München
Satz: Leingärtner, Nabburg
Druck und Bindung: Pressedruck, Augsburg

ISBN 3-453-13054-5

Für Mary Dallas Cole.
Schwestern hat man,
wie Freunde, sein ganzes Leben.

Danksagung

Kurz nach der Heirat meiner Eltern im Jahre 1933 verlor mein Vater seinen Arbeitsplatz, und er und meine Mutter zogen auf die Farm meiner Großeltern in Harveyville, Kansas. Ein Nachbar bot meinem Vater einen Dollar als Tagelohn. Mein Vater arbeitete so hart, daß er bereits mittags fertig war, und so bekam er nur einen halben Dollar – das war der einzige Verdienst in einem ganzen Sommer. In unserer Familie nannten wir ihn den »Fünfzig-Cents-Sommer«. Der Rest von *Die Frauen vom Patchwork-Club* ist frei erfunden.

Wie die Teile eines Quilts steuerten Freunde die Elemente dieses Buches bei. Meinen Eltern danke ich für die Geschichten, die die Stoffteile sind, meiner wunderbaren Agentin, Jane Jordan Browne, und ihrer Assistentin, Danielle Egan-Miller, für das Design; Marjorie Baxter und den United Methodist Quilting Ladies aus Harveyville für das Zusammensetzen der Teile; Bob, Dana und Kendal für ihre Warmherzigkeit und ihre Beständigkeit und meiner Lektorin, Jenny Notz, dafür, daß sie alles zusammengenäht hat.

Kapitel
1

Als Rita die Mitglieder des Patchwork-Clubs zum ersten Mal sah – so erzählte sie mir, nachdem wir uns besser kennengelernt hatten –, kamen wir ihr wie eine Schar Bruthennen vor. An jenem Morgen war sie ins Hühnerhaus gegangen, um die Eier einzusammeln, und mußte sich über Bruthennen belehren lassen. Das Glück war Rita an dem Tag wohl nicht hold, denn Agnes T. Ritter wurde Zeugin, wie Rita unter einem Hahn nach einem Ei guckte, und gab ihr dann auf die typische Agnes-T.-Ritter-Art zu verstehen, warum sie da keine Eier finden würde. Dann sagte sie noch, Rita solle die brütenden Hennen in Ruhe lassen, es sei denn, sie wolle gebratene Küken zum Frühstück.

Wie konnte denn jemand erwarten, daß Rita über Hennen Bescheid wußte, wenn sie noch nie zuvor auf dem Lande gelebt hatte? Wie die meisten Städter interessierte sich Rita nicht dafür, wo die Eier herkamen, und nachdem sie herausgefunden hatte, wie sich das mit den Eiern verhielt, verging ihr die Lust darauf ganz gehörig. Rita war eine schicke junge Frau aus Denver, die auf dem College wichtigere Dinge zu tun hatte, als über Hühner nachzudenken; zum Beispiel wollte sie lernen, wie man eine berühmte Journalistin wird. Ich hatte noch nie eine Frau gekannt, die etwas anderes sein wollte als eine Farmersfrau.

Rita hatte recht, daß wir wie Glucken im Hühnerstall wirkten. Wir saßen um Ada Junes Eßtisch und gackerten, als Rita hereinkam. Es fielen uns fast die Augen aus dem Kopf, so daß man denken konnte, wir seien blöd genug, um mit gekochten Spaghetti zu stricken. Ich hörte auf zu nähen, und meine Hand blieb mitten in der Luft stehen, und zwar so lange, bis Mrs. Judd sagte: »Leg die Nadel hin, Queenie Bean, und glotz nicht so!«

Na ja, was soll ich sagen, ich war nicht die einzige, die glotzte! Selbst Mrs. Judd guckte angestrengt mit tränenden Augen durch ihre kleine Goldrandbrille. Wie sollte es auch anders sein? Keine von uns konnte umhin zu staunen. Wir hatten alle gehört, daß Toms Frau eine Schönheit sei. Grover kam sofort, nachdem er Rita bei den Ritters kennengelernt hatte, nach Hause und sagte, seit dem letzten Regen hätte es keinen schöneren Anblick gegeben – nicht, daß er sich gut an den letzten Regen erinnern konnte oder daß er ein gutes Urteilsvermögen hatte, wenn es um Schönheit ging. Er findet ja auch Lottie, unsere neue zweijährige Jungkuh mit dem gescheckten Fell, schön.

Bei Toms Frau hatte Grover allerdings recht. Rita war hübsch wie ein Rosinenkuchen. Sie hatte Locken von der Farbe frischer Butter, ganz anders als meine glatten, braunen Haare mit dem Pagenschnitt, und Augen so groß und rund wie Kekse. Rita war zierlich. Ich bin auch nicht groß, aber verglichen mit mir war Rita gerade mal eine halbe Portion, kaum mehr als einsfünfundfünfzig und nicht schwerer als fünfundvierzig Kilo. Ihre Hände waren klein wie die eines Kindes, weich und warm, und die Nägel lackiert. Sie roch auch gut, nicht einfach nach einem Tropfen Vanille hinter dem Ohr, so wie ich, sondern nach richtigem Parfum, einem von den guten, wie man sie in den Drugstores in Topeka bekommt. Es stimmte, wir waren

Glucken – und Rita ein Kolibri. Sie anzusehen, war für uns das reine Vergnügen.

Für uns alle, außer für Agnes T. Ritter. Sie stand hinter Rita, wie immer mit säuerlicher Miene, als blase der Wind den strengen Geruch eines Misthaufens genau in ihre Richtung. Wenn Präsident Roosevelt aus seinem Rollstuhl aufstehen und sie zum Tanz auffordern würde, würde sie so tun, als müsse sie mit einem Tagelöhner tanzen. Mit gekräuselten Lippen betrachtete Agnes T. Ritter Ritas Kleid, das so zart war wie ein Taschentuch und aus Spitze und roter Seide bestand. Ich konnte den Träger des roten Unterkleids sehen und nahm mir vor, Ada June zu fragen, wo man rote Unterkleider kaufen konnte. Grover würde denken, ich sei übergeschnappt, wenn ich rote Unterwäsche tragen würde. Wir zogen uns immer gut an, wenn wir unsere Clubnachmittage hatten, aber keine von uns trug so ausgefallene Sachen wie Rita, und schon gar nicht Agnes T. Ritter, die Hauskleider für einen Dollar neunundvierzig aus dem Spiegel-Katalog kaufte und ihre Unterkleider selbst nähte. Es spielte allerdings auch keine Rolle, was sie trug, sie war so knorrig wie ein Waschbrett. Agnes T. Ritter, du bist bestimmt eifersüchtig, dachte ich.

In dem Augenblick beschloß ich, mich mit Rita anzufreunden. Sie könnte eine Freundin gebrauchen, wo doch Agnes T. Ritter ihre Schwägerin war. Und da Ruby nach Kalifornien gegangen war und nie mehr zurückkommen würde, brauchte ich eine beste Freundin, die in meinem Alter war.

»Das ist Rita, Toms Frau«, sagte Mrs. Ritter, die Agnes T. Ritters Mutter und Ritas neue Schwiegermutter war. Wir wußten natürlich, daß Rita Rita war, aber wahrscheinlich hielt Mrs. Ritter es für eine gute Idee, sie vorzustellen, da keine von uns ein freundliches Wort gesagt hatte. Unser gutes Benehmen war uns ebenso abhanden gekommen wie Rita ihr Glück an jenem Morgen.

Ich sprach als erste, wie immer. Ich glättete die Borte an meinem Kleid und sagte: »Ich bin Queenie Rebecca Bean, die Frau von Grover. Wir sind froh, daß Tom wieder da ist und dich mitgebracht hat, denn Tom ist Grovers bester Freund, obwohl Grover ja Farmer geworden ist und nicht auf der Universität war. Wir leben richtig auf dem Lande, drei Farmen von eurer entfernt, in dem gelben Haus, das wie getrocknetes Eigelb aussieht. Im Herbst, wenn die Weiden gelb werden, leuchtet es noch viel mehr. Grover sagt immer, es ist, als würden wir in einer Zitrone leben.« Ich hörte nur so lange auf zu sprechen, wie ich zum Luftholen brauchte, und fügte dann hinzu, bevor jemand anders etwas sagen konnte: »Willkommen im Patchwork-Club! Ich bin das jüngste Mitglied.« Grover findet immer, ich werde zu einer richtigen Vielsprecherin, wenn ich nervös bin. Wenn er unsicher ist, sagt er kein Wort, also sind wir zusammen ungefähr normal.

Rita fuhr sich mit der Zungenspitze über die Oberlippe und beobachtete mich aus den Augenwinkeln.

»Eine Gruppe von Weiden, das gefällt mir«, warf Opalina Dux ein, die fast jedesmal, wenn sie den Mund aufmachte, etwas Merkwürdiges sagte, also beachteten wir sie nicht.

Ada June Zinn, die an jenem Tag die Gastgeberin war, sagte: »Ich schätze, Queenie hat für uns alle gesprochen. Willkommen im Patchwork-Club!«

Rita streckte die Hand aus, und Ada June starrte darauf, bis Mrs. Judd sagte: »Nun nimm sie schon, Ada June. Dazu ist sie da.« In Harveyville gaben sich die Frauen nie die Hand. Ada June wußte nicht genau, was sie tun sollte, also legte sie ihre Fingerspitzen auf Ritas Handfläche. Rita machte die Runde und gab uns allen die Hand, und als die Reihe an mich kam, nahm ich die Hand und drückte sie fest, woraufhin Rita mir zuzwinkerte.

Als Rita allen die Hand geschüttelt hatte, setzten Mrs. Ritter und sie sich auf die beiden freien Stühle am Ende des Tisches. Es dauerte einen Moment, bevor Ada June bemerkte, daß sie beim Stühleaufstellen Rita nicht mitgezählt hatte. Es fehlte also einer, und Agnes T. Ritter konnte sich nicht setzen. Ada June sprang auf und holte einen alten Küchenstuhl, und wir rückten alle zusammen, um Platz zu machen. Übergangen zu werden ist die Geschichte von Agnes T. Ritters Leben.

»Hast du was zum Nähen mitgebracht?« fragte Mrs. Judd Rita. Mrs. Judd wußte natürlich, daß Rita nichts dabei hatte. In ihrer winzigen Handtasche hätte Rita nicht einmal eine Nähnadel untergebracht.

»Oh«, sagte Rita, »ich kann nicht nähen.«

Noch nie hatte ich eine Frau kennengelernt, die nicht nähen konnte. Keine von uns kannte so jemanden, und wir starrten Rita wieder an, bis Ceres Root mit einem netten Lächeln sagte: »Ihr modernen Frauen habt soviel Interessantes zu tun. Heutzutage gibt es eigentlich keinen guten Grund mehr, dreizehn Quiltdecken zu machen, bevor man heiratet, wie ich das tun mußte, als ich jung war.« Wir nickten alle, außer Mrs. Judd, die nicht zu denen gehörte, die sich für andere Menschen Ausreden ausdachte. Auch Agnes T. Ritter nickte nicht. Selbst hundert Quiltdecken würden ihr nicht helfen, einen Ehemann zu finden.

»Nähen ist kinderleicht«, erklärte ich, »das lernst du im Handumdrehen.«

Agnes T. Ritter schnaubte. Sie öffnete ihren Arbeitskorb, holte eine Socke hervor und zog sie über ihr Stopfei. »Du könntest es mit Stopfen versuchen. Ich hoffe, ich werde nicht für den Rest meines Lebens deinem Mann die Socken stopfen müssen.«

Agnes T. Ritter war die einzige, die ihr Stopfzeug oder eine gewöhnliche Näharbeit zum Clubtreffen mitbrachte, wenn wir die freie Wahl hatten. Freie Wahl bedeutete, daß die Gastgeberin keine Decke für uns hatte, an der wir arbeiten konnten, so daß wir unser eigenes Patchwork oder eine andere Handarbeit mitbrachten. Wir mochten es, wenn es freie Wahl gab, weil wir dann die Muster der anderen Clubmitglieder sehen konnten und Gelegenheit hatten, Stoffreste zu tauschen. Von den Club-Frauen gab es keine Patchworkdecke, in die nicht Stoffteile von allen anderen eingearbeitet waren. Dadurch war ein Teil von uns in den Decken der anderen verewigt, so wie wir auch Teil im Leben der anderen waren.

Agnes T. Ritter war eine ebenso gute Patchwork-Näherin wie wir alle – außer Ella natürlich. Keine war so gut wie Ella. Aber Agnes T. Ritter konnte keine Muster entwerfen. Sie setzte große Quadrate aus Wollstoffen, die sie aus alten Hosen und Decken herausgeschnitten hatte, zu einfachen Überwürfen zusammen und fütterte sie nicht einmal. Wenn man unter einer ihrer Decken lag, glaubte man, mit einem Bügeleisen zugedeckt zu sein. Außerdem nähte sie die Flecken lieber mit der Nähmaschine zusammen als mit der Hand. Agnes T. Ritter war nicht zur Patchworkarbeiterin geboren wie wir anderen. Wir würden lieber an unserem Patchwork arbeiten als essen, selbst in diesen schlechten Zeiten, wenn manch einer keine rechte Wahl hatte. Ich hoffte, Rita würde Patchwork im Laufe der Zeit genausoviel Spaß machen wie mir.

»Wenn Rita nichts zu nähen hat, kann sie uns ja vorlesen«, sagte Mrs. Judd.

»O Septima«, warf Nettie Burgett ein, als sie den Faden

an dem Geschirrtuch, das sie gerade bestickte, abbiß. »Können wir das Vorlesen nicht diesmal lassen? Wir wollen Rita doch kennenlernen.«

Mrs. Judd antwortete nicht, sondern betrachtete Nettie nur eindringlich durch ihre dicken Brillengläser, bis Nettie errötete und den Blick auf ihre Näharbeit senkte. Mrs. Judd erinnerte uns gerne daran, daß der Patchwork-Club auch dazu ins Leben gerufen worden war, damit wir uns bildeten, und nicht nur, damit wir Bettdecken machten.

»Es macht mir nichts aus vorzulesen«, sagte Rita. Vermutlich hatte sie es satt, angestarrt zu werden und Fragen gestellt zu bekommen. Vielleicht hatte sie Angst, daß wir alle wie Agnes T. Ritter waren und anfangen würden, sie zu kritisieren.

»Du kannst etwas aus *One Hundred and One Famous Poems* aussuchen«, meinte ich. Es war das einzige Buch in Ada Junes Haus, abgesehen von der Bibel, einem Wörterbuch und einem Lexikon, das aus den Bänden A bis C und P bis R bestand. Wir hatten schon alle Gedichte in dem Band gehört, aber das war immer noch besser als die Bibel. Ich wünschte mir aber, daß Mrs. Judd eines Tages das Lexikon von P bis R aufklappen und vorschlagen würde, daß wir etwas über die Pygmäen lesen sollten, die nackt herumliefen. Ich hatte das Bild gesehen, und Ella, die mir über die Schulter geguckt hatte, auch. Sie hatte gekichert und dann wie ein ungezogenes Schulmädchen die Hand auf den Mund gelegt. Ella hatte ein kindliches Gemüt und erfreute sich in letzter Zeit an den merkwürdigsten Dingen.

Ada June reichte den Gedichtband zu Rita hinüber, die darin blätterte und dann eine Passage leise für sich las.

»Lies laut«, befahl Mrs. Judd, worauf Rita errötete und Agnes T. Ritter kicherte.

»Es ist von Carl Sandburg«, sagte Rita.

»Ach, das ist doch kein richtiges Gedicht. Lies was, was sich reimt«, erwiderte Mrs. Judd.

»Vielleicht könntest du ›Trees‹ lesen?« schlug ich vor.

»Das kennst du doch auswendig, Queenie«, sagte Mrs. Judd. »Lies *Paul Revere* von Longfellow.«

Wir anderen seufzten. *Paul Revere's Ride* war Mrs. Judds Lieblingsgedicht und dauerte mindestens eine Stunde. Es gab zwar einen guten Rhythmus fürs Nähen vor, aber ehrlich gesagt mochte ich es nicht mehr hören.

Rita las, bis sie heiser war, während wir nähten und träumten und bei der Arbeit kleine Geräusche machten. Wenn Nettie einen Faden abschnitt, hörte sich ihre Riesenschere wie eine Drahtzange an. Opalinas feuchte Nadel quietschte ab und zu, wenn sie durch den Stoff stach. Opalina hat immer sehr schwitzige Hände. Die Patchwork-Teile, die Forest Ann verarbeitete, knisterten und raschelten. Sie machte eine Decke mit dem Thema »Großmutters Blumengarten« und hatte alle Fünfecke mit Papierstücken derselben Größe hinterlegt, die sie aus alten Briefen ausgeschnitten hatte. Mrs. Judd nähte zum Rhythmus des Gedichts, wobei sie die Nadel in winzigen Stichen durch den Stoff ihres Patchwork-Vierecks zog. Ich habe nie verstanden, wie eine Frau mit Händen so groß wie Bussardklauen solch feine Stiche machen konnte.

Mit Sicherheit gab es kein Gedicht, das länger war als *Paul Revere's Ride*, und als Rita schließlich die letzte Zeile gelesen hatte, nahm Ada June ihr das Buch aus der Hand und sagte: »Ich habe den Wasserkessel aufgesetzt. Hilfst du mir, die Erfrischungen aufzutragen, Rita?«

»Ich helfe auch«, erklärte ich und legte mein Nähzeug hin, bevor Mrs. Judd etwas dagegen einwenden konnte. Man brauchte nicht drei Leute, um die Erfrischungen zu servieren, aber ich wollte Rita sagen, daß sie sich nicht über Mrs. Judd ärgern sollte, weil die eigentlich ganz nett war, wenn man sie näher kennenlernte. Auf sie war Verlaß. Es gab keinen, der verläßlicher war als Septima Judd, aber eigentlich traf das auf alle Patchwork-Frauen zu.

Ada June dachte wohl dasselbe, denn als ich in die Küche kam, hörte ich, wie sie Rita zuflüsterte: »Mach dir nichts aus Mrs. Judd. Hunde, die bellen, beißen nicht. In ganz Kansas gibt es keinen besseren Menschen als Mrs. Judd.«

»Wenn du es mit Agnes T. Ritter im selben Haus aushältst, dann ist Mrs. Judd kein Problem«, fügte ich hinzu und zupfte einen Faden von meinem Kleid.

Darüber lachte Ada June hinter vorgehaltener Hand, band sich die Schürze um und ging zum Kühlschrank, um den Brotpudding zu holen – ihre Spezialität. Sie war keine besonders gute Hausfrau, ihre Stiche beim Patchwork waren so groß, daß man mit dem Zehennagel darin hängenbleiben konnte, und nach sechs Kindern war sie so unförmig wie ein Sandhügel in Kansas, aber Ada June Zinn machte einen ganz ausgezeichneten Brotpudding. Buck Zinn sagte, er war hoffnungslos verloren, als er den zum ersten Mal probiert hatte. Auf einem Fuchs namens Roxie ritt Buck eines Tages auf seinem Weg nach Wyoming, wo er sich als Cowboy verdingen wollte, durch Harveyville. Dann sah er Ada June auf ihrer Veranda sitzen und hielt an, um ein paar Worte mit ihr zu wechseln. Er blieb zum Abendessen und bekam eine Portion von Ada Junes Brotpudding; dann nahm er einen Nachschlag und erkundigte sich, ob jemand in Harveyville einen Tagelöhner brauchte.

»Warte, bis du von Ada Junes Brotpudding gekostet hast. Sie ist dafür berühmt«, sagte ich. Als ich Ada June erröten sah, wußte ich, daß sie den Brotpudding Rita zu Ehren gemacht hatte, also hob ich es noch einmal besonders hervor. »Mit dem Brotpudding ist es genauso wie mit dem Patchwork. Ada June und ich können denselben Stoff und dasselbe Muster nehmen, aber unsere Decken sind so unterschiedlich wie Sonne und Mond. Ich nehme altes Brot, Milch und Eier, aber mein Brotpudding ist so langweilig wie Mehlsuppe, und Ada Junes ist so gut, daß er bei der Landwirtschaftsmesse den ersten Preis gewinnen könnte. Das heißt, das würde er, wenn auf der Messe Preise für Brotpudding vergeben würden. Du verstehst doch, was ich meine, oder?«

»Brotpudding habe ich noch nie gemacht. Ich mag ihn auch nicht besonders«, erwiderte Rita.

Natürlich konnte Rita nicht wissen, daß sie Ada June damit beleidigt hatte, weil sie nicht wußte, wie außergewöhnlich dieser Brotpudding war. Ich tätschelte Ada Junes Arm und rief ins Wohnzimmer hinüber: »Ratet mal, was es als Erfrischung gibt.«

Alle anderen lobten Ada Junes Brotpudding genauso überschwenglich, wie ich es getan hatte. Ella klatschte in die Hände und rief: »Mein Lieblingsessen!« Die anderen legten ihre Handarbeit zur Seite, damit sie auf ihrem Schoß Platz für den Teller hatten. Ada June, Rita und ich trugen die Schüsseln ins Zimmer, und außer lobenden Bemerkungen war kein Wort zu hören, bis der Brotpudding verzehrt war und Ada June das Geschirr wieder einsammelte. Ceres Root, das einzige noch lebende Gründungsmitglied des Patchwork-Clubs, steckte sich die letzte Rosine in den Mund und fragte Rita, ob sie Tom am College kennengelernt habe.

Rita warf Agnes T. Ritter einen Blick zu und sagte dann: »Er kam immer in das Koffee Kup Kafé, in dem ich bediente. Tom kam rein, trank einen Kaffee und legte mir fünfundzwanzig Cent Trinkgeld hin. Das tat er eine ganze

Woche lang jeden Tag. Dann hat er mich ins Kino eingeladen. Es lief *Son of Kong.*«

»Wie romantisch«, flüsterte Ella Crook. Sie war klein und dünn und errötete immer, wenn sie sprach, als ob sie nicht hätte sprechen dürfen. Wir mußten uns Mühe geben, sie zu verstehen, aber das taten wir auch, denn sie sprach nicht oft. Außerdem liebten wir sie sehr.

»*Son of Kong* ist überhaupt nicht romantisch. Erinnerst du dich nicht? Wir haben ihn in Topeka gesehen«, meinte Mrs. Judd. Sie war die poltrigste von den Patchwork-Frauen, und es war nicht leicht, es ihr recht zu machen, aber in all den Jahren, die ich sie kannte, hatte ich nie gehört, daß Mrs. Judd Ella über den Mund gefahren wäre.

»Mir hat dieser Affe gefallen«, erwiderte Ella, errötete und nahm ihre Näharbeit wieder auf.

»Ritas Café war eins von denen, die noch nie was von gesunder Ernährung gehört haben und Café mit einem K schreiben«, sagte Agnes T. Ritter. Sie dachte, wir würden darüber die Stirn runzeln, aber ich fand Kafé mit K cool. Oder sogar kool. Rita würde sich vielleicht über diesen kleinen Witz amüsieren, und ich hoffte, ich würde nicht vergessen, ihn ihr zu erzählen. Außerdem nahm ich mir vor, sobald ich mit der Hochzeitsdecke fertig war, eine »Koffee-Kup-Decke« zu nähen. Du wirst dich noch wundern, Agnes T. Ritter!

»Ich dachte, du warst auf der Universität«, sagte Forest Ann Finding. Forest Ann war Witwe und die Schwägerin von Nettie, denn Nettie hatte Forest Anns Bruder Tyrone geheiratet. Forest Ann war immer noch hübsch und schlank, ihr Haar hatte die Farbe von reifem Mais, und ihre Nase war mit Sommersprossen besprenkelt, als hätte jemand Zimt daraufgestreut, während Nettie, obwohl sie jünger war, graue Haare und graue Haut hatte. Tyrone

Burgetts Frau zu sein war schwerer, als seine Schwester zu sein.

»Ja, das stimmt auch, aber ich habe nebenher gearbeitet. Nachdem Tom und ich geheiratet haben, habe ich ganztags gearbeitet, weil wir nicht genug Geld hatten, um beide zu studieren. Ich möchte meinen Abschluß machen, wie Agnes, aber in Englisch. Agnes hat einen Abschluß in Hauswirtschaftslehre.«

»Das wissen die anderen«, zischte Agnes T. Ritter. Sie hatte sich immer für etwas Besseres gehalten, obwohl Hauswirtschaftslehre nicht so wichtig war wie Unterrichten. Ich fand es dumm, soviel Geld auszugeben und dann auf dem College dasselbe zu lernen, was man ohnehin lernt, wenn man auf einer Farm aufwächst.

»Tom und ich haben kein großes Hochzeitsfest veranstaltet. Wir waren nur zu zweit. Ein Richter hat uns getraut, aber ich hatte ein neues rosafarbenes Kleid an.«

»Ein rosa Kleid bringt Kummer und Leid«, reimte Forest Ann.

»So geht das nicht«, sagte Nettie. »Es heißt: ›bringt Ärger und Neid‹.«

Rita hörte gar nicht zu. »Dann habe ich meine Stelle verloren …«, murmelte sie und brauchte den Satz nicht zu Ende zu sprechen. Wir verstanden sie auch so. Es waren schwere Zeiten für uns alle.

»Wir brauchten Tom auf der Farm«, sagte Mrs. Ritter schnell. »Wir hatten schon lange versucht, ihn zu überreden, wieder nach Hause zu kommen.«

»Also, ich auf jeden Fall bin froh, daß Tom wieder da ist«, verkündete ich.

»Das sind wir alle«, fügte Nettie hinzu. Aber das stimmte nicht. Wir waren alle froh, daß Tom wieder in Harveyville war und Rita mitgebracht hatte, aber wer in diesem Sommer auf die elterliche Farm zurückkehrte, dessen Aussichten waren nicht rosig. Die Ernte verdorrte, und der Wind blies den Staub von den Feldern, und auf einer Farm arbeiten war das letzte, was einer tun wollte. Ich sah aus dem Fenster, wie wir das alle von Zeit zu Zeit taten, weil ich hoffte, diejenige zu sein, die sagen konnte: »He, seht her, im Westen regnet es.« Aber es regnete nicht. Es regnete nie. Die Luft war heiß und trocken und staubig. Ich nahm meine Nadel in die Hand und fühlte den Staub darauf. Das Stück meiner Patchworkdecke, an dem ich arbeitete, war staubbedeckt, das galt auch für meine Hände, die so feucht wie Opalinas waren.

»Du bist in der Stadt aufgewachsen, was?« fragte Mrs. Judd.

Rita nickte. »Tom war sich nicht sicher, ob ich mich hier wohl fühlen würde. Einmal hat er mir einen Brief geschrieben und gefragt, ob mir dieser Teil von Kansas gefallen könnte oder ob ich mich wie im Himmel fühlen würde.« Rita errötete und senkte den Kopf. Ella atmete geräuschvoll ein, und ich fand, daß ich noch nie etwas so Schönes in Ada Junes Band mit den hundertundeins Gedichten gelesen hatte. Kein Wunder, daß Rita sich in Tom verliebt hatte.

»Und, ist es so?« wollte Ella wissen, worauf wir alle lachten, selbst Mrs. Judd. Ella sah verwirrt auf.

Wir fuhren mit unserer Arbeit fort, eine Weile war es still. Dann räusperte sich Mrs. Judd, und ich fragte mich schon, was jetzt kommen würde. »Pfarrer Olive hat sich an mich gewendet«, sagte sie, worauf ich leise stöhnte. Ich war nicht die einzige. Foster Olive war der Geistliche der Harveyville Community Church, in die sogar die Katholiken kamen, weil es das einzige Gotteshaus im Ort war. Grover sagte immer, er würde lieber dem Bellen eines Hundes zuhören als einer Predigt von Pfarrer Olive. Aber das war nicht der einzige Grund, warum ich ihn nicht mochte. Er hatte uns Frauen vom Club schon so oft gefragt, ob wir ihm eine Patchworkdecke machen würden, die er dann an unsere Ehemänner verlosen wollte. Mit dem Erlös würde er Gesangbücher oder einen extravaganten neuen Altar kaufen, als Ersatz für den, den Grovers Großvater geschnitzt hatte.

»Er ist wie eine unnachgiebige Frau. Er fängt immer wieder von vorne an«, murmelte Forest Ann.

»Worum geht's denn diesmal?« fragte Mrs. Ritter. »Ich hätte ja nichts dagegen, wenn wir den Bedürftigen helfen würden, aber Foster will das Geld, um Dinge zu kaufen, die die Kirche nicht braucht.«

»Es wäre angebracht, daß er uns nach unserer Meinung fragt, wofür das Geld ausgegeben werden soll; schließlich sollen wir dafür sorgen, daß es zusammenkommt. Pfarrer Olive bittet ja auch unsere Männer nicht darum, Mais für den Herrn zu säen. Wie kommt er darauf, daß wir Patchworkdecken für Jesus machen wollen?« Nettie sah dabei Forest Ann an. Manchmal machte Nettie eine gotteslästerliche Äußerung, um Forest Ann in Verlegenheit zu bringen. Die beiden versuchten immer, sich gegenseitig auszustechen, obwohl ich wußte, daß sie sich nahestanden, näher übrigens, als sie Tyrone waren. Aber das überraschte niemanden. Wer wollte schon Tyrone Burgett nahestehen?

Forest Ann tat, als hätte sie nichts gehört, und Nettie fuhr fort: »Der Mann ist wie ein entzündeter Daumen, immer bei der Hand.«

Mrs. Judd reckte ihr Kinn mit den vielen kleiner Warzen, die wie Schraubenköpfe aussahen, und sagte: »Er will einen Kirchturm, so einen, wie sie jetzt für die Methodistenkirche in Auburn haben.«

»Aber der ist doch häßlich! Er sieht aus, als käme er aus

einer Fabrik für häßliche Kirchtürme«, bemerkte ich, worauf Rita laut auflachte. Alle drehten sich zu ihr um und schauten sie entgeistert an, denn es war kein Witz.

»Wie wollen wir ihm absagen?« fragte Mrs. Judd.

»Holla, sieht ganz so aus, als hätte Foster dir Gottesfurcht eingeflößt«, neckte Mrs. Ritter sie. Ich warf einen Blick hinüber zu Ada June, die die Hand vor den Mund hielt, um ihr Lächeln zu verstecken. Es gab nicht viele Menschen, denen Mrs. Judd nicht Paroli bieten würde, also mußte man Pfarrer Olive fast bewundern. Ich war allerdings enttäuscht, denn wenn Mrs. Judd nicht den Mut hatte, ihm zu sagen, wir würden keine Patchworkdecke für ihn machen, wer dann?

»Wir könnten ihm sagen, daß wir mit unserem eigenen Wohltätigkeitsprojekt zu tun haben«, sagte Nettie.

»Welches Wohltätigkeitsprojekt sollte das wohl sein?« schnaubte Mrs. Judd.

Einige Minuten dachten wir alle nach. Dann meldete ich mich zu Wort. »In Kansas City gibt es ein Heim, wo ledige schwangere Mädchen wohnen können, bis das Kind da ist. Wir könnten eine Patchworkdecke machen, um für sie Geld zu sammeln.«

Nettie und Forest Ann sahen sich an und runzelten die Stirn, äußerten aber keine Einwände, bevor sie nicht gehört hatten, was Mrs. Judd dazu sagen würde. Mrs. Judd nahm die Brille ab und rieb sich das Nasenbein, während sie nachdachte. Ich hielt den Atem an, bis sie sagte: »Das ist eine außergewöhnlich gute Idee, Queenie. Ich glaube, ich würde lieber solchen Mädchen helfen, als für einen Kirchturm sammeln.« Nettie und Forest Ann hörten auf, die Stirn zu runzeln, und nickten zustimmend.

»Wir könnten eine Decke mit dem Thema ›Steinige Straße nach Kansas‹ machen«, schlug Opálina vor.

»Nicht, wenn ich ein Wörtchen mitzureden habe«, gab Mrs. Judd zurück. »Ich habe schon so viele steinige Straßen in Kansas gesehen, daß ich sie nicht auf einer Patchworkdecke sehen will, und schon gar nicht auf einer, die den Gestrauchelten helfen soll.«

Bevor jemand anders einen Vorschlag machte, ergriff ich wieder das Wort: »Wir könnten eine Berühmtheitendecke machen. Dazu schickt man ein Stück Stoff an einen berühmten Menschen und bittet ihn, sein Autogramm daraufzuschreiben.« Im *Kansas City Star* hatte ich von Berühmtheitendecken gelesen und wollte seitdem immer eine machen. Aber wer würde sein Autogramm für mich auf ein Stoffstück setzen? Wenn aber die Decke für einen guten Zweck war, dann würden berühmte Menschen im ganzen Land ihre Namen einsenden. Ich sagte, daß wir eine Liste von den Menschen machen könnten, die wir bewunderten, und sie beim nächsten Treffen mitbringen sollten. Dann würden wir diesen berühmten Menschen einen Brief schreiben und erklären, wofür die Decke ist. Die anderen Frauen hielten das für eine gute Idee.

»Dazu kommt, daß berühmte Leute viel zu tun haben und nicht postwendend antworten werden. Also wird es ziemlich lange dauern, bis wir die Decke fertig haben, und bis dahin hat Pfarrer Olive den Kirchturm wieder aufgegeben oder anderswo das Geld dafür beschafft«, sagte ich.

»Außerdem«, fügte Ada June schlau hinzu, »wird es Pfarrer Olive bestimmt wurmen, wenn wir für ledige junge Mütter sammeln. Und Lizzy auch.«

Darüber mußten wir alle lachen.

»Was machen wir aber, wenn Foster Lizzy zu uns schickt, damit sie uns hilft?« fragte Opalina. »Müssen wir sie mitnähen lassen?«

»Von wegen! Überlaßt Lizzy ruhig mir«, sagte Mrs. Judd

und war auf einmal wieder ganz sie selbst. Sie warf einen Blick zu Ella hinüber, die niemals gemein war und ein- oder zweimal angemerkt hatte, daß es doch eine freundliche Geste wäre, Lizzy zu unseren Club-Treffen einzuladen. »Du brauchst gar nichts dazu zu sagen«, sagte Mrs. Judd zu Ella. »Dein Problem ist, daß du denkst, die Menschen seien netter, als sie es tatsächlich sind. Der Club wäre einfach nicht derselbe, wenn Lizzy dazukäme.«

Wir nickten alle. Lizzy Olive war mager wie Molke und genauso fade. Nichts wünschte sie sich mehr, als zu unseren Club-Treffen gebeten zu werden. Es war merkwürdig, wie sich Frauen gegenüber dem Club verhielten. Manche, wie Lizzy, würden sechs Monate Regen geben, um eingeladen zu werden, aber wir luden sie nicht ein. Andere, wie Netties Tochter Velma, gehörten automatisch dazu, weil ihre Mutter im Club war, aber sie kam nie.

Velma Burgett arbeitete im Hollywood Café in Harveyville, bis Tyrone davon hörte, wie sich die Männer um sie herum aufführten. Er gab ihr eine Ohrfeige, zerrte sie mit nach Hause und drohte, er würde sie verprügeln, wenn ihm je zu Ohren käme, daß sie wieder dort auftauchte. Wahrscheinlich hatte er Angst, sie würde wie er dem Alkohol verfallen. Forest Ann erzählte mir, daß Velma sich nachts davonstahl. Sie war wild wie Hanf, worüber sich Nettie und Forest Ann Sorgen machten, aber ich wußte, daß sie früher oder später zur Ruhe kommen würde. Wenn sie erst einmal einen Mann gefunden hatte, würde sie auch zu unseren Treffen kommen. Durch die Ehe lernten Frauen andere Frauen mehr schätzen.

Es gab auch Streit im Patchwork-Club. »Liebe Güte, wir wären ja todlangweilig, wenn es keinen gäbe«, sagte Mrs. Ritter einmal zu mir. Doch wenn eine von uns in Not war, dann bekam sie von uns die Hilfe und das Verständnis, das ihr kein Mann geben konnte. Es gab nichts, was wir uns nicht gegenseitig anvertrauen konnten, kein Geheimnis, das wir nicht bewahren konnten.

Forest Ann hatte wahrscheinlich ähnliche Gedanken, denn sie sagte: »Lizzy ist so eine Tratschtante. Also, wenn sie nur die geringste Ahnung –«

»Sei still!« unterbrach Nettie sie und warf einen Blick auf Rita.

Ada June wechselte das Thema. »Ich hab' hier was für dich, Rita.« Sie stand auf und ging zum Buffet. Sie nahm einen Umschlag aus einer Schublade und reichte ihn Rita. »Hier ist meine Schablone für eine Neunerdecke. Das ist ein gutes Schnittmuster für den Anfang.«

Ich wünschte mir, ich hätte daran gedacht. »Neunerdecken sind kinderleicht, und es geht schnell«, sagte ich zu Rita. »Sie bestehen aus neun Vierecken, jeweils drei in einer Reihe. Drei längs und drei hoch. Deswegen sagt man Neunerdecke. Du machst ein großes Quadrat aus neun kleinen, und das legst du dann neben ein Quadrat, das so groß ist wie dieses Neuner-Quadrat.«

»Ach, wie in Geometrie«, antwortete Rita. Wir freuten uns alle, daß sie es gleich verstanden hatte.

»Ich denke immer an Maisfelder neben Weizenfeldern«, ergänzte Ceres und rieb sich die Hände. Die waren von Arthritis verkrüppelt, und Ceres konnte nicht mehr so nähen wie früher, aber sie kam trotzdem zu den Clubtreffen. Sie sagte, für sie sei es der Tod, wenn sie das Patchwork aufgeben würde.

»Wenn es keine Dürre gibt und man den Unterschied zwischen Mais und Weizen erkennen kann«, wandte Mrs. Judd ein, und wir seufzten alle.

»Nur zu wahr«, sagte Mrs. Ritter. »Vielleicht sollte die Neunerdecke in Schwarz und Braun gehalten sein.«

»Ich könnte Gelb und Weiß nehmen«, fand Rita, nachdem sie die Stoffreste betrachtet hatte. »Ich kaufe den Stoff, wenn ich das nächste Mal mit Tom in die Stadt fahre.«

Einen Moment lang sprach keine von uns. Rita mußte noch eine ganze Menge über das Patchwork lernen. Man ging nicht einfach hin und kaufte die Stoffe, selbst wenn man das Geld dazu hatte – was aber für die meisten von uns nicht zutraf. Man machte Patchworkdecken aus dem, was man bei der Hand hatte, wie zum Beispiel geblümte Futtersäcke oder Reste, die übrigblieben, wenn man eine Bluse zugeschnitten hatte, oder man tauschte Stoffecken mit anderen. Es war eine besondere Freude, wenn man in einer Decke ein Stück von einem Kleid verarbeitete, das man beim eigenen Schulabschluß getragen oder das man von der Großmutter geerbt hatte. Forest Ann sagte, Patchworkdecken seien wie »gefundenes Geld«. Natürlich holte sich jede von uns mal in Flint Hills Home & Feed für fünf Cent einen zehn Zentimeter breiten Streifen eines Stoffes, den sie einfach haben mußte, aber man kaufte nicht meterweise Stoff, um daraus eine Patchworkdecke zu fertigen.

Das konnten wir Rita aber nicht erklären, weil es etwas war, was man nicht sagte, sondern einfach wußte. Und wer konnte so unhöflich sein?

Agnes T. Ritter natürlich, die konnte das. »Wahrscheinlich hat Tom irgendwo einen Topf mit Geld vergraben« – das war ihre Art, es auszudrücken. Agnes T. Ritter war die einzige von uns, die richtig gemein war.

Rita verstand sie nicht. Sie sah mich an – wie man eine Freundin ansieht, wenn man Hilfe braucht. Darüber freute ich mich.

»Wir sind es gewöhnt, unsere Vorräte zu strecken«, erklärte ich und sah mich in der Runde um. »Rita ist zu höflich, um uns um Reste zu bitten, aber ich denke, wir haben soviel, daß wir ihr helfen können.« Da ich mich nicht immer richtig ausdrückte, war ich sehr zufrieden damit, wie das geklungen hatte.

Ella stimmte mir voll und ganz zu. Noch während ich sprach, nahm sie ihre Schere und schnitt einen Flecken aus einem gelbgeblümten Stoff mit grünen Punkten aus. Der Flecken hatte genau die Größe von Ada Junes Schablone, obwohl Ella nicht nachgemessen hatte. Ohne ein Wort schob sie den Stoff mit ihrer Nadel zu Rita über den Tisch.

Und im Nu suchten wir alle in unseren Nähkörben nach den besten Stoffresten, alle, außer Agnes T. Ritter. Die hatte sowieso keine Reste. Ceres gab Rita ein Stück, das mit Kirschen bedruckt war, und sagte, es stamme aus dem Marshall Field's Laden in Chicago. Sie prahlte nicht. Sie wollte Rita nur sagen, daß es ein besonderer Stoff sei. Forest Ann reichte ihr ein Stück mit Windmühlen drauf in »diesem speziellen Grün«. Es war die Farbe von der Emailumrandung an meinem Herd und an Mrs. Judds Doppelboiler, und sie kam in allen modernen Stoffen vor.

Dann gab Opalina ihr ein Stück goldfarbenen Samt, auf das sie an diesem Nachmittag für ihre Restedecke ein Stiefmütterchen gestickt hatte. »Das kannst du zu einem kleinen Quadrat zurechtschneiden und in deine Neunerdecke einsetzen«, sagte sie. Natürlich war Samt in einer gewöhnlichen Neunerdecke aus waschbarem Material fehl am Platz, aber es war die Geste, die zählte, und später, als Rita längst nicht mehr da war und Mrs. Ritter die Decke für uns zum Unterfüttern bereitlegte, nähte ich das Samtviereck mit dem Stiefmütterchen ein. Als die Decke fertig war, legte Mrs. Ritter sie in der Küche auf den Schaukelstuhl, und wenn ich zu Besuch kam, suchte ich erst nach dem gelben Zickzackmuster, das ich

Rita an jenem Tag gegeben hatte, und dann nach dem Stiefmütterchen.

Die Zeit verging bei unseren Treffen immer schnell, doch an jenem Tag verflog sie regelrecht. Selbst Mrs. Judd, die meistens das Zeichen für den Aufbruch gab, bemerkte nicht, wie spät es war. Erst als die Wohnzimmeruhr schlug, fiel uns auf, daß wir eine Stunde länger als sonst zusammengesessen hatten.

»Ach du jemine, es ist fünf!« rief Forest Ann und klang so unglücklich, als hätte sie gesehen, wie sich ein Sandsturm über dem Haus zusammenbraute. Ada June und ich sahen uns an, und Nettie machte plötzlich ein böses Gesicht, aber ob sie damit ihre Mißbilligung Forest Ann gegenüber äußern oder uns warnen wollte, daß wir den Mund hielten, war mir nicht klar. Von uns hätte sowieso keine ein kritisches Wort über die Lippen gebracht. Wenn Forest Ann diesen Mann jeden Abend um fünf Uhr in ihrem Haus empfing, dann war das ihre Sache, und nicht unsere, auch wenn er verheiratet war.

»Manchmal wünschte ich mir, ich müßte nicht jeden Tag meinem Mann das Essen kochen. Jetzt wäre es schön, den Abend mit meiner Näharbeit am Radio zu verbringen«, sagte Opalina. Damit wollte sie Forest Ann sagen, daß es manchmal nicht so schlimm war, Witwe zu sein. Aber ich sah nicht zu Forest Ann hinüber. Ich sah Ella an, die auch keinen Mann hatte. Sie hatte nicht einmal ein Radio, das ihr Gesellschaft leisten konnte. Auf der alten Crook-Farm gab es auch keinen Strom. Aber Ella machte das nichts aus. Sie nähte abends beim Licht einer Petroleumlampe – oder sogar bei Kerzenlicht, weil es so sei, als schienen im Haus die Sterne, meinte sie.

Auch Mrs. Judd sah Ella an. »Komm, meine Liebe. Du kannst bei mir zu Abend essen. Du bist bessere Unterhaltung als Prosper. Der spricht nur davon, daß die Saat vertrocknet.« Wir anderen seufzten, denn das war das einzige Thema, über das unsere Männer sprachen. Mrs. Judd steckte den Flecken von einem Zuckersack, auf den sie einen Schmetterling gestickt hatte, in ihre Handarbeitstasche und stand auf. »Was meinst du – wir könnten uns eine große Schüssel Popcorn zum Nachtisch machen, Ella, auch wenn es mitten im Sommer ist? Ich habe schon seit einer Ewigkeit kein Popcorn mehr gegessen.«

»Oh, ich liebe Popcorn!« erwiderte Ella.

Vor der Tür gab Rita wieder jeder von uns die Hand, und Ella konnte sich nicht zurückhalten, den Saum von Ritas Kleid berühren. »Wie Seide«, murmelte sie.

Mrs. Judd sagte zu Rita: »Wenn du etwas nähen lassen mußt, kannst du es zu Ella bringen. Sie ist die beste Näherin weit und breit.« Dann fügte sie hinzu: »Sie arbeitet hart.« Wir nickten alle, denn das war das größte Kompliment, das man einer Frau aus Kansas machen konnte. Man sagte nicht, daß sie hübsch oder klug sei. Man sagte, sie arbeite hart. Und Ella arbeitete wirklich hart. In ihrem bestickten weißen Kleid und den feinen Locken, die sich um ihr Gesicht ringelten, sah sie aus wie das Mädchen auf der Sahnebonbonschachtel von Whitman, aber sie war eine ganz normale Farmersfrau, spaltete Holz und schlachtete Schweine. Sie war kräftiger als sie schien – und älter. Sie war so alt wie Mrs. Judd, und die war über sechzig.

»Oh, das würde ich auch tun, aber ich werde selber nähen lernen«, sagte Rita und wurde rot. Damit drückte sie aus, daß sie so pleite war wie alle anderen in Kansas.

»Eine gute Idee.« Mrs. Judd öffnete die Fahrertür des gelben Packard, und Ella rutschte auf den Beifahrersitz. Die alte Limousine bekam Schlagseite, als Mrs. Judd sich auf das Trittbrett stellte. Beim Nähen hatte sie sich, weil ihr heiß geworden war, die Strümpfe heruntergerollt, und jetzt sah ich, daß sie vergessen hatte, sie wieder hochzuziehen. Ihre Beine waren rachitisch gekrümmt und weiß wie Birkenhölzer. Mrs. Judd sank in den Sitz neben Ella, ließ den Motor an, und wir sahen zu, wie der Packard auf die Straße rollte. Manchmal schaffte er es nicht, dann mußte Mrs. Judd am Motor herumbasteln.

»Ich muß immer an Mutt und Jeff denken, wenn ich Ella und Mrs. Judd zusammen sehe«, flüsterte Ada June.

»Oder Laurel und Hardy«, sagte ich.

»Oder Edgar Bergen und Charlie McCarthy?« schlug Rita vor. Wir drei lachten auf dem Weg zu meinem Wagen. Ich fuhr den Studebaker Commander, den Grovers Vater gekauft hatte, als die Farm noch genug zum Leben abwarf. Als ich die Tür öffnete, wußte ich, daß wir mit Rita mehr Spaß haben würden als mit einer Schuhschachtel voller junger Kätzchen, und ich drehte mich um, schloß sie in die Arme und sagte ihr, wie froh ich sei, daß sie jetzt in Harveyville lebte.

Darum geht es in dieser Geschichte – daß Rita nach Harveyville kam, wo sie beim Patchwork-Club mitmachte und die Bedeutung von Freundschaft erfuhr. Es geht natürlich auch um mich und darum, daß ich nie meinen Mund halten kann.

Kapitel
2

Als Grover heimkam, wußte ich sofort, daß etwas an ihm nagte. Ich wußte es, weil er mir nichts erzählte. Er sagte kein einziges Wort. So ist Grover nun einmal. Wenn er über etwas nachgrübelt, ist er still wie der frühe Morgen. Bei mir ist es genau andersherum, und zu sehen, daß er etwas auf dem Herzen hatte, machte mich so zappelig, daß ich unentwegt redete.

»Die Sahne hält sich bei dieser Hitze überhaupt nicht. Ich habe sie in den Kühlschrank gestellt, da hätte sie ja gut gekühlt sein müssen, aber als ich Butter machen wollte, war sie schon sauer. Ich mußte den Butterstößel mit kochendem Wasser reinigen, um den säuerlichen Geruch loszuwerden. Komisch finde ich nur, daß die Buttermilch sich prima hält. Ich verstehe gar nicht, daß sich die Buttermilch hält und die Sahne nicht. Vielleicht war sie schon sauer, als ich sie in den Kühlschrank gestellt habe.«

Grover erwiderte nichts, nahm lediglich seinen Hut ab und hängte ihn auf den Knauf der Lehne des Küchenstuhls, also redete ich weiter. »Das Brot ist auch schimmlig, dabei ist es erst zwei Tage alt, und schon ist Schimmel dran. Kannst du mir mal sagen, warum alles schimmelt, wenn es so trocken ist? Manchmal denke ich, ich kann das Korn da draußen hören, wie es ruft: He, Grover, gib uns was zu trinken.« Ich machte eine Pause, weil ich hoffte, Grover würde lachen, aber er wusch sich die Hände und nahm gar keine Notiz von mir. Beim Spülbecken lag eine kleine Bürste, mit der er über die Kernseife fuhr und sich anschließend die Knöchel schrubbte. Sein Hemd hatte auf dem Rücken einen langen feuchten Streifen in der Mitte, und auf seinem großen runden Kopf, da, wo sein Hut gesessen hatte, ringelten sich die Haare in feuchten Strähnen.

»Jetzt muß ich schon wieder den Kühlschrank ausräumen und mit Natronlauge reinigen, um diesen Schimmelgeruch rauszukriegen. Ich hasse das genauso wie den Gestank in der Tagelöhnerhütte. Da drinnen riecht es nach vermodertem Öltuch, egal, wie oft ich lüfte. Nach Öltuch und Melasse und alten Pfannkuchen. Aber wahrscheinlich ist es den Tagelöhnern egal, wie es riecht.«

»Hm-hm«, grummelte Grover schließlich, hörte aber immer noch nicht zu. Das Wasser lief ihm über die Hände, doch er bemerkte gar nicht, wie er es verschwendete. Er starrte einfach aus dem Fenster, starrte ins Nichts.

»Deshalb werde ich abhauen. Heute nachmittag werde ich nach Kansas City fahren, um dort im Varieté als Tänzerin anzufangen, oder vielleicht trete ich auch zum katholischen Glauben über und werde Nonne. Dann brauche ich mir nie wieder Gedanken darüber zu machen, was ich anziehen soll.«

»Willst du den Wagen behalten, oder soll ich dich nach Kansas City fahren, damit ich ihn wieder mitnehmen kann?« fragte Grover. Er drehte den Wasserhahn zu und wandte sich grinsend zu mir um. »Das Radio würde ich nämlich gerne behalten.« Er hatte einen ganzen Tag damit zugebracht, das Radio in den Studebaker einzubauen.

»Ich dachte, du hörst gar nicht zu.«

»Hab' ich auch nicht, bis es interessant wurde und du von

dem Varieté angefangen hast.« Er sprach es »Var-i-te« aus. »Ich glaube, ich würde mir eine Karte für die Vorstellung kaufen. Vielleicht würde ich ja zu einer Privatvorführung zugelassen.«

Ich streckte die Zehenspitzen und ließ mein Bein vor ihm kreisen – nicht zu hoch –, während Grover das Handtuch nahm und sich die Hände abtrocknete.

»Hast du Kummer?«

»Nur mit dir. Was ist los?«

»Wieso denkst du, daß was los ist?«

»Grover.« Ich seufzte. »Wir sind seit fünf Jahren verheiratet, und es könnten genausogut hundert sein, so gut, wie ich dich jetzt kenne. Entweder du erzählst mir, was es ist, oder du sagst, daß du es mir nicht erzählst, aber sag nicht, daß du nichts hast, denn ich weiß, daß das nicht stimmt.«

Grover fuhr sich mit den Fingern durch die Haare. Sie waren dünn wie der Weizen auf den Feldern, aber Grover war empfindlich, was seine Haare anging, deswegen erwähnte ich nie, daß er eine Glatze bekam. »Wie kommt's, daß du so schlau bist?« wollte er wissen, aber ich sagte nur, er solle nicht vom Thema ablenken.

»Haben wir Kekse?« fragte Grover. Da wußte ich, daß er es mir erzählen würde, sonst wäre er statt dessen nämlich in die Scheune gegangen, um dort zu grübeln.

»Ich habe Zuckerkringel und Siruplätzchen. Da sind die schwarzen Walnüsse drin, die wir letzten Herbst am Bach unten gesammelt haben.«

»Beide.«

Ich nahm den Teller mit dem Pflaumen-und-Pfirsich-Muster aus dem Schrank und türmte die Kekse darauf auf. Dann stellte ich die Kanne mit Buttermilch und ein Glas auf den Tisch. Außen an der Kanne liefen kleine Tropfen Kondenswasser herunter und bildeten auf der Tischdecke einen feuchten Ring. Ich zog die Schürze aus und setzte mich Grover gegenüber an den Küchentisch.

»Du machst die besten Kekse weit und breit, Queenie«, sagte er, steckte sich ein ganzes Sirupplätzchen in den Mund und spülte es mit Buttermilch herunter, dann aß er einen Zuckerkringel in zwei Bissen.

»Grover Bean, versuch nicht, dich herauszustehlen mit deinen Komplimenten.«

»Es wird dir nicht gefallen.« Grover nahm einen Zuckerkringel vom Teller, den ich ihm daraufhin wegzog. Grover wußte, daß er mir sagen mußte, was ihm durch den Kopf ging, bevor er einen weiteren Keks bekommen würde. »Am Bach unten sind Landfahrer.«

Ich stellte den Teller auf den Tisch, Grover legte seine Hand auf meine. Ich bereute, daß ich darauf bestanden hatte, es zu erfahren. Es gab kaum etwas, das mich mehr ängstigte als Landfahrer. Hierher, so weit ab von der Hauptstraße, kamen nur selten welche. Trotzdem, ab und zu sah ich Männer, die an der Farm vorbeikamen oder mit einem alten Auto voller Kinder langsam vorbeischlichen, als hielten sie Ausschau nach Dingen, die sie stehlen konnten. Manchmal kamen sie auch an die Tür und fragten nach Arbeit. Wenn Grover da war, gab er ihnen immer etwas zu essen mit, aber ich verriegelte jedesmal das Fliegengitter und rief nach Old Bob.

Ich wußte, daß die meisten von ihnen harmlos waren, aber manche waren auch verzweifelt und würden einen für einen Vierteldollar umbringen. In Kiowa County zum Beispiel hatte ein Landfahrer einen Farmer mit der Mistgabel aufgespießt, weil der ihn dabei ertappt hatte, wie er Kleider von der Wäscheleine stahl. Und mir wurden, als ich eines Tages kurz im Hühnerhaus war, drei Dollar und ein Sandwich mit Hackbraten vom Küchentisch gestohlen, und ich wußte, daß es jemand war, der an der Hintertür geklopft hatte, denn in Harveyville würde keiner außer Grover meinen Hackbraten essen. Ich hatte also guten Grund, mich vor Landfahrern zu fürchten.

»Haben sie etwa die Tagelöhnerhütte aufgebrochen?« fragte ich.

»Nein, sie haben beim Bach ein Zelt aufgeschlagen. Mehr nicht.«

»Ich hoffe, du hast sie gleich verscheucht. Du weißt, wie sehr mir Landstreicher zuwider sind.«

»Es sind keine Landstreicher, Queenie.«

Etwas an der Art, wie er das sagte, ließ mich aufblicken. »Na, meinetwegen Zigeuner. Das ist fast dasselbe.«

»Nein, es sind auch keine Zigeuner. Sie gehören nicht zu diesen Leuten. Es sind einfach Menschen. Aus den Bergen, arm wie die Kirchenmäuse. Sie haben wirklich nichts.«

»Du hast ihnen doch gesagt, sie sollen weiterziehen, oder?«

»Nein«, antwortete er und rieb sich den kleinen dunkelroten Fleck an seinem Kinn.

»Wir können solche Leute nicht auf unserem Land kampieren lassen.«

»Was meinst du mit ›solche Leute‹?« fragte Grover. Er nahm seine Hand von meiner, holte sich ein Sirupplätzchen und biß die Hälfte ab, wobei die Krümel auf die Tischdecke fielen. »Es sind Leute wie Ruby und Floyd, Leute wie du und ich.«

»Sag das nicht.«

Grover aß die andere Hälfte, strich die Krümel von der Tischdecke in seine Handfläche und warf sie in den Mund. »Ob es dir gefällt oder nicht, sie sind da. Aber von Gottes Gnaden –«

»Fang bloß nicht an zu predigen, Grover. Wirst du ihnen

sagen, sie sollen weiterziehen?« fragte ich. Grover sah mich so lange ohne zu antworten an, daß ich ganz nervös wurde. Also stand ich auf, nahm mir ein Glas aus dem Schrank und goß mir Buttermilch ein, aber ich weiß nicht, warum, denn ich mag keine Buttermilch. Grover nahm mir das Glas aus der Hand und stellte es auf den Tisch. »Du magst keine Buttermilch«, sagte er. »Sieh mich an.«

Grover sagte mir nicht oft, was ich tun sollte, also sah ich ihn an.

»Queenie, diese Leute sind keine Schnorrer. Sie sind ungefähr in unserem Alter, sie haben einen Jungen von kaum mehr als sechs oder sieben Jahren und ein Baby. Sie brauchen Hilfe. Es ist unsere Christenpflicht, ihnen zu helfen.«

»Du klingst wie Lizzy Olive«, erwiderte ich. Und als ich es sagte, dachte ich: Nein, das tut er nicht, aber ich klinge wie sie.

»Du meinst nicht, was du sagst, Queenie. Ich habe mit diesen Menschen gesprochen. Sie sind ganz normal, nur daß sie alles verloren haben. Sie tun mir leid, und ich möchte ihnen sagen, daß sie da unten am Bach kampieren können, so lange sie wollen. Vielleicht könnten wir ihnen die Tagelöhnerhütte anbieten.«

Ich starrte Grover wortlos an.

»Wir brauchen die Hütte nicht«, fügte er hinzu. »Es gibt keinen einzigen Grund, warum eine Familie in Not nicht eine Weile da drin wohnen kann.«

»Stellst du mich vor vollendete Tatsachen, oder fragst du mich nach meiner Meinung? Na ja, es ist ja deine Farm, also kannst du damit machen, was du willst.«

Grover seufzte, und ich wußte, daß er enttäuscht war. »Ich frage dich. Es ist *unsere* Farm. Das weißt du. Ich sage ja nicht, daß du sie zum Abendessen einladen mußt oder zu deinem Stech-und-Juck-Club.« Er hatte im Sommer angefangen, ihn so zu nennen, weil wir so viele Sandflöhe hatten. Als ich nicht lachte, fügte er hinzu: »Wenn du es wirklich willst, sage ich ihnen, sie sollen weiterziehen.«

Ich widersetzte mich Grover nicht gern, aber manchmal ist er einfach zu weich und glaubt jedem, der ihm von seinem Pech erzählt. Er konnte diese Leute nennen, wie er wollte, für mich waren sie Landstreicher. »In Missouri sind ein Mann und seine Frau gestorben, als ein Landstreicher ihr Haus in Brand gesteckt hat. Sie hatten ihn verjagt, und er hat gewartet, bis es dunkel wurde, und sie dann bei lebendigem Leibe verbrannt. Als man ihn geschnappt hat, hat er gesagt, es täte ihm nicht leid. Das habe ich letzte Woche in der Zeitung gelesen.«

»Diese Leute werden keinem etwas zuleide tun, wirklich nicht, Queenie, das verspreche ich dir.«

»So was kannst du gar nicht versprechen, weil du sie nicht kennst«, gab ich zurück.

»Aber immerhin kenne ich dich. Und du würdest dich nicht von jemandem abwenden, der bedürftiger ist als du, und genau das sind sie.«

»Wenn du Menschen helfen willst, die bedürftig sind, was ist dann mit Tom und Rita? Wir sollten erst einmal unseresgleichen unter die Arme greifen.«

»Tom und Rita haben vielleicht kein Geld, aber sie sind nicht arm. Außerdem wollen sie kein Zelt am Bach aufstellen.«

Es war nicht leicht, mich durchzusetzen, wenn Grover einen Entschluß gefaßt hatte, also lenkte ich ein: »Es kann ja nichts schaden, sie sich einmal anzusehen.«

Grover streckte seine Hand aus und drückte meine. »Das mit der Tagelöhnerhütte hätte ich nicht sagen sollen. Ich möchte nur, daß du sie für eine Weile hier kampieren läßt.

Wenn du immer noch denkst, sie sind Landstreicher, nachdem du sie gesehen hast, dann sage ich ihnen auf der Stelle, sie sollen sich aus dem Staube machen«, sagte er. »Ach ja, und warum schüttest du nicht den Rest der Buttermilch in einen Krug, du trinkst sie ja doch nicht. Vielleicht können sie sie gebrauchen.«

Er streckte die Hand nach einem weiteren Plätzchen aus, doch ich gab ihm einen Klaps. »Vielleicht möchten sie auch ein paar Kekse.«

Ich packte das Gebäck und die Buttermilch sowie die meisten anderen Sachen, die wir noch im Kühlschrank hatten, zusammen und erzählte Grover, da die Lebensmittel in dieser Hitze so schnell verdarben, wäre es besser, sie gleich den Landfahrern zu geben, damit ich sie nicht später wegwerfen mußte. Ich wollte nicht, daß Grover dachte, ich wäre plötzlich weich geworden.

»Du bist doch nicht so hart, wie du tust, Queenie. Diese Pfefferminzstangen können gar nicht verderben.«

»Jetzt paß aber auf, Grover. Fang bloß nicht so an! Wenn wir ihnen die Mägen füllen, ermorden sie uns vielleicht nicht. Wenn es aber unangenehme Leute sind, sage ich ihnen selbst, daß sie weiterziehen sollen.«

Dazu kam es aber nicht. Ich mußte Grover zustimmen und fand, daß es die traurigsten, mitleiderregendsten Menschen waren, die ich je gesehen hatte, und ich schloß sie auf der Stelle ins Herz, besonders die Kinder.

Als wir ankamen, kniete die Frau an dem Rinnsal im Bachbett, in der Hand ein Stück grobe Kernseife, und wusch ein paar Kleidungsstücke aus. Ein Arbeitsanzug und ein paar Hemden lagen schon ausgebreitet auf den Felsen zum Trocknen. Die Frau war mager, aber sie sah sauber aus. Sie waren alle sauber, woraus ich schloß, daß sie am Tage im

Bach gebadet hatten. Die Frau trug ein Kleid, das hauptsächlich aus Flicken bestand, und der kleine Junge hatte ein Paar selbstgenähte kurze Hosen aus Jute an. Mich kratzte es, als ich den alten, groben Stoff auf seiner zarten Haut sah. Ich fragte mich, warum seine Mutter nicht einen Mehlsack oder Zuckersack benutzt hatte, um ihm Hosen zu nähen, dann begriff ich, daß es bestimmt lange her war, daß sie einen Sack Zucker oder Mehl oder sonst was gekauft hatten.

Ihre alte Klapperkiste, ein Ford mit einem zerschlissenen Segeltuchverdeck, stand unter dem Walnußbaum neben ihrem Zelt. Sie hatten aus Steinen einen Kreis für ein Feuer gemacht und einen Dreifuß darüber aufgestellt, auf dem der Kessel stand. Ich wußte, daß da nicht viel drin sein konnte, denn die Kaninchen gaben nicht viel her.

Der Mann saß auf dem Trittbrett des Wagens, in der einen Hand einen Stock, in der anderen ein Taschenmesser. Als wir ankamen, stand er auf und warf den Stock fort, dann klappte er sorgfältig sein Messer zusammen und ließ es in die Tasche seiner Arbeitshose gleiten. Er trug kein Hemd, nur die Hose.

Die Frau hörte auf zu waschen, setzte sich einen Filzhut auf, obwohl sie barfuß war, und stellte sich neben ihren Mann. Sie gab ihm mit dem Ellbogen einen Stoß und deutete mit dem Kinn auf seinen Kopf, worauf er den Hut abnahm und ihn mit beiden Händen vor der Brust hielt. Der kleine Junge hörte auf zu spielen und stellte sich dazu. Er war so schüchtern, daß er uns nicht ansehen mochte. Ein Baby konnte ich nicht sehen.

»'n Tag«, sagte Grover. Zunächst erwiderten sie nichts und starrten uns nur an. Vielleicht erwarteten sie, daß wir sagen würden, sie sollten sich auf und davon machen. »Das ist meine Frau, Mrs. Bean«, stellte Grover mich vor, und die

Landfahrerfrau deutete ein winziges Nicken an. Ihr Blick streifte den Korb mit den Eßwaren in meiner Hand, dann sah sie weg.

Nach einer Minute sagte der Mann: »Macht mich stolz, Sie kennenzulernen.« Aber es klang, als sei er sich nicht sicher.

Dann bewegte die Frau ihre Zehen und murmelte leise: »Sehr erfreut.«

»Hallo«, sagte ich, und so standen wir da und musterten uns gegenseitig. Dann sagte ich, weil ich Stille nicht ertragen konnte: »Ich habe etwas Buttermilch, sie ist kalt. Kekse habe ich auch. Ich hoffe, sie verderben Ihnen nicht den Appetit aufs Abendessen.« Plötzlich begriff ich, ohne daß jemand etwas gesagt hätte, daß ihr Abendessen aus Keksen und Buttermilch bestehen würde. »Bei dieser Hitze ... alles verdirbt so schnell ... wir sind nur zu zweit, Grover und ich ...«

Wieder nickte die Frau, ohne zu lächeln, und der Mann sagte: »Schönen Dank auch.« Sie rührten sich nicht, auch ich bewegte mich nicht vom Fleck, also nahm Grover mir den Korb aus der Hand und reichte ihn der Frau.

»Sie sollten die Buttermilch bald trinken, damit sie nicht schlecht wird«, meinte ich. Die Frau holte zwei Blechtassen aus einer Kiste am Boden, während der Mann den Korb öffnete und den Krug herausnahm.

»Möchten Sie welche?« fragte sie, und ich spürte einen Kloß im Hals. So arm sie auch waren, sie wollten ihr Almosen mit uns teilen.

»Nein, schönen Dank, trotzdem. Wir haben schon gegessen«, erwiderte ich, holte den Beutel mit den Keksen aus dem Korb und gab ihn ihr. »Ihr Kleiner mag vielleicht eins von diesen Sirupplätzchen. Die Nüsse sind von dem Baum, unter dem wir jetzt stehen. Nehmen Sie nur davon.«

Die Frau nickte zum Dank und gab erst dem Mann,

dann dem kleinen Jungen einen Keks. »Sag ›danke‹«, forderte sie ihn auf, und er murmelte etwas mit vollem Mund.

»Wo kommen Sie denn her?« fragte ich.

»Missouri«, antwortete er. »Wir sind seit zwei Monaten unterwegs. Wir haben uns verfahren und sind in Oklahoma gelandet. Da gibt's nichts, wirklich nichts. Wir wollen nach Kalifornien, jawohl, aber wir haben kein Geld für Benzin, deswegen haben wir gedacht, wir versuchen's mal mit Kansas. Wenn wir 'n bißchen Geld beisammen haben, machen wir uns wieder auf den Weg nach Kalifornien. Wir suchen Arbeit.«

»Glück gehabt bisher?« fragte Grover.

»Massenhaft Glück. Glück, so wie 'n Grashüpfer im Hühnerhaus Glück hat«, sagte die Frau. »Jetzt macht der Wagen nicht mehr mit – seit zwei Tagen. Blue sagt, bleiben wir eben hier. Sag' ich, wir haben keine Wahl. Wir können gar nicht weiter, erst wenn wir das Ersatzteil haben.«

Der Mann nickte. »Blue ist mein Name. Joe Blue Massie, aber man nennt mich Blue. Das ist Zepha. Und das hier ist Sonny.«

Sonny warf einen grimmigen Blick auf die Buttermilch in der Tasse seiner Mutter, trank aber dennoch davon. Er sah nicht auf, als sein Vater ihn vorstellte. »Baby ist im Zelt.«

»Blue sagt, das Teil wird uns was kosten. Wir möchten gerne weiter. Wir wollen nicht auf Privatland kampieren. Wir respektieren den Besitz anderer Leute. Aber es ist so, daß wir erst weiterkönnen, wenn wir das Ersatzteil haben. Erklär du ihnen, was für ein Teil das ist.«

»Wasserpumpe.«

»Das ist wirklich schwierig«, erwiderte Grover. »Haben Sie das Geld dafür?«

Am liebsten hätte ich Grover getreten, weil er so dämlich war. Natürlich hatten sie kein Geld.

Blue musterte Grover einen Moment, und vielleicht überlegte er, ob Grover den Verdacht hatte, Blue plane, ihn auszurauben. »Bißchen schon. Ich muß Arbeit finden. Ich bin ein guter Arbeiter.«

»Die meisten Menschen möchten Arbeit finden, aber hier in der Gegend gibt es keine, soweit ich weiß«, sagte Grover. »Sie sehen ja, das Getreide ist ganz verdorrt. Der Bach da, der sollte bis zum Rand voll sein. In einem guten Jahr sind die Felsen, wo Sie Ihre Kleider trocknen, unter Wasser, aber dies ist kein gutes Jahr. Wir haben schon seit langem kein gutes Jahr mehr gehabt. Ich stelle keine Leute ein, und ich kenne auch keinen, der welche einstellt. Wenn jemand Arbeit zu vergeben hat, wird er erst mal einen Mann von hier nehmen.«

Blue nickte; er hatte mit dieser Antwort gerechnet.

»Ich kann gut nähen«, sagte Zepha und sah mich hoffnungsvoll an.

»Ich wünschte, ich bräuchte jemanden«, antwortete ich. »Eine Freundin, sie ist Witwe, näht auch. Sie nimmt alles an, was sie kriegen kann.«

Keinem von uns fiel mehr etwas ein, also beobachteten wir den Jungen, der die Reste der Buttermilch aus der Tasse leckte. »Die hat ihm aber gut geschmeckt, die Buttermilch«, meinte Zepha.

»Schicken Sie ihn doch nach dem Melken heute abend zum Haus herauf. Wir können ihm etwas frische Milch geben. Für Ihr Baby wäre das gut«, bot ich an.

Zepha war so dankbar, daß sie nichts erwidern konnte und einfach nur auf ihre Zehen schaute. Also sah ich Grover an und nickte. Er verstand mich und sagte: »Sie können gerne ein paar Tage hierbleiben, bis Sie das Ersatzteil für den Wagen beschafft haben. Ich kenn' mich ein bißchen mit Autos aus und könnte mir den Motor mal ansehen. Vielleicht habe ich ja noch was, was man verwenden könnte. Warum soll man gutes Geld für ein Ersatzteil ausgeben, wenn man noch was da hat?«

Blue und Zepha schienen erfreut. Blue wischte sich die Hand an der Hose ab und schüttelte Grovers. »Das ist wirklich sehr freundlich. Wir machen keine Umstände, was, Zepha? Wir passen auch gut aufs Feuer auf. Und Ihrem Land tun wir nichts zuleide, Mr. Bean.«

Zepha fügte hinzu: »Sie brauchen sich auch nicht um den Wagen zu kümmern, Blue kann das richtig gut.«

»Wir haben ein besseres Plätzchen für Sie«, sagte ich und sah Grover fragend an. Diesmal war er an der Reihe mit Nicken, und als er nickte, lächelte er dazu. »Wir haben eine Tagelöhnerhütte zwischen hier und dem Haus. Sie ist nichts Besonderes, und sie muß auch sauber gemacht werden, aber so stehen Sie nicht im Regen.«

Die beiden blickten erstaunt, dann gingen ihnen auf, daß ich einen Witz gemacht hatte, und sie lachten, wobei der Mann sich auf das Bein schlug. »Der war gut.« Das Ausbleiben des Regens war etwas, das uns alle anging, und so fühlten wir uns ein bißchen wohler miteinander.

Dann verstand die Frau, daß wir ihnen ein Dach über dem Kopf angeboten hatten, und sie fragte: »Meinen Sie das ehrlich? So was Nettes habe ich noch nie gehört. Letzte Woche haben sie die Hunde auf uns gehetzt. Zeig ihnen, wo sie dich gebissen haben, Blue.« Aber Blue blickte nur finster zu Boden.

»Wir könnten euch gleich jetzt rüberfahren«, schlug Grover vor. »Wir laden einfach alles in unseren Wagen.«

»Wir möchten keinem zur Last fallen«, sagte Zepha.

»Keine Last, überhaupt nicht«, erwiderte Grover. Er half Blue, die Sachen aus dem Zelt zu holen, während ich Zepha zur Hand ging und alles in Kartons verstaute, die auf dem Boden gestapelt waren. Dann hörte ich einen Schrei aus dem Zelt. Ich reichte Zepha die Sachen und sagte: »Lassen Sie mich nach ihm sehen.« Zepha nickte.

Das Baby hatte nicht viel Kraft zum Schreien. Es war ein winziges kleines Ding, mit dem Gesicht einer alten Frau, aber für mich war es etwas ganz Kostbares, und als ich es hochnahm, verspürte ich einen Stich, denn ich wußte, daß ich nie ein Kind haben würde, obwohl ich mir nichts sehnlicher wünschte. Grover und ich waren noch kein Jahr verheiratet, als ich eine Fehlgeburt hatte, und der Arzt holte fast alles aus meinem Unterleib heraus, um mir das Leben zu retten. Zum Glück war Grover mein Mann, und er gab mir nicht die Schuld daran, daß ich keine Kinder bekommen konnte, und erwähnte auch niemals, daß es an mir lag, daß wir einen leeren Platz in unserem Leben hatten. Trotzdem hatte ich jedesmal, wenn ich ein Kind in den Arm nahm, das Gefühl, vor Grover versagt zu haben.

Ich summte ein kleines Lied für das Baby, um den Kloß in meinem Hals loszuwerden, und als sie sich beruhigt hatte, fragte ich Blue nach ihrem Namen.

»Baby.«

»Ich meine ihren Vornamen.«

Er warf mir einen seltsamen Blick zu und sagte: »Baby.«

Es paßte nicht alles auf einmal in den Wagen, deswegen meinten Grover und Blue, sie würden schon einmal eine Ladung rüberbringen und dann den Rest abholen. Zepha fuhr mit, um auszupacken. Ich erklärte mich bereit, mit Baby und Sonny zu warten.

Sonny betrachtete mich stumm, bis sie fort waren, und fragte dann: »Hast du einen Hund?«

»Ja, er heißt Old Bob. Es ist ein großer Hund, ein Jagdhund, aber ein ganz freundlicher. Du kannst ihn mal besuchen kommen.«

»Unser Hund, der heißt Pup und versteckt sich im Gebüsch. Er mag keine Fremden. Hast du noch Kekse?«

Ich nickte.

»Kekse mag ich, aber Buttermilch finde ich eklig. Davon muß ich kotzen. Trink ich nur, weil ich richtig Hunger habe. Was hast du denn da noch in dem Korb? Hast du ein Bohnen-Sandwich dabei?«

»Ich habe euer Abendessen dabei. Aber damit warten wir, bis deine Mutter wieder da ist.«

»Hast du 'ne Beutelratte?«

Ich verzog das Gesicht und schüttelte den Kopf. »Beutelratte nicht. Beutelratte ist mindestens so scheußlich wie Buttermilch. Ich habe Hühnchen dabei.« Beutelratte würde ich nie essen, das war genauso schlimm wie Eichhörnchen. Lieber würde ich verhungern, als solche Sachen zu essen.

»Nein, Sir. Beutelratte ist das Beste, was es gibt«, sagte Sonny. »Wir haben Schmalzgebackenes gegessen. Gestern hat Ma einen Schmalzkuchen gemacht. Der war richtig lecker. Davor gab's Kartoffeln.« Einen Moment starrte er auf den Korb. Dann ging er hinunter zu dem Rinnsal im Bachbett, hockte sich hin, schichtete Kieselsteine übereinander und baute einen Damm. An den Kreisen von geschwärzten Steinen konnte man sehen, daß auch andere Landfahrer dagewesen waren. Ob Grover wohl davon gewußt hatte?

Ich schaute Sonny beim Spielen zu und summte ein kleines Lied für Baby, als Grover mit Blue zurückkam. Blue stieg aus, sah mich aber nicht an und dankte mir auch nicht für die Hütte, und ich dachte schon, er sei beleidigt, weil es dort so schmutzig war. Vielleicht hätten wir die Massies hier am Bach kampieren lassen sollen. Blue stieß die Steine aus dem Rinnsal und schob Sonny mit dem nackten Fuß vor sich her. Als Grover mit einer Kiste zerbeulter Töpfe und Pfannen an mir vorbei zum Wagen ging, fragte ich ihn, ob die Massies enttäuscht seien.

Grover schüttelte den Kopf und flüsterte: »Ich glaube, er hat Angst, daß ihm die Tränen kommen, wenn er was sagt. Die Frau hat gemeint, die Hütte ist besser als alles andere, was sie je hatten, selbst zu Hause. Man könnte denken, es ist ein Palast, so wie sie geredet hat.«

Die Massies mußten wirklich arm sein, denn die Hütte war nicht mehr als ein aus groben Planken zusammengezimmertes Häuschen, das innen mit Brettern verkleidet war, damit im Winter der Schnee nicht hineintreiben konnte. Der Herd wurde mit Drähten zusammengehalten, und die eingebaute Pritsche war schmal. Ich weiß noch, daß Nettie einmal eine Patchworkdecke gemacht hatte, die Mrs. Judd die »Tagelöhnerdecke« nannte, weil sie so schmal war. Die restliche Möblierung bestand aus einem Tisch mit einer verzogenen Platte und zwei Nagelkisten als Sitzgelegenheiten. Ich hoffte, daß Grover den Kalender mit der nackten Frau von 1931, der immer noch an der Wand hing, weggeworfen hatte.

»Die Hütte ist ziemlich schmutzig«, sagte ich zu Zepha, nachdem Grover uns alle mit den restlichen Habseligkeiten der Massies rübergefahren hatte. »Ich hätte selbst saubergemacht, wenn ich gewußt hätte, daß jemand einzieht.«

»Ich mach' es gerne sauber«, erwiderte Zepha. »Wird bestimmt sehr hübsch, wenn ich fertig bin.«

»Das Dach ist undicht«, sagte Grover. »Aber ich denke, damit werden Sie keine Sorgen haben. Wenn es Regen gibt, werden wir alle draußen sein und tanzen.«

»Das kann man ganz leicht reparieren. Haben Sie Bretter irgendwo? Ich kann das richten, wenn Sie Bretter haben«, bot Blue an.

Grover sagte, er hätte Bretter, und als Blue hineinging, stieß ich Grover mit dem Ellbogen an und flüsterte: »Das kannst du doch machen, Grover. Wir sollten sie nicht in einer Hütte mit undichtem Dach wohnen lassen.«

Grover schüttelte den Kopf und sagte: »Er macht das als Gegenleistung. Es hilft seinem Stolz.«

»Wahrscheinlich ist ihr Stolz das einzige, was ihnen noch geblieben ist.«

»Und davon ist auch nicht viel übrig, könnt' ich mir denken.«

Bevor wir fuhren, steckte ich den Kopf kurz durch die Tür und sagte: »Nach dem Essen kommen wir noch einmal wieder mit den Sachen, die wir letzten Herbst hier rausgeräumt haben. Wir wollten sie nicht hier lassen, solange keiner drin wohnt, weil wir Angst hatten, sie würden gestohlen.«

Als wir im Wagen saßen, fragte Grover, was das für Sachen seien. Es seien doch nie mehr Möbel in der Hütte gewesen.

Am Abend füllte er die kleine Sahnekanne mit Milch und lud ein paar Bretter, ein Bettgestell und ein altes Federbett in den Lieferwagen. Er meinte, ich sollte ein paar von meinen Patchworkdecken mitnehmen, da ich so viele hatte, aber ich erwiderte, daß er nicht der einzige sei, der den Stolz der Massies nicht verletzen wollte. Zepha hatte ihre eigenen Patchworkdecken, die ich zusammengefaltet im Zelt gesehen hatte, und vielleicht wäre sie beleidigt, wenn man ihr die zweite Garnitur einer anderen Frau brachte. Mit Patchworkdecken konnte man eine Frau empfindlich treffen.

Statt dessen holte ich einen großen Korb hervor, der Baby als Bett dienen konnte, eine Dose Ofenfix, einen ordentlichen Besen und einige alte Futtersäcke, die ich gebleicht hatte und als Geschirrtücher benutzte. Grover fand, diese Lumpen seien besser als das, was die Massies anhatten.

»So ist es auch gemeint. Ich gebe sie Zepha als Putztücher, und sie wird daraus Kleider für die Kleinen machen.«

Die Massies standen in einer Reihe und warteten schon auf uns. Zepha trug jetzt Schuhe und hatte ein Stück Band in ihre Haare gebunden. Sonny stand aufrecht, die Füße zusammen, wie ein Zinnsoldat, und ich war seinetwegen froh, daß wir eine Überraschung mitgebracht hatten.

»Ich habe was Besonderes für dich«, sagte ich und zeigte auf Sonny. »Aber du mußt mir damit helfen.« Grover hob die Eismaschine aus dem Auto und stellte sie auf den Boden, und die drei kamen näher und starrten sie an. Als sie keine Reaktion zeigten, erkannten wir im selben Augenblick, daß sie nicht wußten, was es war.

»Eis«, sagten wir wie aus einem Munde.

»Eis? Ich hab' schon mal Eis gegessen. Aus einem Laden«, erklärte der Junge.

»Das hier ist genauso gut, aber es macht sich nicht von alleine. Du mußt die Kurbel so lange drehen, bis es nicht mehr weitergeht.« Grover legte Sonnys Hand auf den Griff. »Dreh so lange, bis dein Arm lahm wird. Dann dreht dein Dad weiter, und wenn der nicht mehr kann, dann mach' ich weiter. Je schwerer sich die Kurbel drehen läßt, desto näher rückt der Augenblick, wo wir das Eis essen können.«

Sonny fing an zu drehen, und die Massies standen dabei, ihre Köpfe drehten sich mit der Kurbel im Kreis. »Was meinst du, wenn Blue dran ist, wird er sich bestimmt nicht ablösen lassen.«

»Da bin ich mir sicher.«

Zepha sah mich mit großen Augen an. »Jesses, so was hab' ich noch nie gesehen. Macht es auch die kleinen braunen Tütchen?«

»Eigentlich ist es ja etwas gemein von uns, Sonny gegenüber«, meinte Grover. »Mrs. Bean und ich hatten keine Lust mehr, die Kurbel zu drehen. Da haben wir uns gedacht, wir könnten Sonny drehen lassen, dann können wir ein Eis essen und müssen uns nicht selber abmühen.« Das war wieder eine von Grovers kleinen Schwindeleien, denn er konnte den ganzen Tag auf der Veranda sitzen und die Kurbel drehen.

Während Sonny und Blue abwechselnd die Kurbel drehten, zeigte Zepha mir die Hütte. Ich sagte ihr, ich hätte sie noch nie so sauber gesehen. Um ehrlich zu sein, ich hatte sie noch nie sauber gesehen.

»Hoffentlich haben Sie nichts dagegen, daß ich ein paar von Ihren Blumen gepflückt habe«, sagte sie und zeigte auf den Strauß schwarzäugiger Susanne in einer Flasche auf dem Tisch.

»Aber nein, die sind wunderschön! Eines Tages möchte ich so eine Decke machen.«

»Oh, Sie machen Patchwork?« fragte sie, und ihre Augen leuchteten.

»Es gibt nicht viel, was ich lieber mache.«

»Mir geht es auch so. Wenn ich über das Land schaue, sehe ich überall Patchworkdecken. Ich habe im Wagen immer meinen Beutel mit Stoffresten dabei, damit ich nähen kann, wenn Blue fährt. Ohne mein Patchwork wäre ich schon längst verrückt geworden, bei dem ganzen Herumziehen. Ich nähe die ganze Zeit, außer sonntags natürlich. Jeden Stich, den man am Tag des Herrn macht, muß man im nächsten Leben mit der Nase wieder auftrennen, aber das weiß ja jeder. Möchten Sie meine Decken sehen?«

Sie errötete und senkte verlegen den Blick auf ihre staubigen Schuhe.

Blue, der in der Tür stand und zuhörte, sagte mit einem Anflug von Stolz in der Stimme: »Die Frau hat eine heiße Nadel und einen galoppierenden Faden.«

»Laß mal, Blue, red nicht soviel«, sagte sie, aber ich merkte schon, daß sie sich freute. »Ich habe nicht all meine Patchworkdecken eingepackt. Sie würden gar nicht in den Wagen passen. Die großen Überdecken habe ich zu Hause gelassen, und ein paar habe ich unterwegs für Benzin getauscht. Die ich jetzt noch habe, sind Blues Lieblingsdecken.« Auf dem rostigen Bettgestell lagen drei zusammengefaltete Decken, und als Zepha sie ausbreitete, hielt ich den Atem an. Sie waren aus alten selbstgewebten Stoffen, und die Näharbeit war fast so fein wie die von Ella. »Aber das ist ja ›Der Wandergeselle‹«, sagte ich und zeigte auf die Decke aus selbstgefärbten blau-weißen Stoffen.

»Nein, nein. So dumm bin ich nicht, daß ich meinen Blue unter einem ›Wandergesellen‹ schlafen lasse. Es ist so schon schwer genug, ihn im Haus zu halten. Ich nenne sie ›Hahnentritt‹. Unter einem ›Hahnentritt‹ kann er schlafen, da läuft er nicht gleich weg«, sagte Zepha. Sie breitete eine weitere Decke aus. »Da sind die Stücke aufgenäht statt aneinandergenäht. Es heißt ›Gardinie‹.«

»Wir nennen es ›Gardenie‹«, sagte ich.

»Hab' ich gesagt, Gardinie. Jetzt kommt mein ganzer Stolz. Ich habe sie nicht selbst gemacht. Granny Grace, die zu Hause neben uns wohnte, die hat sie gemacht.«

Zepha breitete eine Patchworkdecke aus, die aus winzigen Dreiecken von der Größe meines Daumennagels bestand, und alle Ecken stießen perfekt aufeinander. Selbst Ella hatte noch nie eine Decke wie diese gemacht. »Die Leute haben Granny Grace immer gefragt, ob sie die Decke verkaufen würde. Manche wollten ihr sogar fünfundzwanzig Dollar geben, aber Granny hat sie nicht genommen. Sie wollte die Decke nicht verkaufen, weil sie aus dem Kleid gemacht war, in dem Aunt Bessie ertrunken war. Das war ihre Jüngste. Granny hat mir die Decke gegeben, an dem Abend, bevor wir gefahren sind. Man hätte mich umpusten können, so hab' ich gestaunt, wie noch nie in meinem Leben.« Zepha sah mich an. »Wahrscheinlich hat Granny Grace sie mir gegeben, weil sie ›Straße nach Kalifornien‹ heißt.«

»Oh, das ist doch der beste Name dafür! Darf ich sie nacharbeiten? Später einmal, wenn ich es gut genug kann, möchte ich es einmal versuchen.«

Zepha freute sich und versprach, mir das Muster aufzuzeichnen, wenn ich ihr Papier brachte. Darauf sagte ich, daß ich das Muster gegen Stoffreste eintauschen würde. Komisch, nichts verbindet Frauen mehr als Patchwork.

Nachdem wir das Eis gegessen und den Massies gute Nacht gewünscht hatten, fuhren wir auf der alten Straße zur Landstraße. »Ich muß noch was erledigen. Soll ich dich erst nach Hause bringen?« fragte Grover und drehte an den Radioknöpfen, weil er den Wetterbericht hören wollte.

»Ich glaube, ich komme mit. Hast du ihm Arbeit angeboten?«

Grover schmunzelte. »Ich hab' ihm gesagt, ein Dollar pro Tag ist nicht viel, aber mehr kriegen die anderen in der Gegend auch nicht. Blue kann Zäune flicken, Mist auf die Felder fahren und so. Ist ja nicht für lange.«

»Was ist mit Tom? Der wäre auch froh, wenn er für einen Dollar am Tag arbeiten könnte.«

Grover dachte einen Moment darüber nach. »Tom hat ein Haus zum Wohnen, und er hat keine Familie, für die er sorgen muß. Ich werde ihn bei der Ernte holen, wenn ich

Leute brauche, aber ich kann meinen besten Freund nicht als meinen Tagelöhner einstellen.« Das verstand ich. Ich würde auch nicht Rita bitten, mir in der Küche zu helfen.

Grover und ich fuhren aufs Land hinaus. Im Mondenschein sah das Ackerland aus wie das Kansas, das wir aus unserer Kindheit kannten, als es reichlich Wasser gab. Fast konnte ich Flieder und Geißblatt riechen. Wir kamen an einem brachliegenden Feld vorbei, und plötzlich durchfuhr mich ein Zittern. Es war so ausgetrocknet und häßlich, und ich rutschte näher an Grover heran, um mich zu wärmen. Er legte den Arm um mich und fragte, ob mir kalt sei, und ich bejahte.

Wir fuhren nach Auburn und hielten bei einem Haus auf unserer Seite vom Fluß. Grover stieg aus und klopfte an die Hintertür. Dann sprach er eine Weile mit dem Mann und folgte ihm in den Schuppen. Ein paar Minuten später kam Grover wieder zum Wagen und stellte eine Kiste hinten auf die Ladefläche.

Ich wartete, bis wir wieder auf der Landstraße waren, dann fragte ich: »Taugt die Wasserpumpe was?«

Grover legte den Arm um mich und wollte wissen, woher ich ein so helles Köpfchen hätte. Ich drehte an dem Knopf, bis ich auf dem Topeka-Sender Fred Waring's Pennsylvanians gefunden hatte. Schweigend fuhren wir durch die Dunkelheit. Daß ich eingeschlafen war, merkte ich erst, als Old Bob am Wagen hochsprang und Grover leise sagte: »Wach auf, mein Goldstück! Wir sind zu Hause.«

Kapitel 3

Ich wurde Ritas Freundin, aber natürlich konnte ich das Rita gegenüber nicht so ausdrücken. Zu ihr sagte ich nur, ich wolle sie besser kennenlernen. Es verging eine ganze Weile – viel länger, als ich gedacht hatte –, bis ich dazu kam, Rita zu besuchen. Erst mal zogen die Massies ein, und dann mußte ich Tomaten einkochen und Pfirsiche trocknen. Tomatenkonserven schmecken ja recht lecker, aber getrocknete Pfirsiche sind eine reine Zeitverschwendung. Eine Pie aus getrockneten Pfirsichen ist so ungefähr das Geschmackloseste, was ich mir vorstellen kann, abgesehen vielleicht von einem Drahtverhau. Allerdings mag Grover sie, was nicht viel heißt, denn er mag so gut wie alles.

»Das ist lieb von dir, Herzchen«, sagte Mrs. Ritter. »Sucht ihr Mädels euch mal ein kühles Plätzchen.« Mrs. Ritter roch nach der Brombeermarmelade, die sie gerade einkochte.

Rita hingegen roch wie die Küchenmagd. Die Ponyfransen klebten ihr an der Stirn, und das Kleid hatte feuchte Ringe unter den Armen. Auf der Schürze, die eigentlich Mrs. Ritter gehörte und so groß war, daß sie drei- oder viermal um Rita gepaßt hätte, waren Spuren von Brombeeren zu sehen.

Agnes T. Ritter wollte auch schon ihre Schürze abbinden, doch Mrs. Ritter bremste sie: »Agnes, kannst du mir eben beim Abwasch helfen, während wir auf die Beeren warten?« Agnes T. Ritter seufzte und band sich die Schürze wieder um. Dann füllte sie den Wasserkessel an der Pumpe am Spülstein und stellte ihn auf den Herd.

»Paß auf, daß du kein Spülwasser verschüttest. Nettie sagt, sonst bekommst du einen Säufer zum Mann«, spottete ich.

Das war gemein von mir, und wahrscheinlich geschah es mir recht, daß Agnes T. Ritter sagte: »Ich habe gehört, ihr habt Landfahrer auf eurem Land.«

»Agnes!« sagte Mrs. Ritter. »Das geht dich gar nichts an.«

»Das geht mich sehr wohl was an, wenn wir uns dann mit Kopfläusen plagen müssen«, murrte Agnes.

Zum Spaß kratzte ich mich am Kopf und wandte mich an Rita: »Laß uns unter den Trompetenbaum gehen, da können wir uns nach Sandflöhen absuchen.« Ich sah die roten Flecken auf Ritas Armen und wußte, daß sie meine Einladung nicht brauchte. Wahrscheinlich hatte sie sich in den Brombeeren ein paar eingefangen.

Wir gingen durch den Garten, wo Mrs. Ritters Roter Eibisch und die Purpurwinde in voller Blüte standen, trotz der Hitze, die Menschen, Tiere und selbst Grover schlapp machte, und setzten uns auf eine Holzbank. Es war mit der kühlste Platz im Umkreis, denn die Bank stand im Schatten des Lehmhauses, das Toms Großvater um 1870, als er hierher kam, gebaut hatte.

Das alte Haus diente als Geräteschuppen, aber es war immer noch hübsch, denn jemand hatte einen Trompetenbaum gepflanzt, der die Lehmmauern verdecken sollte, und die üppigen orangefarbenen Blüten hingen so herab, daß sie uns vor der Sonne schützten.

Rita rutschte auf der Bank hin und her und schoß dann

hoch. »Zum Teufel noch eins. Wenn es nicht Sandflöhe sind, dann Splitter.« Sie zog sich einen zentimeterlangen Splitter aus der Wade und setzte sich vorsichtig wieder hin; mit der Hand fächelte sie sich Luft zu. »Ich weiß nicht, was schlimmer ist, die Hitze am Herd oder die hier draußen.«

»Hast du beim Marmeladeeinkochen geholfen?« fragte ich.

»Nein, ich wollte gerade Wasser heiß machen für den Abwasch. Agnes sagt, wir müssen immer kochendes Wasser über alles gießen. Gestern hatte ich das vergessen, und da hat sie den ganzen Abwasch noch einmal gemacht, nachdem ich schon alles abgetrocknet und weggestellt hatte. Agnes hat ihre eigenen Vorstellungen, was Schmutz angeht. Sie kann nur eins: kritisieren, kritisieren, kritisieren. Wenn sie bloß aufhören würde, aller Welt zu erzählen, daß ich den Unterschied zwischen Salz und Zucker nicht kenne. Sie hat es mindestens zehnmal erzählt, und auch wenn es einer anderen passiert wäre, hätte ich es nicht witzig gefunden. Selbst jemand, der jeden Tag kocht, könnte Salz und Zucker mal verwechseln.« Rita rupfte eine Blüte des Trompetenbaumes ab, steckte das Ende in den Mund und saugte die süße Flüssigkeit heraus.

»Was ist denn passiert?«

Rita warf die Blüte weg und zupfte eine neue ab. »Ich habe einen Kuchen gebacken, nur daß ich eine Tasse Salz und eine Prise Zucker genommen habe statt andersherum.«

»Das kann doch jedem passieren«, sagte ich, obwohl es mir schon ein bißchen seltsam vorkam. »Wirklich, ich wette, selbst Agnes T. Ritter könnte sich da vertun.«

»Warum nennt ihr sie so?« fragte Rita und blies durch die Blüte, als wäre sie ein kleines Horn. »Warum nennt ihr sie immer Agnes T. Ritter, statt einfach nur Agnes?«

Die Frage traf mich unvorbereitet. Ihr ganzes Leben lang hatte sie Agnes T. Ritter geheißen, und ich hatte vergessen, warum. Deshalb mußte ich erst mal nachdenken. »Wir haben angefangen, sie so zu nennen, als wir noch klein waren. Du kennst doch diesen Kindervers ›Jack, sei hurtig, Jack, sei schnell‹? Na ja, eines Tages sagte Floyd: ›Agnes T. Ritter, Agnes T. Schnell.‹ Und Agnes T. Ritter wurde so wütend, daß der Name an ihr haften geblieben ist.«

»Man sieht ihr an, daß es ihr nicht gefällt. Jedesmal, wenn du sie bei dem Club-Treffen so genannt hast, hat sie die Augenbrauen hochgezogen. Sie hat ganz oft die Brauen hochgezogen.« Rita war davon scheinbar ganz angetan. Sie linste durch das Loch im Stiel der Trompetenblüte, als sei es ein blinder Spion. »Und wie kommt es, daß man dich Queenie Bean nennt?«

»Weil ich so heiße.«

»Aha.« Rita kratzte sich am Nacken, und ich konnte einen roten Sandflohbiß sehen. »Versuch am besten nicht zu kratzen. Dann gehen sie schneller weg«, riet ich. »Manchmal hilft auch ein bißchen Butter mit Salz vermischt.«

Rita verzog das Gesicht.

»Man ißt es nicht«, fügte ich schnell hinzu. »Du reibst es auf die Stelle.« Ich erzählte ihr nicht, daß Grover gekauten Tabak benutzte.

Rita streckte sich und lehnte den Kopf an das trockene Gras der Lehmwand hinter sich, und da erst bemerkte ich, daß sie schwanger war. Als sie meinen Blick auf ihrem Bauch bemerkte, sagte sie: »Sechs Monate. Eine Ewigkeit, scheint mir.«

Ich fing an zurückzurechnen, und Rita wußte sofort, woran ich dachte. »Dezember. Ende Dezember haben wir geheiratet. Ich bin im ersten Monat schwanger geworden«.

Sie seufzte. »Ach, es braucht dir nicht peinlich zu sein, alle rechnen nach. Agnes hat es sogar laut gemacht.«

»Also, es tut mir leid«, sagte ich.

»Mir auch. Ich wollte nicht gleich ein Kind.«

»Ach, das meinte ich nicht. Ich meine das Zählen. Ich finde es sehr schön, daß du ein Kind bekommst.«

»Du kannst es haben«, erwiderte Rita. Ich muß sie ganz entsetzt angesehen haben, denn sie fügte hinzu: »Das war ein Witz, Queenie.« Es klang aber nicht, als meinte sie es witzig.

Eine Weile war Rita still. Ein Kolibri hielt im Fluge inne, steckte seinen Schnabel in eine Trompetenblüte und flog davon.

»Ich mag die grünen Kolibris am liebsten. Die roten sind frech«, sagte ich und wechselte das Thema. Es war nicht höflich, über das Kind zu sprechen, wenn Rita das nicht mochte.

Doch sie kam wieder darauf zurück. »Das hätte ich nicht sagen sollen. Ich meine, es ist ja schön, ein Kind zu bekommen, nur wie die Dinge heute sind, ist es keine so gute Zeit. Manchmal macht es mich richtig unglücklich. Agnes sagt, ich sei daran schuld, daß ich schwanger geworden bin. Vielleicht weiß sie nicht, daß zwei dazugehören.«

»Agnes T. Ritter ist einfach eine Sauerkirsche«, entrüstete ich mich.

»Agnes ist eine saure Gurke«, kicherte Rita.

»Agnes T. Ritter tritt in einen Kuhfladen – barfuß.«

»Sind Kuhfladen das, woran ich denke?« fragte Rita. Ich nickte, und sie lachte so heftig, daß sie sich vornüber beugte, aber plötzlich richtete sie sich wieder auf, als hätte sie sich wieder einen Splitter eingerissen.

»Alles in Ordnung?« fragte ich.

Rita steckte die Hand in die Tasche und holte eine Nadel

hervor. »Ich hatte vergessen, daß die da war«, sagte sie. Sie nahm ein zusammengelegtes Patchwork-Viereck heraus und zeigte es mir. »Ist ziemlich schlecht, oder?« Das war es allerdings.

»Du lernst es noch. Mein erster Versuch war noch schlechter als das«, beruhigte ich sie, obwohl es nicht stimmte. Bei meinem ersten Patchworkstück hatte ich mir soviel Mühe gegeben, daß es fast perfekt war. Aber ich wollte, daß uns mehr verband als die Tatsache, daß wir kein Geld hatten und Agnes T. Ritter nicht mochten. Alle hatten etwas gegen Agnes T. Ritter. Dann fiel mir wieder ein, daß Agnes T. Ritter Mitglied in unserem Patchwork-Club war, also mußte ich sie mögen und ihre Freundin sein.

»Ich begreife es wohl nicht richtig«, sagte Rita. »Ich steche mir immer in die Finger.«

»Reib sie mit Alkohol ein. Das macht die Haut härter.«

Rita glättete das Patchworkstück mit der Hand, dann fädelte sie den Faden in die Nadel. Der Faden war schmutzig. »Die Nadel ist so klebrig wie das Fliegenpapier, das Mom in der Küche aufgehängt hat. Ach, da habe ich Bockmist gebaut. Zum Teufel damit«, schimpfte Rita, knautschte das Stück Stoff zusammen und warf es auf die Bank zwischen uns.

Statt Rita zu gestehen, daß ich zu dumm war, um zu verstehen, was sie mit Bockmist bauen meinte, nahm ich das Patchworkstück in die Hand und sagte: »Es gibt keine, die bei dieser Hitze nähen kann, außer Ella Crook.«

»Die ist ja auch komisch. Sie ist mir ein Rätsel. Sie sieht aus, als würde sie umfallen, wenn man sie anpustet, aber gestern ist sie in dieser gräßlichen Hitze den ganzen Weg hierher gelaufen, um mich zu besuchen, und hat noch nicht einmal geschwitzt. Sie hat kaum zwei Worte gesprochen, während sie hier war, sondern hat Tom einfach einen Teller mit Sahnebonbons gegeben und gemurmelt, sie wüßte ja, wie gern er sie ißt. Ich dachte schon, sie mag mich nicht, aber Tom sagt, sie ist einfach sehr schüchtern. Stimmt das?«

»Ja. Auch wenn man sie besser kennt, spricht sie kaum.«

»Wie kommt es, daß sie Näharbeiten annimmt? Sie kann ja nicht viel damit verdienen, wo doch alle so knapp bei Kasse sind. Und wer kann es sich leisten, Näharbeiten wegzugeben?«

»Sie ist allein, Witwe sozusagen. Sie muß mit wenig auskommen. Wir helfen ihr alle ein bißchen, wenn wir können.«

»Lebt sie etwa bei dieser Betriebsnudel?«

»Mrs. Judd? Nein, aber Mrs. Judd kümmert sich um sie. Das machen wir alle.« Ich preßte meinen Finger auf die Hauptnaht von Ritas Arbeit und glättete sie. »Es ist leichter, wenn du die Nähte ausbügelst, bevor du mit der nächsten Reihe anfängst«, sagte ich und wich vom Thema ab. »Hast du einen Fingerhut?«

»Ich komme damit nicht zurecht«, sagte Rita, und mir wurde klar, daß meine Aufgabe jetzt darin bestand, Rita zu einer Patchwork-Frau zu machen.

»Was meinst du mit ›Witwe sozusagen‹? Wo ist denn ihr Mann?« fragte Rita.

»Wessen Mann?«

»Ella Crooks?«

Was Ben Crook anging, so war es besser, keine schlafenden Hunde zu wecken, wie Nettie sagen würde. Ich wollte wieder das Thema wechseln, aber Rita sah mich mit so viel Neugier an, daß ich wußte, sie würde es nicht zulassen. »Das weiß keiner«, erwiderte ich. »Wenn du keinen Fingerhut benutzt, stichst du dir ein Loch in den Finger.«

»Du meinst, er hat sie sitzengelassen?« Rita holte einen Fingerhut aus ihrer Tasche und setzte ihn auf den Mittelfinger.

»Auf diesen hier«, sagte ich, nahm den Fingerhut und steckte ihn auf den richtigen Finger meiner rechten Hand.

»Ella ist also eine verheiratete Frau, die von ihrem Mann sitzengelassen worden ist, stimmt's?«

Ich zuckte die Achseln. »Ich persönlich denke, es liegt an den schwierigen Zeiten. Ella war sein ein und alles, er war der beste Ehemann auf der Welt, aber vor einem Jahr ist er verschwunden, und seitdem hat keiner ihn gesehen oder von ihm gehört. Ich will gar nicht darüber nachdenken. Eine Farm zu bewirtschaften ist für Männer wirklich schwer in diesen Zeiten.«

»Ich finde, für Frauen ist es noch schwerer«, sagte Rita. »Ich hasse Hausarbeit. Ich war nur ein einziges Mal mit Agnes einer Meinung, und das war, als sie fand, wir sollten unsere Kleider ungebügelt tragen und die Zeit nicht mit Plätten verschwenden.« Rita blickte auf ihr Patchworkstück. »Es dauert so lange. Ich krieg' davon 'ne Krise.«

Den Ausdruck hatte ich noch nie gehört, aber ich ahnte, was er bedeutete. »Warum machst du nicht eine Babydecke? Das geht ganz schnell.«

»Mensch, das ist ja eine tolle Idee! Du bist eine wahre Freundin, Queenie.« Sie sah auf, als die Tür mit dem Fliegengitter schlug und Mrs. Ritter mit einem Krug und zwei Gläsern herauskam.

»Da ist deine wahre Freundin«, sagte ich zu Rita. Dann rief ich: »Mrs. Ritter, ich glaube, ich würde meine Seele für ein Glas Limonade hergeben.«

Mrs. Ritter wollte die Stirn runzeln, aber es gelang ihr nicht, weil sie eine fröhliche Frau war. »Gütiger Himmel, laß bloß Dad deine Gotteslästerung nicht hören, Herzchen, und nenn mich Sabra. Du weißt doch, daß wir vom Patchwork-Club uns immer mit Vornamen anreden.«

»Aber nicht Mrs. Judd. Ich glaube, Gott würde mich erschlagen, wenn ich sie Septima nennen würde«, witzelte ich, und Mrs. Ritter lachte.

Sie sah sich Ritas mißglückten Patchworkversuch an. »Meinst du nicht auch, Queenie, daß sie langsam draufkommt? Ist doch schon ganz schön, oder?« Dann drehte sie sich um und ging wieder ins Haus.

»Schmeckt sehr gut«, rief ich ihr hinterher und sagte dann zu Rita: »Sie muß dich sehr mögen. Zitronen kosten ungefähr zehn Cent das Stück.«

»Ich würde Limonade jederzeit für einen richtigen Drink eintauschen. Bourbon, das wär' jetzt was«, erwiderte Rita und fuhr fort: »Erzähl mir von den Frauen in eurem Club.«

»In unserem Club«, korrigierte ich sie, denn ob sie es wußte oder nicht, sie gehörte auch dazu.

Es gab nicht viel von uns zu erzählen, denn wir waren alle ziemlich normal. Mrs. Judd war die reichste, was jeder an ihrem Packard sehen konnte, auch wenn er alt war. Die Judds hatten die größte Farm in Wabaunsee County, und Prosper Judd war der Direktor der Bank in Eskridge, die Mrs. Judd geerbt hatte. Aber reich zu sein hieß nicht unbedingt, Glück zu haben. Wilson, ihr einziges Kind, der in der Schule ein paar Jahre über mir gewesen war, bekam Kinderlähmung, und die Frauen vom Patchwork-Club massierten ein Jahr lang seine Beine, so daß er wieder laufen konnte. Und dann lief er von zu Hause weg und hat seiner Mutter nicht einmal geschrieben.

Ada June war immer so freundlich wie an dem Tag, als sie Gastgeberin für das Clubtreffen war, erzählte ich Rita. Buck hatte eine Pferdezucht, aber die Leute kauften keine

Pferde mehr, und da die Zinns mehr Kinder hatten als Kleingeld in der Tasche, waren sie arm. Aber es machte ihnen nicht soviel aus und sie waren ganz glücklich. Ich mochte Ada June sehr, aber sie war schon fast vierzig. Opalina Dux war die mit den weißen Haaren, die so lang waren, daß sie darauf sitzen konnte. Man wußte immer, wo sie war, weil sie eine Spur von Haarnadeln hinterließ. Manchmal war sie so verrückt wie ihre verrückten Patchworkdecken und unterhielt sich mit ihren Hühnern. Aber das war ja nichts Schlimmes. Die meisten von uns redeten hin und wieder mal mit den Hühnern, nur daß Opalina sie ins Haus ließ, damit sie mit ihnen reden konnte, während sie arbeitete.

Nettie Burgett hatte einen Kropf; deshalb trug sie immer ein Halstuch, wodurch eine gewisse Ähnlichkeit mit ihrem Mann Tyrone entstand, der gar keinen Hals hatte. Tyrone veranstaltete in der Billardhalle in Blue Hill Glücksspiele und überließ Nettie und Velma – sie war das einzige Burgett-Kind, das noch zu Hause war – die ganze Farmarbeit. Nachdem die Regierung die Prohibition abgeschafft hatte und seine Schwarzbrennerei sich nicht mehr rentierte, wandte er sich dem Glücksspiel zu. Die Tatsache, daß er gegen das Gesetz handelte, hinderte ihn nicht daran, fast so selbstgerecht wie Foster Olive zu sein. Wir wußten alle, daß er Nettie das Leben schwermachte, obwohl sie sich nie beklagte. Außerdem wußten wir, daß er mit seinen Hypothekenzahlungen Jahre im Rückstand war und die Bank schon längst die Zwangsvollstreckung eingeleitet hätte, wenn Mrs. Judd Prosper nicht gebeten hätte, es Nettie zuliebe laufen zu lassen. Netties Tochter Velma kam nie zu den Clubtreffen, also ließ ich sie aus.

Ich erzählte Rita, daß Forest Ann Tyrones Schwester war, obwohl man das nie denken würde, denn sie war um vieles netter als er. Eigentlich war Forest Ann der Ausgleich dafür, daß Tyrone so ein Widerling war. Sie und Nettie waren mehr wie Schwestern als wie Schwägerinnen. Als Nettie fünfzig wurde, hatte Tyrone nicht einmal das kleinste Geschenk für sie, aber Forest Ann fuhr mit ihr nach Topeka, wo sie *Captain Blood* im Kino sahen und dann zum Mittagessen zu F. W. Woolworth gingen. Dort tranken sie Nehis und aßen Wiener Würstchen, die auf einem Grill in einem Glaskasten gegart wurden. Nettie sagte, es sei ihr schönster Geburtstag überhaupt gewesen.

Forest Ann war Witwe, da ihr Mann, Everett Finding, ein ausgemachter Trottel, einen frühen Tod gefunden hatte. Eines Tages saß er oben auf der Mähmaschine und blätterte in einem Pornoheft, als etwas die Pferde scheu machte und er in die Maschine stürzte. Die Pferde gingen durch, zerrten Everett mit sich und ließen ihn in Stücken über das ganze Feld verstreut zurück. Nachdem der Boden mit Everett gedüngt worden war, brachte er im nächsten Jahr die beste Ernte hervor, die auf dieser Farm je eingefahren wurde.

»Forest Anns Kinder waren zu dem Zeitpunkt schon alle erwachsen, und sie sagte, daß die einsamen Abende sie fast umgebracht hätten. Das Nähen hat sie davor bewahrt durchzudrehen. Sie findet, eine Frau ohne Nadel ist wie ein Mann ohne Pflug.« Ich unterließ es zu erklären, daß Doktor Sipes der eigentliche Grund war, warum Forest Ann nicht durchdrehte, denn er hielt jeden Abend bei ihrem Haus an und trank ein Glas Buttermilch. Vielleicht trank er auch den schwarzgebrannten Schnaps, den Everett dafür bekommen hatte, daß er Tyrone bei dessen Brennerei geholfen hatte. Forest Ann hatte mindestens so viele Flaschen mit schwarzgebranntem Schnaps in ihrem Keller wie Gläser mit Tomaten.

»Eine Frau ohne Nadel ist wie ein Mann ohne Nadel«, sagte Rita und lachte, und ich lachte auch, obwohl ich sie nicht verstand. »Wer ist denn die ganz alte Dame?« fragte sie.

»Ceres Root. Sie ist als Braut aus Ohio gekommen und hat Cheed Root nach nur zwei Wochen geheiratet. Sie sollte einen Kerl heiraten, den ihre Eltern ausgesucht hatten, aber von dem hat sie nicht viel gehalten, da er nicht einmal vom Pferd abgestiegen war, als er ihr den Antrag machte. Dann lief Cheed ihr über den Weg, und sie sind nach Kansas durchgebrannt. Sie sind ihr Leben lang verliebt gewesen, richtig verliebt. Ihr hat das Patchwork auch geholfen, als sie im ersten Jahr in einer Erdhöhle wohnten und keine Nachbarn hatten. Sie hatte nur ihr Patchwork und arbeitete auch am Tage daran, statt die Hausarbeit zu machen. Eines Tages guckte sie unters Bett und sah, daß dort das Gras zehn Zentimeter hoch stand.

Cheed war sehr glücklich, daß sie ihn geheiratet hatte, und wollte einfach alles für sie tun. Als er einmal in die Stadt fuhr, bat sie ihn, ein Stück von einem Stoff mitzubringen, der ihr so gut gefallen hatte. Statt einen Meter zu kaufen, hat er ihr den ganzen Ballen gebracht. Es war ein hübsches Paisleymuster. Ceres hat immer noch ein paar Meter übrig, weil er ihr so teuer ist. Sie achtet sehr darauf, wofür sie den Stoff benutzt und wer ein Stück davon bekommt. Natürlich haben wir alle einen Flecken davon in unseren Decken.

Jetzt habe ich dir von allen erzählt, außer von Agnes T. Ritter und Mrs. Ritter, aber die kennst du ja schon. Dann ist da noch Ruby. Wenn sie wieder nach Harveyville käme, würde sie auch zum Club gehören. Letztes Jahr haben Ruby und Floyd ihre Farm verloren, weil die Bank sie ihnen weggenommen hat, also haben sie alles in ihren großen Chevrolet gepackt und sind nach Kalifornien gefahren.«

Ich schwieg eine Weile und erinnerte mich an den letzten Moment mit Ruby und Floyd, als sie uns vom Wagen aus zuwinkten, die Kinder im Fond auf einer Matratze, und ich weinte Rotz und Wasser, bis Mrs. Judd sagte: »Still jetzt, Queenie Bean. Sonst fällt Ruby der Abschied noch viel schwerer als jetzt schon. Es bleibt ihnen nichts anderes übrig. In Zeiten wie diesen muß man nehmen, was man kriegen kann, oder man geht unter.«

»Ruby war meine beste Freundin, aber ich habe bisher noch nichts von ihr gehört. Keiner hat von ihr gehört. Grover sagte, sie sind die ganze Zeit damit beschäftigt, Apfelsinen zu essen.« Ich wußte, daß Grover Floyd ebenso vermißte wie ich Ruby, aber das lag zum Teil auch daran, daß sie gemeinsam ein Darlehen für einen Trecker aufgenommen hatten, und als Ruby und Floyd wegzogen, mußten wir es allein zurückzahlen.

»Macht es dir nichts aus, daß diese Frauen alle so alt sind?« fragte Rita. Da hatte sie recht, sie waren alt. In Harveyville waren anscheinend alle alt, weil die Jungen weggegangen waren, um Arbeit zu suchen.

»Deswegen freue ich mich, daß du gekommen bist. Wir sind gleichaltrig, beide dreiundzwanzig. Ich weiß, Agnes T. Ritter ist auch erst fünfundzwanzig, aber sie benimmt sich, als wäre sie dreißig, wenn nicht gar vierzig.«

»Ich glaube, sie ist schon alt und verschroben auf die Welt gekommen«, erwiderte Rita.

Dazu nickte ich und zog Ritas Fingerhut ab, der immer noch an meinem Finger steckte. Er machte ein schmatzendes Geräusch, denn meine Hände waren schwitzig. »Mir ist es egal, wie alt die Frauen vom Patchwork-Club sind, sie sind nämlich meine Freundinnen. Als meine

Mutter starb, haben sie mich unterstützt. Wir sind wie eine Familie.«

Rita schnalzte mit der Zunge, um anzudeuten, daß es ihr leid tat wegen meiner Mutter. »Hast du noch einen Vater?«

»Ich bin jetzt Waise, wie Grover auch«, sagte ich. Ich erzählte Rita von Grover und mir, und wie mein Vater starb, als ich auf der High School war, und Mama vor Kummer dahinsiechte.

»Grovers Mutter gehörte auch zum Patchwork-Club, so wie meine, aber ich kannte sie nicht. Sie starb bei Grovers Geburt, und sein Vater hat Grover und David, Grovers älteren Bruder, großgezogen. David lebt jetzt in Oregon. Nachdem wir geheiratet hatten, wohnte Dad Bean bei uns, bis er vor zwei Jahren gestorben ist. David hat die Hälfte der Farm geerbt, aber er meinte, Farmarbeit sei nichts für ihn, und hat uns seinen Anteil billig überlassen. Die Beans sind richtig nett.«

Ich wollte ihr gerade erzählen, wie Dad Bean mir einen Strauß Wiesenblumen in einer Milchflasche gebracht hatte, damals, als ich das Kind verloren hatte, aber es schickte sich nicht, einer schwangeren Frau von einer Fehlgeburt zu erzählen, also steckte ich den Fingerhut wieder auf und nähte den Saum schweigend zu Ende. Dann glättete ich die Nähte mit meinem Finger und drehte das Stück herum. »Jetzt sieht es gut aus. Wenn du die restlichen Vierecke genäht hast, können wir es im Club für dich füttern und steppen. Du schaffst es an einem Abend, während du dir ›The Bob Hope Show‹ oder ›Fibber McGee and Molly‹ anhörst.«

»Ich lese«, sagte Rita.

Ich dachte einen Moment darüber nach. »Lesen ist in Ordnung, finde ich, aber wenn du Patchwork machst, hast du hinterher eine Decke. Wenn du ein Buch gelesen hast, hast du am Ende gar nichts.«

Rita warf mir einen merkwürdigen Blick zu, als hätte sie nicht verstanden, wie weise ich gesprochen hatte. Doch dann hatte ich das Gefühl, daß ihr etwas anderes durch den Kopf ging und sie überlegte, ob sie es mir sagten sollte. »Ich lese die ganze Zeit, weil ich Journalistin werden will«, sagte sie schließlich. »Ich habe mich um eine Stelle bei der *Topeka Enterprise* beworben, ich möchte über Harveyville berichten. Sie wollen jemanden haben, den sie anrufen können, wenn sich ein Banküberfall oder so etwas ereignet. Man nennt das eine Korrespondentin.«

»In Harveyville gibt es keine Bank«, erwiderte ich. Doch als Rita die Stirn runzelte, fügte ich schnell hinzu: »Trotzdem, ich finde das wunderbar.« Dann sah ich auf ihren Bauch. »Aber wie kannst du denn für die Zeitung schreiben, wenn du ein Kind bekommst?«

»Jemand anders wird sich darum kümmern müssen. Ich muß meine Chance nutzen.«

Ich wollte ihr sagen, daß ich ein Kind, wenn ich eins hätte, nicht für alle Zeitungen der Welt eintauschen würde, aber es stand mir nicht zu, das zu sagen.

»Hier kommt unser Störenfried«, meinte Rita mit einem Blick auf Agnes T. Ritter, die gerade die Fliegengittertür öffnete. Sie kam auf uns zu, gefolgt von Tom. Die beiden waren ungefähr gleich groß, aber nur bei Tom schlug das gute Aussehen durch.

»Scheint, als hättet ihr die Limonade ausgetrunken«, murrte Agnes T. Ritter und blickte Rita finster an. »Soviel Zucker tut jemandem in deinem Zustand nicht gut«, sagte sie, als wäre Rita krank. »Wenigstens verwechselt Mom nicht Zucker und Salz wie jemand anders, den ich kenne.« Tom verdrehte die Augen, und ich konnte mir gut vorstellen, daß Rita diese Verwechslung für den Rest ihres Lebens von Agnes T. Ritter zu hören bekommen würde.

Rita grinste Tom an. »Hallo, mein Prinz.« Dann zwinkerte sie mir zu, sah zu Agnes T. Ritter hinüber und sagte: »Hallo, auch ... Agnes T. Ritter.«

Bevor ich ging, lud ich Tom und Rita für den nächsten Tag zu uns zum Essen ein. Ich hatte also nicht viel Zeit zu saugen, Staub zu wischen, meine besten Patchworkdecken auszulegen und das Essen zu kochen. Aber Agnes T. Ritters spöttische Bemerkungen über Ritas Kochkünste hatten mich auf eine Idee gebracht.

Als ich Grover mittags von unseren Gästen erzählte, sagte er, ich solle eingelegte Schweinefüße und Sauerkraut machen, was sein Lieblingsessen und auch das von Tom ist, aber ich ließ mich nicht darauf ein. Schließlich war Rita aus Denver und gewohnt, in Restaurants zu essen, wo Mexikaner oder Chinesen in der Küche standen. Darauf schlug Grover gebratenes Hähnchen vor, aber ich sagte, das könne Mrs. Ritter besser als ich. Also meinte er, ich solle selbst entscheiden, und schließlich entschied ich mich für Hinterschinken mit roter Soße.

Damit war Grover zufrieden. »Es gibt nichts Besseres als rote Soße und Kartoffelbrei«, fand er. »Mach nur ordentlich Bourbon in die Soße, daß Tom sie trinken kann. Du kennst ja Howard Ritter. Tom hat zu mir gesagt, die Farm seines Vaters ist der trockenste Ort in Kansas, und er meinte damit nicht die Dürre. Zum Nachtisch könntest du ja eine Pie machen.« Ich wußte, daß Grover das sagen würde.

»Gut. Wie wär's mit Rhabarber?« Das mochte Grover besonders gerne.

»Ist nicht mehr die richtige Zeit für Rhabarber, oder?«

»Ich hab' ein paar Stauden gefunden, die noch nicht holzig sind«, erwiderte ich und hoffte, Grover würde mich nicht fragen, wo ich sie gesehen hatte.

Er fragte nicht. »Ich muß noch einiges erledigen, bevor das Vergnügen beginnen kann«, sagte er und ließ mich in der Küche zurück, während er in die Scheune ging. Das paßte mir gut. Männer hatten keine Ahnung, wieviel Arbeit eine Einladung zum Essen bedeutete. Ich brauchte den Rest des Nachmittags zum Kochen und Tischdecken. Es gab keine Minute Leerlauf.

Nachdem alles vorbereitet war, blieb wirklich gerade noch so viel Zeit, um mich zu Grover auf die Veranda zu stellen und zuzusehen, wie Tom und Rita die Straße entlangkamen und den gelben Staub aufwirbelten, der trocken wie Asche war. Er stob bis zur Hüfte hoch, so daß von den beiden nur der Oberkörper zu sehen war. Außerdem wehte ein Wind, nicht besonders heftig, aber stark genug, um den verdammten Staub in mein sauber geputztes Haus zu blasen. Ich lief schnell hinein, um die Fenster zu schließen, aber sie waren schon zu, und die Ritzen waren mit Handtüchern zugestopft. Trotzdem bildeten sich bei allen Öffnungen kleine Staubspuren.

Rita und Tom hatten es nicht eilig und alberten herum. Ab und zu stieß Rita absichtlich mit Tom zusammen, und beide lachten. Als ich sie sah, mußte ich wieder an Grover und mich denken, als wir frisch verheiratet waren und in der Abenddämmerung gerne einen Gang um die Felder machten, Lehmklumpen lostraten und über die Risse in der Straße sprangen, wo der Regen die Erde fortgespült hatte.

Tom trat auf unser Ostfeld, nahm eine Handvoll Erde und roch daran, dann ließ er sie durch die Finger rieseln. Es war ein zartes Pulver, wie der trockene Lehm auf der Straße. Ich sah, wie er den Kopf schüttelte, die Stirn runzelte und etwas zu Rita sagte, doch als sie beim Haus ankamen, scherzten sie und hielten sich wieder bei den Händen, und Grover und ich empfingen sie lachend. Rita umarmte mich, und Tom gab mir einen Kuß auf die Wange, und das war der Anfang von einem der besten Abende, die wir je miteinander verbracht haben. Auch Tom und Rita waren dieser Meinung.

Die beiden waren sichtlich froh, Agnes T. Ritter für einen Abend entkommen zu sein. »Es ist mir egal, ob du das Essen anbrennen läßt, Queenie. Solange du mir bloß nichts auf den Tisch bringst, was weiß ist«, sagte Tom. »Wenn Agnes nicht gerade Zwiebeln in weißer Soße oder Kartoffeln mit Quark macht, dann kocht sie Hühnchen mit Reis und läßt das Huhn so lange im Topf, daß überhaupt kein Geschmack mehr drin ist, und zum Nachtisch gibt's dann Vanillepudding. Ich wußte gar nicht, daß es so viele farblose Speisen gibt.«

»Da sie so scharf auf weißes Essen ist, habe ich vorgeschlagen, sie solle doch nächstes Mal, wenn sich der Club bei ihr und Mom trifft, Popcorn servieren«, sagte Rita. »In Butter.«

Ich verstand sie nicht. »Man kann nicht gleichzeitig nähen und Popcorn essen.«

»Deswegen ja, Dummerchen.«

Tom setzte sich auf die Lehne des Sofas und legte seinen Arm um Rita, die neben ihm stand. »Was trinkst du da, Grover?«

»Schwarzgebrannten; ausgezeichnet, das Zeug. Alter Bourbon von Tyrone. Viel besser als das, was man heute legal kaufen kann. Manchmal denke ich, Franklin Delano Roosevelt hat einen Fehler gemacht, als er die Prohibition abgeschafft hat.«

»Fusel ist genau das Richtige für mich. Wie steht's mit dir, meine Morgensonne?« Rita trug ein hübsches gelbes Sommerkleid, im Haar hatte sie ein gelbes Seidenband und am Handgelenk eine winzige goldene Uhr.

»Ist es wirklich Bourbon?« fragte sie.

»Er ist sehr stark«, warnte ich sie.

»Also, dann hoch die Tassen! Je größer der Schwips, desto besser«, sagte Rita.

»Ich kümmere mich eben ums Essen«, sagte ich, als Grover die Getränke brachte, und rechnete damit, daß Rita mir in die Küche folgen würde, wie das üblich war. Aber sie setzte sich mit Tom und Grover auf die Veranda. Ich machte in aller Eile die Soße und stellte das Essen auf den Tisch, damit ich nichts verpaßte. Als ich fertig war, rief ich die anderen zu Tisch. Tom und Grover sagten: »Das sieht aber lecker aus«, und Rita hätte eigentlich hinzufügen müssen: »Du hättest dir nicht soviel Mühe machen sollen«, was sie aber nicht tat. Wahrscheinlich haben die Menschen in der Stadt andere Manieren.

»Tom hat sich um eine Stelle bei einer Kupfermine in Butte, Montana, beworben«, erzählte Grover, nachdem er das Tischgebet gesprochen hatte, in dem er sich besonders für gute Freunde bedankt und den Herrn um Regen gebeten hatte.

»Ich und ungefähr tausend weitere Männer. An Ingenieuren gibt es zur Zeit keinen großen Bedarf. Wahrscheinlich ist Rita eine berühmte Reporterin, bevor ich den Brief mit der Absage bekomme.« Tom nahm sich eine besonders große Portion Kartoffelbrei. »Also, in gewisser Weise hatte ich mich darauf gefreut, wieder nach Harveyville zu kommen, aber ich hatte vergessen, wie schwer das Leben als Farmer ist. Meine Herzensdame hier hat sich zu allem bereit erklärt, aber sie ist nicht dazu gemacht, im Schweinestall zu arbeiten. Es fällt ihr noch schwerer als mir, hier zu leben.« Weder Grover noch mir fiel dazu etwas ein. Wir wußten, daß die Arbeit auf einer Farm hart war, aber es war das beste Leben, das wir uns vorstellen konnten. Wir schwiegen, bis Tom meinte: »Das ist die beste Soße, die ich je gekostet habe, Queenie.«

Ich dankte für das Kompliment mit einem Nicken. Dann sagte ich zu Grover: »Vielleicht weißt du es noch nicht: Rita will einen Artikel für die *Enterprise* schreiben.«

»Wirst du über den Sticheln-und-Kichern-Club schreiben?«

Ich stieß Grover unter dem Tisch gegen das Schienbein. »Damit ihr nur wißt, er meint den Patchwork-Club.« Grover und Tom fingen an zu lachen. Rita schmunzelte, und selbst ich mußte lächeln, denn »Sticheln und Kichern« ist eine sehr gute Beschreibung von unserem Patchwork-Club.

Rita schnitt ihren Schinken in kleine Stücke, bevor sie Grover antwortete: »Ich werde über die Wahlen zum Schulausschuß schreiben.« Sie steckte ein Stück in den Mund und kaute. »Toms Vater sagt, daß die Wahl einen Hinweis darauf geben wird, ob gute Zeiten bevorstehen. Die neuen Kandidaten wollen eine Grundschule errichten, was die Steuern in die Höhe treiben würde. Wenn sie also gewinnen, dann heißt das meiner Meinung nach, daß die Leute glauben, bessere Zeiten stehen direkt vor der Tür, und es macht ihnen nichts aus, mehr Steuern zu zahlen. Wenn aber die alten Ausschußmitglieder wiedergewählt werden, dann bedeutet das, daß die Wähler glauben, die Lage bleibt schlecht, und daß sie keine höheren Steuern zahlen wollen. Das nennt man Einstellungssache.«

»Siehst du bessere Zeiten kommen, Tom?« fragte Grover.

»Vielleicht«, erwiderte Tom langsam und ging mit dem Löffel in die Butter, statt das Messer zu nehmen. Als ich sie auf den Tisch gestellt hatte, war sie hart wie ein Eisbrocken gewesen, aber die Hitze im Raum hatte sie so weich gemacht, daß Tom sie auch mit einer Scheibe Brot hätte nehmen können. »Ich persönlich sehe sie zwar nicht, aber wir können uns nicht beklagen, denn schließlich haben wir ein Dach überm Kopf und was zu essen. Die Lage könnte schlimmer sein. Wenn ich zum Beispiel einer meiner Gläubiger wäre …«

»Ja, die Leute sind so knapp bei Kasse, man sollte den Ort hier Habnichviel nennen.« Grovers Serviette lag immer noch zusammengefaltet auf dem Tisch. Wir benutzten Servietten nur, wenn wir Gäste hatten. »Hast du hier Arbeit gefunden, Tom?«

»Wo denkst du hin? Bisher habe ich in diesem Sommer ganze fünfzig Cent verdient.« Er schmunzelte, aber wir anderen waren still. »Edgar Howbert hat mich für einen Tag zum Pflügen eingestellt, aber ich war schon nach einem halben Tag fertig, also bekam ich nur fünfzig Cent. Wenn Rita ihren Artikel an den Mann bringen kann, verdient sie zwanzigmal soviel wie ich, und sie hat keine Blasen.«

»Hast du die fünfzig Cent alle auf einmal ausgegeben?« fragte Grover, und das war so lustig, daß wir alle lachen mußten.

»Ich hatte überlegt, ob ich mit den fünfzig Cent nach Blue Hill gehe und mein Glück bei einem von Tyrone Burgetts Glücksspielen versuche. So nach dem Motto ›wie gewonnen, so zerronnen‹. Aber es ist zu weit zu laufen, also habe ich gedacht, ich kaufe mir mit dem Geld lieber eine Farm.«

»Es ist ungerecht«, sagte Grover und wurde wieder ernst. »Man arbeitet wie ein Nigger, und was hat man davon?« Er sah mich an und verbesserte sich: »Neger.«

»Zum Teufel, die Neger haben es noch schlechter als wir«, schimpfte Tom. »Edgar hat Hiawatha Jackson fünfzig Cent pro Tag angeboten, und Hiawatha hat angenommen. Ich weiß nicht, was mich mehr ärgert: daß Edgar den Lohn gedrückt hat, weil Hiawatha ein Schwarzer ist, oder daß er mir die Arbeit nicht zum selben Lohn angeboten hat.« Hiawatha und seine Frau Duty lebten auf Ellas Farm und kümmerten sich um sie.

»Edgar Howbert ist ein Halsabschneider«, sagte Grover.

»Hiawatha war froh, überhaupt was zu bekommen. Er hat mir erzählt, daß sein Ältester im ganzen Staat nach Arbeit gesucht hat und daß der Westen von Kansas so trocken ist, daß da nicht mal ein Knochen wachsen würde. Er kam mit einer Staublunge nach Hause.«

»Ich hab' gehört, daß einige Farmer in der Gegend da alles zusammenpacken und sich in die Sahara aufmachen, da soll es mehr Wasser geben«, sagte Grover. »Wie steht's mit dir, Rita?«

Grover meinte damit, ob sie noch etwas essen wolle, aber Tom hatte ihn mißverstanden: »Sie sollte sich schonen. Klein Agnes da drinnen läßt sie nicht mehr schlafen.«

»Agnes?« fragte Grover. »Ihr werdet sie doch nicht Agnes nennen, oder, Rita?« Ich hatte Grover, gleich als er nach Hause gekommen war, von dem Baby erzählt.

»Eher würde ich einen Goldfisch verspeisen.«

»Agnes kann einem wirklich auf die Nerven gehen. Vielleicht hätten wir sie damals ertrinken lassen sollen. Ich hatte zu Tom gesagt, er soll sie liegenlassen«, sagte Grover.

»Ja, aber wenn ich sie nicht rausgeholt hätte, dann hätte Floyd es getan, und ich hätte mir eine Tracht Prügel geholt«, erklärte Tom.

»Warum hätte Floyd das tun sollen?« fragte Grover.

»Er war in sie verknallt. Wußtest du das nicht?«

»Floyd?« Ich sah Grover fragend an. Er war ebenso überrascht wie ich.

»Klar, aber Agnes war wild entschlossen, aufs College zu gehen. Sie wollte keinen Farmer heiraten«, sagte Tom.

»Wenn Floyd sie statt Ruby geheiratet hätte, gehörte Agnes jetzt zum fahrenden Volk.«

»Ruby und Floyd sind kein fahrendes Volk!« widersprach ich heftig.

»Nenn sie, wie du willst. Es gibt hier einige von uns, die nur fünfzig Cent davon entfernt sind, zum fahrenden Volk gemacht zu werden«, erwiderte Tom. Eine Weile waren wir alle still und dachten darüber nach. Dann begann Tom: »Ich habe an der Erde auf eurem Ostfeld gerochen. Ich wette, es ist bis hin nach China alles ausgetrocknet. Seitdem wir hier sind, hat es nicht geregnet.«

»Letzte Woche ist eine Wolke vorübergezogen«, seufzte Grover. »Aber ich glaube, die kam leer auf dem Rückweg von Kentucky hier vorbei.«

»Dieser Bourbon schmeckt, als käme er auch daher.« Tom nahm den letzten Schluck aus seinem Glas. »Ich vermisse die Zeiten, als Rita und ich noch unsere Samstagabende mit Whiskeytrinken und Kartenspielen verbrachten.«

»Dein Vater würde einen Anfall kriegen, wenn wir das hier machen würden.« Rita lachte. »Manchmal fühle ich mich wie die kleine alte Dame in eurem Club, die allein lebt und nicht mal Strom hat. Wie heißt sie noch?«

Statt ihr zu antworten, stand ich auf und fing an, den Tisch abzuräumen.

»Ella, stimmt's?« fragte Rita.

»Lieber wäre ich einsam, als mit Ben Crook zusammenzuleben, das kann ich euch sagen«, meinte Grover. »Erinnerst du dich noch an ihn, Tom?«

Bevor Tom antworten konnte, warf ich ein: »Apropos erinnern: ihr erinnert euch doch, daß es noch Nachtisch gibt?«

»Auf jeden Fall erinnere ich mich ziemlich gut an Queenies Pies«, sagte Tom.

Ich bat Rita, mir beim Abräumen zu helfen, und Tom und Grover sprachen wieder über das Wetter.

Rita und ich trugen das Geschirr in die Küche und stapelten es in der Spüle. Dann schickte ich sie wieder ins Eßzimmer, um die Pie aus dem Ofen zu holen. Einen Augenblick lang bewunderte ich sie, weil es die hübscheste Pie war, die ich je gemacht hatte. Die Kruste war zartbraun und mit Zucker bestreut. Aus dem Luftloch, das ich in den Teig geschnitten hatte, lief korallenroter Saft. Ich zerteilte die Pie in vier Portionen, dann schlug ich die Sahne, füllte sie mit einem großen Löffel in eine Schüssel und trug alles ins Eßzimmer.

Tom schenkte mir ein breites Lächeln, als ich sein Stück vor ihm absetzte, und fand, selbst die Pies seiner Mutter seien nicht so gut wie meine. Ich reichte die Sahne herum, und wir warteten, bis jeder sich bedient hatte, bevor wir unsere Gabeln nahmen.

Während die Männer ihre Pie zerteilten, sprachen sie über die Ernte. Tom fragte Grover, wieviel Getreide er wohl pro Morgen ernten werde, doch statt zu antworten, hob Grover die Hand, um Tom anzudeuten, er solle einen Moment warten. Er schob ein großes Stück Pie in den Mund, bevor er anfing: »Wie ich die Sache sehe –«. Er schluckte und starrte auf seine Pie, dann sah er mich fragend an.

Tom nahm einen Bissen von seiner Pie, und auf seinem Gesicht zeichnete sich derselbe überraschte Ausdruck ab. Er schluckte den Bissen aber nicht hinunter. Statt dessen machte er die Wangen hohl und behielt ihn im Mundraum. »Queenie …«, sagte Tom und wälzte den Bissen von einer Seite zur anderen.

»Was ist?«

»Was ist denn das für 'ne Pie?« fragte Grover.

»Rhabarber«, erwiderte ich. »Weißt du nicht, was Rhabarber-Pie ist? Ich dachte, es ist deine Lieblingspie.«

»Es schmeckt aber nicht wie Rhabarber«, sagte Tom. Er schluckte endlich den Happen in seinem Mund hinunter und verzog das Gesicht.

»Ich habe ihn heute morgen gepflückt, an der Nordseite der Scheune«, erklärte ich. Dann zerteilte ich mein eigenes Stück, konnte mich aber nicht überwinden, es zu essen.

Rita kostete ihr Stück und spuckte den Bissen auf ihren Teller.

Grover untersuchte das, was er auf dem Teller hatte, indem er die Kruste zur Seite schob und in der Füllung stocherte. »Das ist kein Rhabarber, Queenie.« Grover grinste mich an. »Das ist Stielmangold! Deine Rhabarberpie besteht aus Stielmangold!«

»Stielmangold!« brüllte Tom.

»Das kann nicht sein!« beharrte ich.

Aber Grover hatte recht, und ich wurde so rot wie die Mangoldstiele, während Grover in schallendes Gelächter ausbrach und fast hintenüber fiel – was ihm nur recht geschehen wäre, wo er sich so über mich lustig machte. Tom versuchte höflich zu bleiben und hielt sich die Serviette vor den Mund, aber dahinter prustete er und schüttelte sich, bis ihm die Tränen in die Augen traten.

Auch Rita lachte, nachdem sie das Rot von ihren kleinen weißen Zähnen gerieben hatte. »Das ist ja noch besser als Zucker und Salz zu verwechseln. Sogar ich kenne den Unterschied zwischen Rhabarber und Stielmangold.«

»Na ja, es sieht doch ziemlich gleich aus. Sie sind beide rot, sie haben grüne Blätter, und die Stiele sind so …« Was hatte es schon für einen Sinn, erklären zu wollen?

»Süße, das kannst du in hundert Jahren nicht wiedergutmachen«, sagte Grover, als er wieder Luft bekam, und ich wußte, daß er recht hatte.

Es war mir so peinlich, daß ich froh war, die Teller zusammenstellen und in die Küche fliehen zu können. Die drei lachten immer noch, als ich einen Teller mit Keksen, die ich am Nachmittag gebacken hatte, als Ersatz für den Nachtisch auf den Tisch stellte.

Ich stellte das Geschirr in den Spülstein, um es am nächsten Morgen abzuwaschen, und nachdem wir die Kekse gegessen hatten, setzte ich mich mit den anderen auf die Veranda. Grover goß noch einmal Bourbon ein und meinte: »Ich bin aber heilfroh, daß ich Tyrones Bourbon gekauft habe und nicht seinen Rhabarberwein.« Tom und Rita lachten, aber ich stieß Grover in die Seite, und er sagte nichts mehr.

Wir saßen noch lange da draußen, redeten und lachten, und ich merkte, daß Tom und Rita gar nicht gehen wollten. Bevor sie gingen, baten wir sie, in unser Gästebuch zu schreiben, da es ja das erste Mal war, daß Rita bei uns war. Tom schrieb: »Ich freue mich schon auf den Überraschungskuchen beim nächsten Besuch.«

Als sie über die Wiese liefen, lachte Rita. »Wir sehen uns in der Witzbeilage.« Grover und ich blickten ihnen nach, wie sie im Sternenlicht fortgingen. Einmal drehte Tom sich um und sang: »K-K-K-Queenie, schöne Queenie, du bist die einzige B-B-B-Bean, die ich mag.«

Nach einer Weile wurde sein Gesang schwächer, und schließlich überstimmten ihn die Zikaden. Dann verschwanden Tom und Rita in der Nacht. Grover hob die Nase und prüfte, ob es Regen geben würde, aber wir wußten beide, daß keiner in der Luft lag. In der Ferne heulte ein Kojote, und Old Bob bellte. Grover legte seinen Arm um mich und sagte: »Zeit, in die Falle zu gehen«, und ging hinein.

»Du bist so ziemlich die beste Freundin, die Rita in Harveyville haben könnte, auch wenn sie es noch nicht weiß.« Grover hakte die Tür mit dem Fliegengitter ein und folgte mir ins Schlafzimmer.

Ich hob fragend die Augenbrauen, aber in der Dunkelheit konnte er das nicht sehen.

»Auf jeden Fall ist Tom dir dankbar für das, was du getan hast.«

»Ein Essen zu kochen ist ja nicht so schwierig. Es macht mir Spaß«, erwiderte ich und schob das Fenster ganz hoch. Die Luft war draußen immer noch heißer als drinnen, aber gegen Morgen würde vielleicht eine kühle Brise aufkommen, und die wollte ich nicht verpassen. Man konnte kein Farmer sein, wenn man das Wetter nicht mit einer gehörigen Portion Optimismus betrachtete. Ich schaute in den Nachthimmel, es waren keine Wolken zu sehen.

»Ich meine nicht die Einladung zum Essen. Ich meine deine Pie. Das war wirklich nett von dir, Queenie.« Grover zog seine Sachen aus und setzte sich auf den Bettrand, um den Wecker aufzuziehen, obwohl er immer lange vor dem Klingeln aufwachte. Als er sich zur Seite drehte und im Mondlicht auf seine Uhr sah, um die Zeit mit der auf dem Wecker zu vergleichen, schien das Licht auf den kahlen Fleck auf seinem Hinterkopf und brachte ihn zum Funkeln, wie einen Silberdollar. Grover legte seine Uhr auf die Kommode, schlüpfte ins Bett und streckte die Hand nach mir aus. »Tom und ich wissen beide, daß es keine Farmersfrau gibt, die den Unterschied zwischen Rhabarber und Mangold nicht kennt.«

Kapitel 4

Eines Mittags brachte ich Grover sein Essen aufs Feld, und wir saßen auf der Mauer des alten Hauses aus Lehmziegeln, das jemand vor Urzeiten gebaut hatte, und aßen. Das Haus war praktisch vollständig verwittert – Staub zu Staub, aber was war heutzutage in Kansas nicht Staub?

Wir saßen im Schatten einer großen Balsampappel, die vermutlich von denselben Leuten gepflanzt worden war, die das Haus gebaut hatten. Es ist schon ein besonderer Menschenschlag, der einen Baum pflanzt, obwohl er weiß, er wird weiterziehen, bevor der Baum so groß ist, daß man in seinem Schatten sitzen kann. Grover gehörte zu dieser Sorte, und ich sagte ihm das, aber er hörte gar nicht zu. Er sah über das Land hinweg.

Ich nahm ein Stück Stachelbeerpie aus dem Korb und betrachtete es mit Wohlgefallen, bevor ich es ihm reichte. Die Kruste war goldbraun, und die Beeren waren dick und rund wie Jadeperlen. »Es ist viel besser als das, was wir beim Clubtreffen gestern hatten«, erzählte ich ihm. Bisher war es kein besonders gutes Jahr gewesen, was die Erfrischungen bei den Treffen betraf. Statt Popcorn, wie Rita vorgeschlagen hatte, setzte Agnes T. Ritter uns Maisgrießpudding vor, und das Mal davor hatte Nettie ihr Früchtebrot serviert. Alle paar Jahre machte sie riesige Mengen davon in einer

Rührschüssel, die zwanzig Liter faßte. Sie sagte, es würde fünfzig Jahre halten, und ich flüsterte Ada June zu, dann hätte es noch zwanzig Jahre vor sich. Das einzig Gute daran war, daß Nettie einen kräftigen Schuß von Tyrones Schwarzgebranntem hinzugefügt hatte. Als ich leise zu Rita sagte, wie schade es sei, daß wir den Whiskey nicht einfach herauslecken könnten, erwiderte sie, Tyrone müsse ein echter Mordskerl sein, wenn er so guten Whiskey machen könne. Ich hatte mir diese Ausdrucksweise gemerkt.

»Möchtest du was, Schatz?« fragte ich Grover, der mich immer noch nicht beachtete.

»Wer ist denn das?« wollte er wissen.

Ich legte meine Hand an die Stirn, um mich gegen die Sonne zu schützen. »Der hat es ja mordseilig, wer auch immer es ist.«

Grover sah mich merkwürdig an. »Es könnte Blue sein.« Die Massies waren so sehr Teil unseres Lebens geworden, daß wir uns gar nicht mehr vorstellen konnten, daß sie nicht seit jeher in der Hütte gewohnt hatten. Manchmal traf Grover auf ein eigenartiges, mit Stöcken gelegtes Muster auf dem Feld und wußte, daß es eins von Blues Omen war. Oder ich sah von meiner Arbeit in der Küche auf, und mein Blick fiel auf Zepha, die mit dem Baby im Arm auf der Schwelle stand – beide leise wie zwei Indianer. Manchmal kam ich nach Hause und fand ein paar Fetzen von selbstgefärbtem Stoff ins Fliegengitter geklemmt, und ich wußte, sie hatte Sonny damit geschickt. Ab und zu entdeckte ich Sonny, der im Studebaker saß und so tat, als höre er Radio. Am Anfang war mir seltsam zumute, wenn diese Dinge passierten, aber inzwischen hatten wir uns an die Massies und ihre Art gewöhnt.

»Vielleicht will er uns sagen, daß er auf einer Balsampappel eine Schlange gesehen hat«, sagte ich. Blue hatte Grover erklärt, wenn wir eine schwarze Schlange auf einem Baum entdeckten, würde es in den nächsten drei Tagen regnen.

»Das ist doch Unsinn. Ich habe noch nie eine Schlange auf einem Baum gesehen«. Ich schüttelte den Kopf als Grover mir davon erzählte.

»Wahrscheinlich hast du auch noch nie Regen gesehen.« Seitdem suchten wir beide immer die Bäume nach Schlangen ab.

Ich trat aus dem Schatten der Pappel und konnte beobachten, wie der Mann in der Kuhle verschwand. Als er wieder in Sicht kam, erkannten wir, daß es gar kein Mann war.

»Es ist nicht Blue. Es ist Zepha«, sagte Grover. »Was meinst du, warum sie so rennt?« Ich hatte keine Ahnung, aber es konnte nur ein Zeichen für schlechte Nachrichten sein, also wickelte ich Grovers Pie wieder ein und legte die Sachen in den Korb. Grover würde seinen Nachtisch nicht essen wollen. Als ich fertig war, war Zepha in Rufweite.

»He, Zepha. Wir sind hier drüben. Alles in Ordnung?« rief Grover. Manchmal ist Grover nicht so helle. Wenn alles in Ordnung wäre, würde Zepha ja nicht ohne Sonnenhut durch die Hitze rennen.

»Miz Bean«, rief Zepha, als sie langsamer wurde. Mehr sagte sie nicht, bis sie bei uns ankam. Dann mußte sie erst wieder zu Atem kommen, bevor sie sprechen konnte. Währenddessen überlegte ich mir, was beim Haus passiert sein konnte. Dann fiel mir auf, daß sie nicht vom Haus gekommen war, sondern aus der Richtung, wo die Tagelöhnerhütte lag. Ich hoffte, es war nichts mit Sonny und Baby.

Ich streckte meine Hand nach ihr aus und führte sie in den Schatten. Dann holte ich die Flasche mit Limonade aus dem Korb und reichte sie ihr, aber sie schüttelte den Kopf.

Statt dessen bückte sie sich, noch während sie nach Atem rang, um einen Dorn aus ihrem nackten Fuß zu ziehen.

»Da ist eine Frau gekommen«, begann sie nach scheinbar endlos langer Zeit. »Mit einem engen Kleid an. Eine magere Frau mit einem Gesicht wie eine Echse und keine Lippen. Sie sagt, Sie sollen schnell kommen, Miz Bean. Ihre Schwester steht kurz davor.«

»Was heißt das?« fragte Grover. Er verstand nichts von dem, was Zepha brabbelte – ich schon.

»Das war Agnes T. Ritter. Zepha meint, bei Rita haben die Wehen eingesetzt«, erklärte ich. »Sie ist zu früh dran.«

Zepha nickte. »Sie konnte Sie bei Ihrem Haus nicht finden, deshalb ist sie zu uns gekommen und hat gefragt, ob wir wissen, wo Sie sind. Sie sagt, es steht schlecht. Hab' mir gedacht, vielleicht liegt das Baby falsch. Ich weiß von einer Frau, bei der war das so. Ich weiß nicht mehr, wer's war. Ihr Bauch wurde ganz dick, weil das Baby nicht rauskommen wollte, und sie hat zwei Tage lang geschrien und ist verrückt geworden vor Schmerzen. Als das Baby dann endlich kam, da konnte Granny Grace – die hat es geholt – es nicht retten. Die Frau ist mitten beim Schreien gestorben, und der Mann ist für den Rest seines Lebens mit den Händen über den Ohren rumgelaufen, um das Schreien nicht zu hören. Wie hieß sie denn nur?«

Mir wurde ein wenig übel, ich sah Grover an, der ganz blaß geworden war. »Dann war da eine Frau«, fing Zepha wieder an, aber ich schüttelte den Kopf und deutete auf Grover. Zepha verstand und erzählte die Geschichte nicht, aber sie sagte mit Heftigkeit: »Ihr Mann sollte sich das anhören. Männer sollten wissen, welche Schmerzen sie uns machen. Sie sollten auch einmal ein Kind bekommen, am besten durch die Nase. Dann wüßten sie Bescheid.«

Zepha sah Grover an, als ob er schuld sei an den Schmerzen, die die Frauen erdulden müssen. »Sagen Sie ihr, sie soll aufpassen. Gestern abend hat ein Vogel dreimal ans Fenster gepickt. Das bedeutet Unglück.«

Ich hielt nicht viel von solchen Sachen, auch wenn Nettie und Forest Ann darauf schwörten, aber ich zitterte trotzdem. Grover nahm mir den Korb aus den Händen und sagte: »Komm, Queenie. Du bist schneller bei den Ritters, wenn du über die Felder läufst, als wenn wir erst nach Hause gehen, um den Wagen zu holen. Ich nehme den Korb nach Hause und komme nach, so schnell es geht. Tom braucht jemanden, der bei ihm ist. Lauf los, Queenie.« Er gab mir einen kleinen Schubs.

»Sagen Sie, sie sollen ein Messer unters Bett legen«, rief Zepha, als ich mich in Bewegung setzte. »Ein scharfes Messer unterm Bett schneidet den Schmerz raus.« Ich rannte, so schnell ich konnte, und blieb nur stehen, um mir Schuhe und Strümpfe auszuziehen. Dann rannte ich wie eine Erntemagd zur Ritter-Farm, und Zepha schrie mir nach: »Vergessen Sie nicht das mit dem Messer!«

Die Hälfte der Frauen vom Club waren schon vor mir da. Nachdem Agnes T. Ritter mich nicht angetroffen hatte, war sie nach Hause gegangen und hatte Ada June angerufen, und alle Teilnehmer am Gemeinschaftsanschluß hatten mitgehört, einschließlich der Frauen vom Patchwork-Club, die verstanden, daß sie gebraucht wurden.

Als ich auf dem Hof der Ritters ankam, sah ich Ada Junes Hudson und Forest Anns alten Dodge. Der Staub, den Mrs. Judds Packard aufgewirbelt hatte, hatte sich noch nicht gelegt. Mrs. Judd stand neben dem Auto mit einer Papiertüte in der Hand und sprach mit Tom, und als ich hinzukam, hörte ich, wie sie sagte: »Es wird dir nicht schaden, ein kleiner Schluck wird dich entspannen. Ich weiß ja, daß dein Dad keinen hier hat, deswegen habe ich dir von Prosper welchen mitgebracht. Bring die Flasche an einen Ort, wo Howard Ritter sie nicht sieht, und genehmige dir einen Schluck, wenn du meinst, du kannst es brauchen. Ich halte nichts von Trinkgelagen und bin ja auch Mitglied im Temperenzverein christlicher Frauen, aber der Herr hat seine Gründe, daß Er diese Dinge auf die Erde schickt. Du brauchst gar nichts zu sagen, Queenie Bean, ich nehme das nur für mein Früchtebrot.«

Tom schien erleichtert, als er mich sah. »Bin ich froh, daß du da bist, Queenie. Wir haben überall nach dir gesucht. Dann dachte Agnes, eure Tagelöhner könnten wissen, wo du bist, und ist zu ihnen gefahren.«

Ich legte meine Arme um Tom und drückte ihn. »Wie geht es ihr?«

Für einen Moment nahmen seine Augen einen wilden Ausdruck an, und ein Zittern durchfuhr ihn. Dann riß er sich zusammen und sagte: »Ich weiß nicht. Die Schmerzen haben ganz plötzlich eingesetzt. Der Arzt ist jetzt bei ihr, zusammen mit Mom und Agnes. Sie ist erst im siebten Monat.«

»Sieben Monate«, belehrte Mrs. Judd ihn, »sieben Monate ist reichlich, mein Junge. Tatsache ist, je kleiner das Kind, desto leichter die Geburt. Es wird Rita nicht so arg zerreißen. Mach dir bloß keine Sorgen, Tom.«

»Grover kommt, so schnell er kann«, sagte ich.

»Trinkt die Flasche gemeinsam. Sag bloß Howard nicht, von wem sie ist, und du brauchst es auch nicht Nettie und so zu erzählen, wo doch Prosper nicht bei Tyrone brennen läßt. Er sagt immer, Tyrones Schwarzgebrannter schmeckt wie Diesel. Queenie, geh du rein. Rita möchte bestimmt lieber dein hübsches Gesicht sehen als meines.« Ich ging aufs Haus zu, und als ich einen Blick zurückwarf, sah ich, wie Mrs. Judd gerade die Flasche ansetzte.

Die Frauen vom Patchwork-Club hatten die Küche der Ritters eingenommen, in der noch der würzige Geruch von dem Pflaumenmus hing, das Mrs. Ritter am Vortag eingekocht hatte. Netties Butterkuchen stand auf dem Tisch neben Ada Junes Brotpudding, und Netties Tochter Velma schnitt Tomaten. Ada June machte Feuer, während Nettie den Wasserkessel füllte. Man hätte denken können, wir bereiteten einen bunten Abend vor, wenn da nicht Mr. Ritter gewesen wäre, der hin und her lief und alle anrempelte.

Schließlich sagte Nettie: »Howard, würde es dir etwas ausmachen, ein bißchen Holz für den Ofen zu hacken? Vielleicht brauchen wir einen ganzen Baum, wenn's lange dauert.« Er nickte und schien froh, daß man ihm eine Aufgabe gegeben hatte. Er ging raus, und bevor jemand ihn daran hindern konnte, hatte er soviel Holz gehackt, daß es bis Weihnachten reichen würde.

»Wie geht es Rita?« fragte ich, und Nettie und Forest Ann sahen erst mich und dann sich an und ließen so die Erinnerung an die Zeit, als ich die Fehlgeburt hatte, wach werden. Die beiden hatten einen ganzen Nachmittag bei mir verbracht, mir die Schulter getätschelt, meinen Rücken massiert und mir Bissen in den Mund geschoben, die ich nicht wollte. Sie zählten alle nach abergläubischem Brauch praktizierten Methoden auf, wie ich im Nullkommanichts wieder schwanger werden würde. Natürlich lagen sie falsch, aber der Arzt hatte mir noch nicht erzählt, daß er fast alles rausgenommen hatte, und sie erreichten, daß ich mich besser fühlte. Ich hoffte, daß Rita sich auch durch die Frauen vom Patchwork-Club gestärkt fühlen würde, so wie ich damals.

»Queenie, du bist bei Tom von größerem Nutzen als hier«, sagte Nettie und band das Tuch um ihren Kropf mit einem Pfadfinderknoten. Mir erzählte sie keine Ammenmärchen mehr, weil wir beide wußten, daß ich nie wieder schwanger sein würde. Vielleicht wollte Nettie mich aus dem Haus haben, weil sie dachte, wenn ich nicht im selben Haus war wie eine Frau in den Wehen, würde ich vergessen, daß ich selbst kein Kind bekommen konnte – als ob ich das je vergessen konnte!

»Ich bleibe«, erklärte ich und warf einen Blick auf Velma, die ein wenig blaß aussah. Kein Wunder, schließlich sollte eine unverheiratete Frau nicht bei einer Geburt dabeisein. Also sagte ich zu Velma, sie solle hinausgehen und sich um Tom kümmern. Außerdem würde sie sich über einen Schluck aus Prosper Judds Flasche freuen.

»Sie bleibt hier«, sagte Nettie scharf, aber Velma ging einfach hinaus.

In dem Moment kam Agnes T. Ritter in die Küche, und ich dachte, wie recht Zepha hatte, sie hat keine Lippen. Ihre Augen waren zu kleinen Schlitzen zusammengekniffen, und ich wußte nicht, ob sie Angst um Rita hatte oder verärgert war, weil Rita soviel Aufsehen erregte. Ich berührte ihre Hand und fragte: »Wie geht es Rita?«

Agnes T. Ritter zuckte die Achseln. »Wie soll ich das wissen? Ich war noch bei keiner Geburt dabei. Aber eins kann ich dir sagen: Daß Rita so winzig ist wie eine Maus, hilft ihr bestimmt nicht.«

Wir hörten einen Schrei von oben, und ich biß mir so fest auf die Lippen, daß es blutete. »Hat sie Schmerzen?«

»Natürlich hat sie Schmerzen«, sagte Agnes T. Ritter in einem Ton, als wäre ich genauso dumm wie Charlie McCarthy.

»Man vergißt den Schmerz«, meinte Ada June, mehr zu sich selbst als zu Agnes T. Ritter, die sowieso nicht zuhörte. »Warum, weiß ich nicht. Man vergißt ihn einfach. Rita wird sich nicht daran erinnern.«

»Zepha, die Frau von unserem Tagelöhner –«, fing ich an und unterbrach mich dann. Es würde sich so dumm anhören wie Netties Ratschläge, wenn ich das wiederholte, was sie gesagt hatte.

»Was?« fragte Agnes T. Ritter. Ihre Augen waren so eng zusammengekniffen, daß ich das Weiße gar nicht sehen konnte.

Ich sah zu Boden und murmelte: »Ach, nur ein Aberglaube. Sie sagt, wenn man ein Messer unter ihr Bett legt, schneidet das den Schmerz raus.«

»Das habe ich auch schon gehört«, stimmte Ada June zu. »Aber natürlich kenne ich keinen, der das schon einmal gemacht hat.«

»So was Dummes«, fauchte Agnes T. Ritter. »Quacksalbermethoden. Was anderes würde man auch von einem Landfahrer nicht erwarten.«

Ich wollte sagen, daß es auch nichts schaden würde, aber in einer Diskussion mit Agnes T. Ritter zog ich immer den kürzeren. Also leckte ich das Blut von meinen Lippen und drehte mich zum Fenster, von dem aus ich Grover sah, der gerade aus dem Wagen stieg. Er klopfte Tom auf die Schulter, und die beiden gingen quer über den Hof. Dann kam Mrs. Judd – sie zerrte Velma hinter sich her – herein und ließ sich in Mrs. Ritters Schaukelstuhl fallen.

»Ich hoffe, die beiden vergessen nicht, was sich hier drinnen abspielt«, meinte sie mit einem Blick auf Velma, die sich auf einen Küchenstuhl kauerte. Alle erinnerten sich, daß Tyrone damals, als Nettie Velma bekam, sich besinnungslos betrank und das Baby ganz vergaß, und als er ins Bett stieg hätte er die kleine Velma beinahe erdrückt.

»Ich dachte, Velma würde sich draußen wohler fühlen«, sagte ich. Velma machte eine Schnute und zeigte damit deutlich, daß sie überhaupt nicht dabeisein wollte. Sie war ein richtig hübsches Mädchen, und früher war sie auch nett, aber in letzter Zeit war sie noch verbitterter als Agnes T. Ritter. Vielleicht prügelte Tyrone sie mit dem Lederriemen. Er drohte immer damit, und ich glaube, weder Nettie noch Velma konnten sich gegen ihn wehren.

»Ich verstehe nichts von Babys«, murmelte Velma.

»Na, da würde ich aber nicht mit prahlen«, erwiderte Mrs. Judd und drehte den Kopf, um Velma anzusehen. »Ich war noch nie der Meinung, daß es besonders sinnvoll ist, über eine Sache nichts zu wissen.« Sie wandte sich an uns. »Es wird Zeit, daß sie etwas über den Preis für einen sündigen Lebenswandel erfährt.«

»Septima!« entrüstete sich Nettie. »Velma ist meine Tochter. Was sie über Sünde wissen muß, kann sie von mir lernen.« In Ada Junes Augen stand ein Glitzern, als sie sich abwendete, und ich senkte den Blick, damit Nettie mein Lächeln nicht sehen konnte. Ich strich mit der Hand über das Wachstuch, das schon so oft abgewischt worden war, daß ich das Muster von Tulpen und holländischen Mädchen kaum noch erkennen konnte. An manchen Stellen war die Oberfläche brüchig, so daß das Leinengewebe darunter zum Vorschein kam.

»Hat schon jemand das Mehl angebräunt?« wollte Mrs. Judd wissen.

»Wozu?« fragte ich.

»Um das Baby damit einzureiben, natürlich.«

Ich ging zum Herd, hob den Deckel hoch und warf ein paar kleine Holzscheite ins Feuer. Sobald die Flamme hell loderte, stellte ich die Pfanne auf den Herd und füllte Mehl für ein ganzes Brot hinein. In dem Moment kamen Opalina und Ceres in die Küche. Opalina stellte ein kleines Glas mit eingelegtem Gemüse auf den Tisch. Wir machten unsere Witze darüber. Das einzige, was Opalina zu einem Treffen mitbrachte, war ein kleines Glas mit eingelegtem Gemüse, aber wir fanden das nicht schlimm – Opalina war eine schlechte Köchin. Ich fragte mich, wer wohl nach überstandener Geburt in Essig eingelegtes Gemüse essen mochte.

Ceres stellte einen Korb auf den Tisch und nahm ein Glas Pfirsiche und eins mit Hagebuttenmarmelade heraus. »Weiß Ella Bescheid?« Ella war die einzige von uns, die kein Telefon hatte.

Mrs. Judd schlug sich mit der Hand so hart an den Kopf, daß es sich so angefühlt haben mußte, als ob sie eins mit der Schaufel übergezogen bekam. Sie stemmte sich aus dem Schaukelstuhl. »Ich muß meinen Verstand zusammen mit meinem Hut auf dem Beifahrersitz gelassen haben. Ich habe keine Minute daran gedacht, sie zu holen. Ich hole sie sofort. Ella würde mir nie verzeihen, wenn sie nicht dabeisein könnte.« Mrs. Judd ging in den Hof und startete den Packard. Ella hatte Babys genauso gern wie ich, und es war doch merkwürdig, daß sich die zwei, die kein Kind haben konnten, am meisten eins wünschten.

Da es weiter nichts zu tun gab, packten wir die Babykleider aus der Kiste, die Mrs. Ritter bereitgestellt hatte, und Ceres holte die Familienwiege aus dem Wohnzimmer und fing an, sie zu putzen. »Guckt mal her«, rief sie, als sie die Wiege umdrehte, »sie ist aus einer Haferkiste gemacht. Hier ist nämlich dieser Quäker mit den langen Haaren wie Jesus.«

»Das ist ein gutes Zeichen, daß er wie Jesus aussieht auf der Kiste«, sagte Nettie.

Außer Velma hatten wir alle etwas zu tun gefunden und waren beschäftigt, als Dr. Sipes auf dem Weg zur Toilette herunterkam. »Guten Tag, Forest Ann, guten Tag, die Damen«, begrüßte er uns. Forest Ann lächelte ihn dümmlich an, bis Nettie sich räusperte und Forest Ann sich zum Spülstein drehte.

»Das Baby läßt sich noch ein bißchen Zeit. Du kannst das Mehl vom Feuer nehmen, Queenie«, sagte Dr. Sipes. Draußen wechselte er ein paar Worte mit Tom und Grover, und als er wieder in die Küche kam, reichte Forest Ann ihm ein Glas Limonade. Er nahm einen Schluck und erklärte: »Ihr Frauen leistet die ganze Arbeit, und ich bekomme das Lob.«

»Und Sie schicken die Rechnung«, sagte Nettie. Von oben ertönte ein Schrei, und Dr. Sipes gab Forest Ann das Glas und stürzte die Treppe hinauf.

»Ich mochte den Mann schon immer«, schwärmte Ada June.

»Du hast schon immer jeden Mann gemocht«, erwiderte Nettie. Bevor Buck Zinn in Kansas auftauchte, hatte Ada June so viele Jungen gekannt, daß sie sie mit Gewalt von sich fernhalten mußte.

»Das stimmt nicht«, gab Ada June zurück. »Es gibt einen Mann, den ich vom ersten Blick an gehaßt habe.«

Bevor jemand etwas darauf antworten konnte, fuhr Mrs. Judds Packard auf dem Hof ein. Ella sprang heraus, im Arm hielt sie einen Karton, der fast so groß war wie sie, und einen Strauß Sommerrosen. Ich hielt die Fliegengittertür für sie auf, und als sie eintrat, fragte sie: »Ist das Baby schon da?«

»Noch nicht«, erwiderte ich.

»Es könnte eine schwere Geburt werden, aber mach dir keine Sorgen. Doc Sipes ist wirklich gut«, sagte Ceres zu Ella.

An der Küchenpumpe füllte Ella ein Einmachglas mit Wasser und ordnete die Rosen darin. »Sie wird's überstehen. Sie hat ja uns.«

»Sie hat zu viele von uns«, fügte Mrs. Judd hinzu, als sie durch die Fliegengittertür kam und sie hinter sich zuschlagen ließ. Sie warf einen Blick auf die alte Taschenuhr ihres Vaters, die sie an einem Band um den Hals trug. »Ich fahre jetzt nach Hause, und Nettie, du solltest Velma nach Hause bringen. Forest Ann, du solltest auch gehen, auch wenn heute abend wahrscheinlich keine Besucher kommen werden.«

Sie deutete mit den Augen in Richtung Krankenzimmer, wo Dr. Sipes bei Rita war, falls Forest Ann sie nicht gleich verstand. Dann ließ sie ihren Blick über die anderen gleiten, um zu entscheiden, wer gehen sollte. »Opalina –«

Doch Opalina ließ sich nicht so leicht von Mrs. Judd herumkommandieren und erklärte schnell: »Wenn es euch recht ist, gehe ich kurz mal nach Hause und mache Anson was zu essen.«

Ich hätte mich auch nicht von Mrs. Judd nach Hause schicken lassen, aber sie versuchte es gar nicht. Statt dessen sagte sie: »Wenn Lizzy Olive hier mit diesem schlabberigen Schokoladenpudding aufkreuzt, den sie immer macht, dann werft ihn den Schweinen vor. Und laßt Pfarrer Olive nicht zu Rita hinein zum Beten. Er wird ihr noch diesen Schwachsinn erzählen, daß die Wehenschmerzen ihre gerechte Strafe dafür sind, daß sie eine Tochter Evas ist.« Mrs. Judd klemmte sich ihre große Handtasche unter den Arm und stieß die Tür auf, die sie mit ihrem Hintern abfing, damit sie nicht zuknallte.

Bevor Mrs. Judd die Stufen der Veranda erreicht hatte, kam Mrs. Ritter in die Küche und sah sich um, als wüßte sie nicht, wo sie war. »Ich bin Queenie … und die Frauen vom Club sind hier«, sagte ich.

»Ja, sicher, Herzchen«, erwiderte Mrs. Ritter. Dann wurde ihr Blick klarer, und sie lächelte. »Ich wollte … liebe Güte, mein Kopf ist ganz leer.« Sie sah sich in der Küche um, bis ihr Blick auf den Wasserkessel fiel. »Ich hab's. Wasser. Und eine Schüssel.«

»Mrs. Ritter, die Frau von unserem Tagelöhner hat gesagt, wenn man ein Messer unter das Bett legt, schneidet das die Schmerzen raus. Ich habe es Agnes T. Ritter gesagt, aber sie meint, das sei dumm. Sie könnten es versuchen. Ich glaube nicht, daß es schaden würde.«

Mrs. Judd, die auf den Stufen stehengeblieben war, als Mrs. Ritter in die Küche kam, öffnete das Fliegengitter und steckte ihren Kopf herein. Ich dachte, sie würde mich dafür tadeln, daß ich solche Ammenmärchen erzählte. »Bei Wilson hat es was geholfen.« Ich starrte sie an, und sie fügte hinzu: »Wenn du den Mund offen läßt, wirst du noch eine Fliege verschlucken. Jetzt hol ein Messer, und geh nach oben zu Rita. Du kennst sie besser als wir, du solltest bei ihr sein, mit Sabra und Agnes.«

Ich tat, wie mir geheißen, ergriff ein scharfes Messer und folgte Mrs. Ritter ins Krankenzimmer nach oben, wo sie schon neben dem Arzt am Fuße des Bettes stand. Er gab Agnes T. Ritter Anweisungen, und zum ersten Mal in ihrem Leben leistete Agnes T. Ritter Folge, ohne zu widersprechen. Ich wollte es Rita erzählen und sie zum Lachen bringen, aber ich ließ es. Als Agnes T. Ritter nicht hinsah, ließ ich das Messer unter das Bett gleiten. Dann stellte ich mich neben Rita. Ich drückte ihr die Hand und strich ihr das verschwitzte Haar zurück, das sich kräuselte. Auf ihrem Gesicht standen lauter kleine Schweißperlen, und ich befeuchtete einen Waschlappen und wischte ihr Gesicht ab.

»Das Kind kommt schneller, als ich dachte. Es wird nur noch wenige Minuten dauern«, sagte Dr. Sipes, und Rita bäumte sich auf. Ich hielt ihre Hand und machte leise Schnalzgeräusche, bis der Schmerz abebbte. »So ist es gut. Sehr gut, Rita. Halt dich einfach an Queenie fest, wenn du es brauchst«, sagte Dr. Sipes mit einer Ruhe, als würde er ihr erklären, wie man Hühnerfutter ausstreut.

Ein Wagen fuhr vor, und ich sah durch das Fenster, daß Lizzy und Foster Olive ausstiegen und zur Vordertür gingen, als wären sie geladene Gäste. Bestimmt hatte Lizzy Olive am Gemeinschaftsanschluß mitgehört, als Agnes T. Ritter die Frauen vom Club anrief. Da keiner zur Haustür kam, gingen sie zur Küchentür, was Freunde tun, wenn sie einen Besuch machen. Wir hörten Pfarrer Olives Stimme von unten, konnten aber nicht verstehen, was er sagte. Dann antwortete Ella: »Nein! Lassen Sie sie in Ruhe. Wir kümmern uns schon um sie.« Normalerweise sprach Ella immer im Flüsterton, jetzt aber war ihre Stimme so laut, daß ich erschrak.

»Na, da bin ich aber froh«, meinte der Doktor. »Ich kann es nicht ausstehen, wenn dieser Mann im Krankenzimmer seinen Sermon hält.« Der Wagen fuhr wieder fort, und Dr. Sipes zwinkerte mir zu. Er war richtig nett, und ich wünschte mir, Forest Ann zuliebe, daß er nicht mit dieser launischen Frau verheiratet wäre. Dr. Sipes und Forest Ann hätten einander verdient, aber er war ein guter Mann und würde seine Frau niemals verlassen, also trafen sich die beiden heimlich und glaubten, keiner würde es merken.

In dem Moment schrie Rita auf, und Dr. Sipes forderte sie auf, mit aller Kraft zu pressen, und geriet ebenso in Schweiß wie Rita, um dieses Kind auf die Welt zu bringen. Ich weiß nicht mehr, wie lange es dauerte, vielleicht fünf Minuten, vielleicht eine halbe Stunde. Die Zeit verlor alle Bedeutung. Als es vorbei war, hielt der Doktor das kleinste Baby in den Händen, das ich je gesehen hatte. Es war verschrumpelt wie eine junge Ente, und er sagte: »Na, siehst du, Rita, es ist ein Mädchen.« Jetzt, wo die Geburt vorbei war, schloß Rita die Augen. Die Anspannung verließ sie, dann fingen ihre Knie an zu schlottern, und langsam erfaßte das Zittern ihren ganzen Körper, obwohl es im Zimmer so heiß wie in der Küche war. Agnes T. Ritter deckte sie zu.

»Oh, das Mehl«, rief ich, »ich hole das Mehl«, und eilte nach unten.

»Es ist ein kleines Mädchen«, berichtete ich den Frauen in der Küche. Sie hatten gewußt, daß das Baby schon bald kommen würde, als ich nach oben ging, und waren gleich dageblieben.

»Wie geht es Rita?« fragte Ella.

»Na, gut«, sagte ich. »Glaube ich zumindest.« Aber ich war mir nicht so sicher. Ich schnappte mir das Mehl und rannte wieder hinauf.

Rita schlief, und Dr. Sipes untersuchte das Baby, das auf einem sauberen Handtuch auf der Kommode lag. »Wie geht es Rita?« fragte ich ihn.

Dr. Sipes wandte seinen Blick nicht von dem Baby. »Rita wird es gut überstehen, aber bei dem Baby bin ich mir nicht sicher.«

»Sie ist ein mickriges, kleines Ding, sie hat doch keine Chance –«, fing Agnes T. Ritter an, aber ihre Mutter unterbrach sie.

»Jemand sollte Tom Bescheid geben. Er möchte doch herkommen. Kannst du ihn holen, Queenie?« Ihr Gesicht war ganz feucht, entweder von Schweiß oder von Tränen, wahrscheinlich von beidem.

Bevor ich hinunterging, bückte ich mich, um das Messer unter dem Bett hervorzuholen, und stellte fest, daß da noch ein zweites lag. Ich habe nie herausbekommen, wer das andere hingelegt hat, aber ich weiß, daß es nicht Mrs. Ritter war, denn sie hatte keins dabei, als sie mit mir hochging. Ich steckte sie beide in meine Tasche und legte sie auf meinem Weg nach draußen auf den Küchentisch. Ich berichtete Tom, daß er eine Tochter habe, und schickte ihn nach oben zu Rita, blieb aber selbst draußen und legte meinen Kopf auf Grovers Schulter. »Es ist zu klein. Es hat keine Chance«, weinte ich.

Die kleine Wanda – diesen hübschen Namen gaben Tom und Rita ihrem Kind – lebte nur zwei Tage, und ich trauerte, als wäre es mein eigenes. Rita behielt ihre Trauer für sich, und ich sagte zu Grover, daß sie so tapfer sei, um die anderen nicht damit zu belästigen. Grover antwortete, er glaube, Rita sei über den Tod des Babys nicht so traurig wie ich.

»Wie kannst du nur so etwas Schreckliches sagen, Grover?« Er saß am Tisch und aß Brownies, und ich nahm den Teller und stellte ihn auf die Anrichte, wo er nicht rankam.

»Mein Goldstück, ich weiß, daß du Rita magst, aber du siehst sie so, wie du sie haben möchtest, und nicht, wie sie ist. Sie ist kein Mädchen vom Lande, genausowenig wie Tom ein Farmer ist. Er hat uns das auch gesagt. Rita will vom Leben was anderes als du, und ich könnte mir vorstellen, sie wird dir nicht die Freundin sein, die du dir wünschst.«

»Das stimmt einfach nicht, Grover.«

»Ich weiß, daß du Ruby sehr vermißt, aber du kannst nicht erwarten, daß Rita an ihre Stelle tritt.«

»Sie wird mir eine sehr gute Freundin sein, Grover Bean, und ich lasse es nicht zu, daß du schlecht von ihr sprichst!« Aber da er Menschen nicht so gut einschätzen konnte, verzieh ich ihm und küßte ihn auf seinen großen Schädel, da, wo das Haar besonders dünn war, dann stellte ich den Teller mit den Brownies wieder auf den Tisch.

Rita und Tom ließen einen Trauergottesdienst für die kleine Wanda halten. Pfarrer Olive predigte, und Mrs. Ritter warnte ihn vor der Messe, wenn er nur ein Wort darüber sagen würde, daß das Baby in Sünde gezeugt worden sei, würde der Patchwork-Club nie wieder auch nur einen Stich für seine Kirche machen.

Tom und Grover zimmerten einen kleinen Sarg, und die Frauen vom Club schlugen ihn mit rosafarbenem Satin aus. Dann zogen wir Wanda ein Kleidchen an, das Ella gemacht hatte. Es war drei Fuß lang und über und über mit Rosen bestickt. Wir setzten Wanda ein dazu passendes Häubchen auf und banden es unter dem Kinn mit einem Seidenband fest.

Später, als wir einmal über Wanda sprachen, sagte Rita, sie würde sie immer in dem Kleidchen und dem Häubchen vor sich sehen. »Ich konnte es kaum glauben, daß Ella mir ein so hübsches Kleid aus ihrem Erbe geben würde«, sagte sie.

»Es war nicht aus ihrem Erbe. Ella hat Koffer voller Kindersachen, alle so hübsch wie das Kleid. Sie hat sie alle selbst gemacht. Sie macht sie immer noch«, erwiderte ich.

»Ich dachte, sie hätte keine Kinder.«

»Hat sie auch nicht.«

»Das finde ich aber ganz eigenartig.«

Das war nicht der letzte Trauerfall für die Frauen vom Patchwork-Club. Wir trauerten noch um Wandas Dahinscheiden, als der Engel des Todes, wie Nettie es ausdrückte, wieder bei uns anklopfte, genau bei einem unserer Treffen.

An dem Tag trafen wir uns bei Opalina Dux, und es sah so aus, als würden wir einen schönen Patchwork-Nachmittag verbringen, obwohl Opalinas Wohnzimmer das unbequemste im ganzen Wabaunsee County war – man mußte immer höllisch aufpassen, wo man sich hinsetzte, weil Opalina die Hühner ins Haus ließ. Natürlich wischte sie immer alles weg, aber da ihre Augen nicht die besten waren, empfahl es sich, vorsichtig zu sein.

Opalina hatte diese altmodischen Roßhaarsessel, auf denen man entweder vom Sitz rutschte, oder die scharfen Haare, die sich durch die Bezüge drückten, bohrten sich einem in die Waden. Opalinas Haus sah aus, als hinke es fünfzig Jahre hinter der Zeit her, mit all den gestickten Spruchtüchern an den Wänden und den Wachsblumen, die unter einer Glaskugel ein wenig zerlaufen waren und wie Kautabak aussahen.

Auf dem Couchtisch mitten im Wohnzimmer hatte Opalina ein Osterei aus Zuckerwerk mit kleinen Figuren im Inneren, aber die Zuckergußblumen sahen aus, als hätte jemand daran geleckt. Daneben lag ein Diabetrachter, und als ich hineinblickte, sah ich eine indianische Frau, die keine Bluse trug. Ich wette, Opalina hatte das Bild hineingesteckt, um Nettie zu schockieren, die manchmal genauso selbstgerecht wie Tyrone sein konnte. Aber Nettie war zu schlau für Opalina und nahm den Diabetrachter gar nicht in die Hand.

Opalina hatte alle Fenster geschlossen, damit der Staub nicht hereinwehen konnte, und ich dachte, wir würden ersticken. Der Raum war im Winter kalt und im Sommer heiß, und an dem Tag fühlte es sich wie im Hochsommer an, obwohl es schon Erntezeit war. Kein Wunder, daß immer besonders viele Frauen nicht kamen, wenn wir uns bei Opalina trafen. Diesmal sah es so aus, als würden Mrs. Judd und Ella fehlen. Das wäre das erste Mal, daß Mrs. Judd ein Treffen verpaßt hätte. Allerdings hatte sie nicht angerufen, um zu sagen, daß sie nicht kommen würde, deswegen bestand die Möglichkeit, daß sich die beiden einfach verspätet hatten.

»Es liegt an diesem Auto, das sie hat. Ich habe Angst, auf

derselben Straße wie sie zu fahren. Wetten, daß es bei Ella nicht mehr angesprungen ist, und von dort können sie ja nicht telefonieren«, sagte Nettie. »Forest Ann und ich können ja auf dem Heimweg einen Abstecher rüber machen und nachsehen, was passiert ist.«

Rita fragte, ob wir nicht gleich vorbeifahren sollten. Sie wollte aus Opalinas Wohnzimmer entkommen. »Ich fahre«, bot ich mich an.

»Septima kann bis nach dem Treffen warten. Wenn alles in Ordnung ist, wird sie uns ganz schön den Marsch blasen, weil wir denken, sie kommt ohne uns nicht zurecht«, sagte Nettie. Damit hatte sie recht.

Ohne Mrs. Judd fühlte ich mich so froh wie in der Schule, wenn die Lehrerin krank war. Selbst Opalinas Patchworkdecke, die schon in den Rahmen gespannt war und auf uns wartete, konnte mich nicht schrecken. Es war wieder eine von ihren verrückten Decken, die sie aus Beerdigungsbändern machte, wie man sie vor langer Zeit bei einem Begräbnis zur Erinnerung an die Toten ausgeteilt hatte. Wer sonst, wenn nicht Opalina, würde so etwas sammeln? Ich flüsterte Ada June zu, daß mir schon sehr kalt sein müßte, bevor ich mich unter diese Decke legen würde, und sie flüsterte zurück, vielleicht sei es genau dafür gedacht – um einen erkalteten Körper zuzudecken. Jedesmal, wenn eine von uns ein Band bewunderte, erklärte Opalina, von wessen Beerdigung es stammte, und erzählte alle Einzelheiten des Todes.

»Ich habe noch keinen Sommer erlebt, der im Juni so vielversprechend war und im September so wenig gehalten hat«, sagte Forest Ann und unterbrach Opalina, die gerade erklärte, daß die Bänder, die wie Würste aufgereiht waren, zu einer ganzen Familie gehörten, die in einem Wirbelsturm umgekommen war.

»Mir hat er im Juni nichts versprochen«, meinte Nettie. An dem Tag war sie ziemlich gereizt, vielleicht wegen Velma. Forest Ann hatte mir erzählt, daß Velma sich mit einem Vertreter aus Coffeyville eingelassen hatte, was Nettie Sorgen machte, denn er war verheiratet. Sie hatte Angst, daß Tyrone das spitzkriegen könnte, was ich sehr gut verstand. Wo wir davon sprachen, daß jemand »den Marsch geblasen bekommt«: Er würde Velma grün und blau prügeln.

»Hättest du Lust, etwas vorzulesen, Queenie?« fragte Opalina. Das einzige Buch in Opalinas Haus war die Bibel, und ich wollte nichts daraus vorlesen. Das letzte Mal hatte Opalina gesagt, ich solle die Völkertafel aus dem ersten Buch Mose lesen.

»Ach, wollen wir es nicht lassen und einfach erzählen? Und wenn Mrs. Judd kommt, sagen wir, wir haben schon vorgelesen.«

»Das wäre gelogen«, sagte Nettie.

Ich wurde rot und spürte, wie mich ein Roßhaar zur Strafe in die Wade stach. »Es wäre geschwindelt«, erklärte ich zu meiner Verteidigung. Wenn Schwindeln so schlimm wäre, dann müßte ich Nettie sagen, daß sie mit dem Kropf am Hals wie ein Frosch aussah.

»Queenie, warum erzählst du uns nicht das Neueste von der Berühmtheiten-Decke?« schlug Mrs. Ritter vor. »Wir warten jetzt nicht länger auf Septima und Ella.«

Mrs. Ritter fiel immer ein erfreuliches Thema ein. Die Berühmtheiten-Decke war der Grund, warum ich mich auf einen schönen Nachmittag gefreut hatte. Es war so ungefähr das Wichtigste, was wir im Club je gemacht hatten, und ich durfte darüber berichten, weil es meine Idee gewesen war.

Wir vom Club hatten es nicht besonders eilig gehabt,

mit der Decke anzufangen, wie man sich vorstellen kann. Je länger wir dafür brauchten, um so länger würde es dauern, bevor Pfarrer Olive uns mit einem neuen Projekt behelligen konnte. Trotzdem hatten wir gleich angefangen zu planen und eine Liste von Leuten erstellt, die wir fragen wollten – wie zum Beispiel Mrs. Eleanor Roosevelt, Ronald Colman, Babe Ruth und Aimee Semple McPherson. Als ich im Scherz Mae West aufschrieb, hatte sich Nettie schrecklich aufgeregt, bis Mrs. Judd entschied: »Laß sie drauf stehen. Es sind ja die Männer, die die Decke ersteigern sollen, und die zahlen für Mae West mehr als für Sister Kenny.«

Wir hatten Rita gebeten, die Briefe zu schreiben, denn sie war ja diejenige in der Gruppe, die es mit Sprache hatte. Sie war auch die einzige mit einer Schreibmaschine, aber ich kann tippen, deswegen half ich ihr beim Schreiben. Wir zwei waren extra nach Topeka in die Bücherei gefahren, um die Adressen von Filmstudios, Radiostationen und dem Weißen Haus herauszufinden. Dann gingen wir ins Hotel Jayhawk, und jeder bezahlte fünfzig Cent für ein Thunfisch-Sandwich ohne Kruste. An dem Tag habe ich mich mit ihr ebenso vergnügt wie früher mit Ruby.

Nettie und Forest Ann schnitten die Baumwollvierecke aus, die für die Unterschriften gedacht waren. Mrs. Judd kaufte die Briefmarken für die Briefe, aber sie war dagegen, frankierte Rückumschläge beizulegen, weil, so sagte sie, berühmte Menschen reich genug waren, drei Cent Porto für einen guten Zweck auszugeben. Am Montag hatten wir die letzten Briefe eingeworfen, aber das war es nicht, worüber ich berichten wollte.

Als Mrs. Ritter die Berühmtheiten-Decke erwähnte, hörten alle auf zu reden, außer Ceres, deren Ohren nicht die besten waren. Ich räusperte mich, so laut ich konnte, da sah sie auf und sagte freundlich: »Ja, meine Liebe. Bist du soweit, daß wir weiterrollen können?« Das tun wir, wenn wir mit dem Stück der Decke, die vor uns ist, fertig sind, wir rollen sie weiter und fangen mit dem nächsten Abschnitt an.

»Laß die Kugel rollen«, murmelte Rita.

»Ich habe etwas zu berichten«, sagte ich und ignorierte sie beide. Ich sah mich in der Runde um, und alle lächelten mir zu, außer Agnes T. Ritter, die wie immer mißmutig war und einfach weiternähte. Ich hatte mir meine Ankündigung schon vorher überlegt und begann: »Unser erstes Stoffstück ist schon wieder zurückgekommen.« Als alle in die Hände klatschten, wurde ich so aufgeregt, daß ich alles vergaß, was ich mir sorgfältig zurechtgelegt hatte, und herausplatzte: »Es ist von Janet Gaynor – könnt ihr euch das vorstellen? –, und sie hat geschrieben: ›Viel Glück für Sie alle!‹ Ist das nicht ganz ihre Art?«

Ich nahm das Viereck aus dem Umschlag und reichte es herum, damit jede die Handschrift und den Gruß bewundern konnte. »Stellt euch vor, diejenige, die das vor uns berührt hat, war Janet Gaynor«, sagte Nettie. »Ich bin mal gespannt, von wem wir das nächste Viereck bekommen.«

»Von Zane Grey«, erwiderte Rita. »Ich hatte ganz vergessen, dir das zu erzählen, Queenie. Gestern haben wir das zweite bekommen.« Sie holte einen Umschlag aus ihrer Handtasche.

»Seht euch das an, er hat einen Hund drauf gemalt.« Ada June staunte, als Rita ihr das Baumwollviereck reichte.

»Das ist kein Hund, das ist ein Kojote«, berichtigte Agnes T. Ritter, die von der anderen Seite des Tisches einen Blick darauf warf.

»Wie willst du das wissen?« fragte Ada June.

»Ich nehme mal an, daß ich den Unterschied zwischen einem Hund und einem Kojoten kenne.«

»Vielleicht kennt Mr. Zane ihn nicht«, mutmaßte Mrs. Ritter. »Rita, willst du uns die anderen Nachrichten nicht auch noch erzählen?« Ich wußte nicht, was das für Nachrichten waren, also schaute ich wie die anderen Rita erwartungsvoll an.

Rita errötete leicht, und ich fragte mich, ob sie wieder schwanger sei, aber irgendwie glaubte ich das nicht. Außerdem verkündete man nicht, daß man ein Kind bekam, selbst im Patchwork-Club nicht, sondern wartete, bis es zu sehen war. Rita hielt uns noch einen Moment hin, bevor sie erklärte: »Ich schreibe für die *Topeka Enterprise* einen Artikel über dic Berühmtheiten-Decke, und vielleicht schicken sie sogar einen Photographen vorbei.«

»Oh!« riefen wir alle, und Opalina ordnete sich das Haar, als würde das Photo schon gleich gemacht.

»Natürlich müssen sie erst den Artikel lesen. Ich meine, vielleicht gefällt er ihnen nicht«, schränkte Rita ein, und Opalina ließ ihre Hand wieder sinken. Daraufhin lächelte Agnes T. Ritter säuerlich. Nettie war nicht die einzige Patchwork-Frau, der eine Laus über die Leber gelaufen war.

»Sie nehmen ihn bestimmt. Deine Geschichte über die Wahlen für den Schulausschuß war das Beste, was ich seit langem gelesen habe, und es war auch nicht schlimm, daß die Namen alle vertauscht waren«, sagte Forest Ann, und wir nickten zustimmend. Keine erwähnte, daß Rita die meisten auch noch falsch geschrieben hatte.

Auch wenn einige Club-Frauen an jenem Nachmittag nicht in bester Stimmung waren, kamen wir doch flink voran. Wir hatten gerade aufgehört, über die Berühmtheiten-Decke zu sprechen, als Opalina meinte, es sei Zeit für die Erfrischungen. »Ich setze das Wasser auf. Es gibt

Teegebäck«, verkündete sie, als sei das eine große Überraschung.

»Darauf hatte ich gehofft, Opalina«, sagte Mrs. Ritter.

Ich hatte gehofft, es würde keines geben, aber da hatte ich Pech. Bei Opalina gab es immer Teegebäck, so wie es bei Nettie immer Früchtebrot gab. Zwar war das Gebäck nicht so alt wie das Früchtebrot, aber dafür genauso trocken, und dann war auch kein Schuß von Tyrones Schwarzgebranntem drin, mit dem sie besser gerutscht wären.

Ich glitt vom Stuhl, kratzte mich an den Waden und ging in die Küche, um Opalina zu helfen. Sie benutzte immer ein Blechtablett, das so groß wie ein Küchentisch war, und manchmal rutschten Dinge herunter, was eigentlich nicht so schlimm war, denn keine würde hinter ihren Köstlichkeiten herjammern. Ich machte den Tee, während Opalina das Gebäck auf das Tablett legte, wobei ihr ein Stück auf den Boden fiel. Ein paar Krümel brachen ab, aber es ging nicht entzwei, und Opalina pustete den Staub ab und legte es auf das Tablett zu den anderen. Dann trug sie das Tablett selbst ins Wohnzimmer.

»O, Opalina, wie du uns verwöhnst«, rief Mrs. Ritter. Ich wunderte mich, wie sie so begeistert von dem Teegebäck sein konnte, das sie bestimmt schon vierzig Jahre lang vorgesetzt bekam. »Bist du womöglich englischer Abstammung?«

»Französischer. Dux ist ein französischer Name.«

»Dux ist Ansons Name. Du bist eine geborene Cooper«, stellte Agnes T. Ritter richtig.

»Ich bin französisch geworden, als ich Anson geheiratet habe. So geht das nämlich. Wußtest du das nicht, Agnes T. Ritter?«

Rita zwinkerte mir zu, während Agnes T. Ritter ihren Mund ein paarmal auf- und zumachte. Doch ihre schnippische Antwort blieb aus, da sie vor dem Fenster etwas gesehen hatte und sagte: »Mrs. Judd ist da.«

Es klang nicht nach Mrs. Judd. Man konnte ihren Wagen immer erkennen, weil sie den Motor abstellte und den Wagen dann ausrollen ließ, um Benzin zu sparen. Der Wagen draußen stand bei laufendem Motor.

Auch die anderen bemerkten, daß Mrs. Judd sich ungewöhnlich verhielt, und standen auf, um aus dem Fenster zu sehen. Forest Ann ging sogar nah an die Scheibe und linste an dem roten Glasstück vorbei, das Opalina dort aufgehängt hatte, damit sich das Licht darin brach. Jetzt schien die Nachmittagssonne darauf, und das Glas leuchtete wie frisches Blut. »Es ist eindeutig Septima. Sie hat vergessen, den Motor abzustellen, und sie rennt«, sagte Forest Ann. »Hat jemand Septima schon mal rennen sehen?«

Ich trat näher ans Fenster, um besser sehen zu können, aber es bot sich kein schöner Anblick. Mrs. Judd sah aus wie ein Mähdrescher auf der Flucht. Da wußte ich, daß etwas passiert war.

»Ella ist nicht dabei«, stellte ich fest und erschauderte. Auch wenn Hiawatha und Duty auf sie aufpaßten, konnte sie trotzdem krank geworden sein. Oder sie konnte gefallen sein oder sich am Herd verbrannt haben. Einem Menschen, der allein lebte, konnte alles mögliche zustoßen.

»Bestimmt gibt es eine ganz einfache Erklärung«, sagte Mrs. Ritter leise, aber sie hatte die Hände so fest zusammengepreßt, daß die Knöchel weiß hervortraten. Nur Agnes T. Ritter tat unbeteiligt. Sie biß in ein Stück Gebäck, und in Opalinas Wohnzimmer, in dem es ganz still geworden war, klang das, als würde eine Kuh getrockneten Mais zermalmen.

Mrs. Judd kam hereingestürzt und riß dabei die Tür so heftig auf, daß sie wieder zurückschwang, Mrs. Judd am

Hintern erwischte und sie geradezu ins Wohnzimmer hineinkatapultierte. Hinter den dicken Gläsern ihrer Goldrandbrille waren ihre Augen weit aufgerissen, und ich hätte laut gelacht, wenn mir die Angst nicht die Kehle zugeschnürt hätte.

»Ella?« flüsterte Forest Ann – sie stellte die Frage für uns alle. »Ist was mit Ella geschehen?«

»Ella geht es gut«, antwortete Mrs. Judd. Sie schnappte nach Luft, während wir alle erleichtert den Atem ausstießen.

Mrs. Judd keuchte erneut. Sie sah alt und blaß aus, als sie sich in einen von Opalinas Roßhaarsesseln fallen ließ. Sie sah die anderen Patchwork-Frauen an. »Ella geht es gut«, wiederholte sie. »Ihr ist nichts geschehen, gottlob.« Mrs. Judd holte nochmals Luft. »Es ist Ben Crook.«

Nettie rang nach Atem und verbarg das Gesicht in den Händen. Mir schoß das Blut in den Kopf, und ich mußte mich an der Lehne eines Stuhles festhalten, damit meine Beine nicht unter mir wegrutschten.

»Ich sagte, es ist Ben Crook«, erklärte Mrs. Judd noch einmal. »Sie haben ihn gefunden. Hiawatha hat ihn genau vor dem Mittagessen in Ellas Nordfeld ausgegraben.«

Kapitel
5

Mrs. Judds Blick wanderte von einer zur anderen und verweilte einen Moment auf jedem einzelnen unserer Gesichter. Ihre Lider zuckten, als sie Rita ansah.

»Wie geht es Ella?« Forest Ann durchbrach mit unsicherer Stimme die Stille.

»Außer sich vor Kummer. Ganz fassungslos«, antwortete Mrs. Judd. »Wie zu erwarten war. Sie dachte, unter der Sonne gäbe es …« Ihre Stimme versagte, und sie sah einen Augenblick auf ihre Hände, dann schüttelte sie den Kopf und fuhr fort: »Wie schon gesagt, Hiawatha hat Ben im nördlichen Teil der Crook-Farm gefunden. Er hatte da bei der Straße zu tun, wo Ben verbuddelt war. Hiawatha kam zu mir und Prosper gelaufen, um zu fragen, was er tun soll.«

»Für einen Farbigen ist er ziemlich klug«, meinte Nettie. Sie war damals dagegen gewesen, daß Hiawatha und Duty Jackson auf die Crook-Farm zogen, aber als sie sah, wie gut die beiden sich um Ella kümmerten, hatte sie ihre Meinung geändert. Ungefähr zur gleichen Zeit, als Ben verschwand, war auch Ellas Tagelöhner abgehauen, und deshalb war Mrs. Judd mit Ella zum Blue Hill hinaufgefahren, wo die Jacksons ein kärgliches Leben fristeten. Mrs. Judd und Ella luden die ganze Familie samt den Kindern ein, in die Hütte hinter Ellas Haus zu ziehen. Sie kamen überein, die Farm gemeinsam zu bewirtschaften und für Ella die Hausarbeit zu übernehmen. Auch wenn sie nicht viel Geld verdienen würden, so hätten sie doch ein Dach über dem Kopf und zu essen. Als sie eingezogen waren, erzählte Ella beim nächsten Club-Treffen, daß sie immer schon Kinderstimmen auf ihrer Farm hören wollte und daß ihr die Jackson-Kinder fast wie ihre eigenen vorkämen.

Als Nettie das hörte, prustete sie über der »Straße eines Betrunkenen« von Ceres los, an der wir damals gerade arbeiteten. Später an demselben Abend, kurz vor der Essenszeit, tauchte Tyrone mit seinem Truck im Hof der Judds auf und schrie: »Prosper Judd, in Harveyville, Kansas, ist die Sonne noch nie über einem Mohren untergegangen, und so soll es auch bleiben. Schicken Sie diese Jacksons weg, oder ich jag' sie selber vom Hof.« Tyrone gab Mrs. Judd die Schuld daran, daß Hiawatha auf Ellas Farm kam, aber vor ihr hatte er Angst, deshalb drohte er Prosper. Außerdem hatte ja Prosper die Jacksons von Blue Hill nach Harveyville gefahren.

Mrs. Judd kam hinter dem Sägebock hervor, wo sie Hühner geschlachtet hatte, und wischte sich Blut und Federn an der Schürze ab. Sie erklärte Tyrone, daß die Sonne über Hiawatha und Duty in Harveyville so lange untergehen würde, wie die das wollten, sie sei sich aber nicht so sicher, wie viele Sonnenuntergänge ein Mann und Spieler in Harveyville noch erleben würde, der sich mit seinen Zahlungen bei der Bank in Eskridge, deren Besitzerin sie war, im Rückstand befand. Es wäre zwar sehr traurig, wenn Nettie nicht mehr zu den Patchwork-Nachmittagen kommen könnte, aber ein Mensch müsse seinen Prinzipien treu bleiben. Wenn sonst noch jemand etwas an den Jacksons auszusetzen habe, müsse sie auch deren Kontostand bei der Bank überprüfen. Tyrone maulte eine Weile und meinte dann, es würde ja vielleicht nicht schaden, wenn Hiawatha und Duty eine Nacht hier verbrächten, da es auch schon spät am Tage sei. Ob sie länger bleiben könnten, müsse er sich allerdings noch schwer überlegen.

Die Judds wurden nie wieder von Tyrone belästigt, und die Jacksons wohnten seither bei Ella. Inzwischen fragten wir übrigen uns, wozu es überhaupt das ganze Aufhebens gegeben hatte.

Aber in diesem Augenblick befaßte ich mich in Gedanken nicht mit irgendwelchen Farbigen, die nach Harveyville gekommen waren. Ich war froh, daß Hiawatha Bens Leiche gefunden hatte, und nicht Ella. Sie wäre tot umgefallen, wenn sie über Bens Knochen gestolpert wäre.

»Opalina, ich könnte eine Tasse heißen Tee vertragen – und einen von deinen Keksen mit den Rosinen drin. Ich habe nichts zu Mittag gegessen«, sagte Mrs. Judd. Opalina sah sie verblüfft an, denn niemand außer Mrs. Ritter bat je um ein Stück ihres Gebäcks. Sie machte sich sofort daran, eine Tasse und einen Teller herbeizuholen, während wir anderen darauf warteten, daß Mrs. Judd uns nach und nach die Geschichte erzählen würde. Es gab zwei Dinge in Harveyville, die sich nicht antreiben ließen – das Wetter und Mrs. Judd. Sie biß in den Keks und sagte: »Sehr schmackhaft.« Opalina setzte sich gerade hin und reichte den Teller in der Runde herum, aber nur Mrs. Ritter nahm sich noch.

Mrs. Judd stieß hinter vorgehaltener Hand leise auf und strich die Krumen von ihrem Schoß auf Opalinas Teppich. Nachdem sie wieder zu Atem gekommen war und einen Bissen gegessen hatte, war auch die Farbe in ihr Gesicht zurückgekehrt. Sie setzte sich behaglich auf ihrem Stuhl zurecht und sah uns an. Es war deutlich, daß sie nun bereit war zu erzählen.

»Hiawatha ging auf der Straße lang, die ja kaum benutzt wird, die am Bach, als er einen Knochen aus der Erde herausragen sah. Er sah ihn sich näher an, und als er merkte, daß es ein Schenkelknochen war, bekam er es mit der Angst zu tun. Er wußte nicht, ob er ihn herausziehen oder wieder in die Erde stecken sollte. Er ahnte, wer es sein konnte, deshalb ist er zu uns gekommen. Prosper hat den Sheriff geholt, und ich bin sofort zu Ella gefahren.«

»Ist es Ben?« fragte Nettie.

»Natürlich ist es Ben. Wer hätte es denn sonst sein sollen?« Mrs. Judd unterbrach sich einen Moment lang, um über das, was sie gesagt hatte, nachzudenken. »Na ja, ich wußte es nicht mit Sicherheit, aber ich hatte so meine Vermutungen. Nachdem Sheriff Eagles die anderen Knochen ausgebuddelt hatte, kam er zu Ella – ich war ja immer noch bei ihr – und meinte, er habe Bens Schädel sofort erkannt. Ihr wißt doch, Ben hatte diese große Lücke zwischen den oberen Schneidezähnen. Und auf der rechten Seite, wo er einmal im Hollywood Café mit einem Knüppel eins übergezogen bekommen hatte, fehlten alle Zähne. Jeder hätte sofort gewußt, daß es Ben war, allein vom Schädel.«

»Oh«, stieß Ada June hervor und ließ sich gegen den Türpfosten sinken, während sie das Gesicht in den Händen verbarg.

»Dr. Sipes ist mit dem Sheriff gekommen. Er meinte, Ben hätte einen Schlag auf den Kopf bekommen. Daran sei er gestorben«, erklärte Mrs. Judd.

Forest Ann legte die Hand auf den Mund und brachte ein leises Gurgeln hervor. Nettie legte den Arm um sie und tätschelte ihre Wange.

»Wurde er ermordet?« wollte Rita wissen. Bei der Frage durchfuhr mich ein Schauder, und Ada June und ich sahen uns an.

Mrs. Judd antwortete nicht gleich. Sie beobachtete Rita einen Moment lang. »Das kann ich nicht beurteilen. Was ich weiß, ist, daß kein Mensch auf dieser Welt sich selbst den Schädel einschlägt, dann in sein Grab klettert und es selbst zuschüttet.« In Mrs. Judds Miene spiegelte sich Unbehagen, und ich hoffte, Rita würde begreifen, daß sie nicht über Mord sprechen wollte. Wer sprach schon gerne davon? Es reichte doch, wenn man sich vorstellte, daß Bens Leiche die ganze Zeit auf Ellas Feld vor sich hingemodert hatte, ohne daß man noch darüber nachdachte, wie es geschehen war.

Rita begriff aber gar nichts. »Wer hat es getan?« fragte sie.

»Wenn er seine Visitenkarte dagelassen hat, dann habe ich sie nicht gesehen«, erwiderte Mrs. Judd.

Rita wollte schon eine weitere Frage stellen, als Ceres dazwischenfuhr. »Was sollen wir jetzt tun, Tima?«

»Na, das, was wir sonst auch tun«, antwortete Mrs. Judd, griff nach einem weiteren Stück Teegebäck, legte es dann aber wieder hin. »Wir werden unserer Freundin in dieser schweren Zeit beistehen. Prosper bringt Ella zu uns, und sie kann bleiben, so lange sie will. Sie muß ja noch die Beerdigung über sich ergehen lassen.«

»Ella wird ihn aber nicht aufbahren, oder?« fragte Nettie. Sie mußte ihren ganzen Körper drehen, um Mrs. Judd ansehen zu können, denn der Kropf war noch größer geworden, und sie konnte ihren Hals überhaupt nicht mehr bewegen. »Ich möchte mir nicht unbedingt jemanden ansehen, dessen Schädel eingeschlagen wurde.«

Mrs. Judd wollte schon eine schlagfertige Antwort geben, besann sich aber eines besseren und sagte im freundlichen Ton: »Man bahrt ein Skelett nicht auf, Nettie. Mehr ist von Ben nicht übrig – nur Knochen und sein Arbeitsanzug.«

»Oh.« Nettie zitterte. »Oh, daran habe ich gar nicht gedacht.« Einen Augenblick lang war sie verlegen. Dann, um das Gesicht zu wahren, versuchte sie etwas zu finden, was Mrs. Judd vergessen hatte. »Hast du an Pfarrer Olive gedacht, Septima?«

»Natürlich habe ich an ihn gedacht. Deshalb ist Prosper in die Stadt gefahren, um den Sheriff zu holen. Ich wollte nicht, daß Foster am Gemeinschaftsanschluß von der Sache erfährt und vor mir bei Ella aufkreuzt. Ich fürchte, wir müssen es Foster jetzt erzählen.«

»Ich weiß nicht, warum du dich fürchtest«, sagte Nettie schnippisch und selbstgerecht. »Mir macht er keine Angst.«

»Da bin ich aber froh. Dann kannst du ihm ja Bescheid geben«, meinte Mrs. Judd. »Sag ihm, er und Lizzy brauchen sich um Ellas körperliches Wohlergehen nicht zu kümmern. Das machen wir. Sein Bereich ist das Seelenheil.«

Nettie warf einen Blick in die Runde, um zu sehen, ob eine von uns sich anbieten würde anzurufen, aber keine erwiderte ihren Blick, und da sie keinen Ausweg sah, ging sie in die Küche und griff nach der Kurbel am Telefon.

»Würdest du dich hinsetzen?« bat Opalina Ceres, und da erst merkten wir, daß wir seit Mrs. Judds Ankunft alle gestanden hatten. Eine nach der anderen setzten wir uns. Ich erwischte wieder einen Roßhaarstuhl.

Keine sprach, während Nettie den Pfarrer anrief. Hin und wieder warf eine von uns Rita einen Blick zu, als wollte sie ihr Beileid bekunden, daß Rita so kurz nach ihrem eigenen schmerzlichen Verlust einen neuen Todesfall erleben mußte. Ich wünschte, Mrs. Judd würde sie nach Hause schicken, aber sie dachte nicht daran, und mir kam es nicht zu. Also saß Rita still in unserer Runde und hörte Netties laute Stimme.

Nettie stand etwa einen halben Meter von dem Kasten entfernt und schrie in die Sprechmuschel. Sie überlegte sich gut, wie sie sich ausdrückte, denn es war ihr klar, daß sie allen Teilnehmern an dem Gemeinschaftsanschluß Bens Tod mitteilte. »Lizzy? Hier ist Nettie ... Wie? ... Nettie Burgett. Es gibt in Harveyville nur eine Nettie. Weißt du das nicht? Gib mir mal den Pfarrer ... Angeln? So was sollte aber ein Pfarrer nicht machen, wenn ein Schützling in Not ist ... Nein, mit Tyrone ist nichts. Es hat mit Ben Crook zu tun. Sie haben ihn heute morgen gefunden ... Was sagst du? ... Nicht im Jordan, soviel ich weiß. Er war beim Bach am Nordweg auf Ellas Land vergraben. Dein Mann soll Septima wegen der Beerdigung anrufen – und geh du bloß nicht zu Ella, sie hat uns vom Club, wir kümmern uns um sie.«

Nettie legte den Hörer auf, bevor Lizzy Olive antworten konnte. »Das habe ich ihr aber deutlich zu verstehen gegeben«, sagte Nettie, als sie wieder ins Zimmer kam. Sie war so zufrieden mit sich und der Art, wie sie mit den Olives geredet hatte, daß sie sich zur Wortführerin machte. »Wir müssen noch an etwas anderes denken. Wir müssen uns überlegen, wie wir ihn ausstatten. Wahrscheinlich ist er nicht mehr so kräftig wie früher.«

Zum ersten Mal, seit Mrs. Judd gekommen war, hatte ich den Wunsch zu lächeln, aber als ich es merkte, hielt ich schnell die Hand über den Mund und hustete. Rita hustete auch.

»Der Sarg wird verschlossen sein«, mutmaßte Ada June und zwinkerte mir zu.

Nettie errötete, als sie ihren Mißgriff bemerkte, sah dann zu Mrs. Judd hinüber und erwartete, getadelt zu werden. Aber Mrs. Judd nickte nur.

»Ja, natürlich«, sagte Nettie. »Ich meine nur, man kann einen Menschen nicht in Arbeitshosen auf seine letzte Reise schicken. Ella würde ihn sicher in einem hübschen Anzug beerdigen. Sie dachte, unter der Sonne –«

»Ach, das wissen wir doch alle«, unterbrach Mrs. Judd sie ungeduldig. Nettie war lange genug Wortführerin gewesen.

Nettie hielt den Mund und setzte sich hin, darauf war es ganz still in Opalinas stickigem Zimmer. Wahrscheinlich dachten wir alle an Ella. Ich zumindest dachte an sie. Sie war so zerbrechlich und verhielt sich manchmal wie ein kleines Mädchen. Für sie mußte es schrecklich sein zu wissen, daß die Knochen ihres Mannes über ein Feld verstreut gewesen waren.

Schließlich durchbrach Rita die Stille. »Was ist denn eurer Meinung nach geschehen?« Ich schätze, die Frage lag auf der Hand, aber wir anderen wollten über die Art, wie Ben gestorben war, nicht nachdenken, also schüttelten wir alle den Kopf, statt zu antworten.

Zu guter Letzt erklärte Mrs. Judd: »Ich habe keine Zeit, jetzt darüber nachzudenken, dafür haben wir ja den Sheriff.« Sie stand auf und holte ihr Notizbuch hervor. »Prosper kommt sicherlich bald mit Ella. Ich werde dafür sorgen, daß sie ein bißchen zur Ruhe kommt. Ihr könnt sie nach dem Abendessen anrufen.«

Damit war unser Patchwork-Nachmittag beendet, denn schließlich hatten wir zu tun, mußten das Essen richten und Ella später am Abend anrufen. Also beeilten wir uns, nach Hause zu kommen, und keine dachte daran, Opalina beim Aufräumen zu helfen.

Rita machte ein nachdenkliches Gesicht, als wir gemeinsam zur Tür gingen. »Warum sollte jemand Mr. Crook ermorden?« fragte sie mich.

Ich wollte nicht darüber sprechen. Also schüttelte ich den Kopf und erwiderte: »Wie soll ich denn das wissen?«

Prosper kümmerte sich um die Beerdigungsvorbereitungen, nicht Mrs. Judd. Er bestand darauf, daß der Gottesdienst statt in der dunklen, feuchten Kirche unter freiem Himmel stattfand, wo Ella in der Sonne sitzen und auf die Blumen schauen konnte. Die Olives verschlossen die Kirche immer, so daß es darin roch wie in einem Kellerverlies. Prosper schärfte Pfarrer Olive ein, die Predigt nicht zu lang zu machen und kein Wort über das Höllenfeuer zu verlieren. »Wenn Sie die nette Dame verstören, bekommen Sie es mit mir zu tun«, drohte ihm Prosper.

Natürlich würde Prosper, der mit seinem rosafarbenen Gesicht und den kleinen Schweinsäuglein wie Porky Pig aus dem Cartoon aussah, keinem etwas zuleide tun. Was er meinte, war, daß er die Zuwendungen für die Kirche einstellen würde, wenn Pfarrer Olive sich ihm widersetzte. Da die Judds die größten Spender in Harveyville waren, reichte die Warnung aus, und Pfarrer Olive brachte seine Predigt nach nur fünfzehn Minuten zu Ende und erwähnte die Hölle kein einziges Mal. Es war allerdings egal, was er predigte, denn Ella saß wie eine Gliederpuppe zwischen Prosper und Mrs. Judd und schien so gut wie nichts mitzukriegen.

Pfarrer Olive zitierte zum Schluß noch ein paar Verse aus der Bibel, dann sangen wir »Going Home« und »The Old Rugged Cross«. Danach ließen die Träger den Sarg in die Grube hinab, und ich mußte daran denken, daß Ben Crooks Knochen darin herumpolterten. Grover flüsterte mir zu, man hätte das, was von Ben übrig war, auch in einen

Futtersack stopfen und den versenken können, dann hätte man sich die Kosten für den Sarg gespart. Ich war schockiert und raunte ihm zu, er solle sich benehmen, aber Rita mußte ein Kichern unterdrücken.

Als Bens Sarg auf dem Boden des großen Loches ankam, das sie auf dem mit Unkraut überwucherten Friedhof ausgehoben hatten, gab Mrs. Judd Ella eine Rose, was Ella verwirrte, denn sie versuchte, sich die Rose anzustecken. Mrs. Judd nahm Ellas Hand, und zusammen warfen sie die Rose ins Grab. Dann erklärten Prosper und Mrs. Judd, daß Ella nicht in der Verfassung sei, Leute zu empfangen, und nahmen sie mit nach Hause. Wir anderen gingen in die Kirche, die selbst an diesem heißen Tag kühl war, wo Kaffee und Kuchen serviert wurde. Als Rita fragte, ob wir nicht irgendwo etwas Richtiges zu trinken bekämen, lud Grover uns vier ins Hollywood Café ein.

Ich war mir nicht sicher, ob es in Ordnung war, nach einer Beerdigung in einem öffentlichen Lokal zu trinken. Es war mir etwas peinlich, als wir von der Kirche zum Hollywood gingen und an Flint Hills Home & Feed vorbeikamen, wo die ganzen Farmer herumstanden. Die meisten lehnten mit dem Rücken an der Fassade, ein Bein angewinkelt, als wollten sie mit dem Fuß die Wand stützen. Wer an der Ladenfront keinen Platz gefunden hatte, saß auf der Kante des hölzernen Gehwegs, schnitzte mit dem Taschenmesser an einem Stück Holz und erhaschte gelegentlich einen Blick auf weibliche Fesseln. Als Rita vorbeiging, löste das einige Bewegung aus.

»Na, wie geht's?« grüßte Butch Izzo und legte die Finger an den Schirm seiner Mütze. Mit den Haaren, die ihm aus den Ohren wuchsen, und den Ärmeln seines langen Unterhemdes, die aus den Hemdsärmeln hervorlugten, sah er nicht besonders attraktiv aus. Rita rümpfte die Nase und schenkte ihm keine Beachtung, aber ich kannte Butch schon mein Leben lang. Deswegen nahm ich ein Lakritzbonbon aus der Tüte, die er mir hinhielt, und meinte, es täte mir leid wegen seiner Kuh Bessie, die sich in einem Stacheldrahtzaun verfangen hatte und erschossen werden mußte.

»Sie gehörte doch zur Familie. Hätt' mich beinah umgebracht, wie ich sie erschossen habe. Sie gehörte doch zur Familie«, klagte er.

»Hat er von Mr. Crook oder von seiner Kuh geredet?« fragte Rita, als wir an ihm vorbei waren. Sie kicherte und hängte sich dann bei Tom ein. »Auf geht's, mein Prinz.« Ich wünschte, ich könnte das bei Grover auch machen, aber lieber würde er sich einen Arm abhacken, als mit mir Hand in Hand vor den Männern beim Home & Feed gesehen zu werden.

Nicht alle, die Zeit totzuschlagen hatten, standen vor dem Laden, manche waren auch im Hollywood. Ganz früher war es ein Saloon gewesen, während der Prohibition wurde es dann zu einem Süßigkeitenladen mit Restaurant umgewandelt, aber jeder wußte, daß damit nur der Verkauf von schwarzgebranntem Whiskey getarnt wurde. Damals hätte man sein Leben riskiert, wenn man im Hollywood etwas zu essen bestellt hätte. Man nannte es Café, damit der Sheriff keinen Grund hatte, dort eine Razzia durchzuführen. Das tat er auch nicht, außer ab und zu, wenn er das Gesicht wahren mußte. Aber eigentlich wollte er alle Trinker gern an einem Ort versammelt wissen, damit er sie besser in Schach halten konnte.

Jetzt, nach der Abschaffung der Prohibition, war das Hollywood renoviert und wieder in eine Bar umfunktioniert worden. Zusätzlich zu der langen Theke aus Walnußholz und den Abteilen hinter der Tür, wo man sitzen konnte, wenn man nicht gesehen werden wollte, gab es einige Cocktail-Tische und eine Jukebox. Rita schien sich ganz zu Hause zu fühlen, als sie sich an den Tisch mit der silbrigen Platte mitten im Raum setzte und zu Tom sagte: »Bestell mir doch einen Manhattan, ja, Schatz?«

Aus ihrer Handtasche holte sie eine Schachtel Chesterfield. Tom zündete für Rita ein Streichholz an, sie streckte ihren Kopf nach vorn, ließ sich Feuer geben und blies eine Rauchwolke aus. Tom zündete sich seine Zigarette an und hielt dann Grover das Streichholz entgegen, der sich eine Selbstgedrehte in den Mund steckte. »Drei mit einem Streichholz ...« Rita schüttelte den Kopf. Ich muß etwas dümmlich geguckt haben, denn sie erklärte: »Das bringt Unglück.«

Die Männer an der Bar drehten sich nach Rita in ihrem kastanienbraunen Seidenkleid und passendem Lippenstift um. Einer brummelte: »Donnerlüttchen.«

»Wenn diese Gaffer nicht aufhören, Stielaugen zu machen, verpasse ich einem von ihnen ein blaues Auge«, knurrte Grover, und ich drückte unterm Tisch seine Hand. Er wußte so gut wie ich, daß sie nicht mich anstarrten, mit meinem Beerdigungskleid aus Krepp und dem Filzhut meiner Mutter mit den Kirschen auf der Krempe. In dem Staat sah ich aus wie ein pummeliger schwarzer Salamander.

Ich wußte nicht, was ein Manhattan war, aber ich wünschte, ich hätte gewagt, einen zu bestellen, statt eines Ginger Ale, denn er sah richtig hübsch aus. Über den Glasrand hing eine rote Kirsche, wie ich sie noch nie an Bäumen gesehen hatte. Rita biß sie vom Stiel ab und rollte sie im Mund umher, bevor sie sie hinunterschluckte. Dann drehte sie den Stiel um ihren kleinen Finger. »Das

Leben könnte so schön sein«, seufzte sie, und Tom grinste ihr zu.

»Fast so gut wie eine Flasche hinter der Futterkrippe«, erwiderte Grover, und wir lachten alle, aber ich wußte, daß Grover wirklich lieber hinter einer Futterkrippe sitzen würde als im Hollywood. In geschlossenen Räumen sein zu müssen haßte er ebenso sehr, wie sich einen Anzug anzuziehen. Sein Jackett hatte er im Auto gelassen, jetzt rollte er sich die Hemdsärmel hoch und lockerte die Krawatte.

Ich sah Tom an und mußte daran denken, daß Grover gesagt hatte, er sei kein Farmer mehr. Er trug einen dunkelblauen Anzug, der sicherlich nicht aus dem Spiegel-Katalog stammte, und einen Hut, den er nach hinten geschoben hatte, wie Franklin Delano Roosevelt es immer machte. »Weißt du noch, wie wir uns früher hier hereingeschlichen haben, um ein Bier zu trinken?« fragte er Grover. »Zum Glück waren wir immer zu abgebrannt, um mehr zu bestellen. Ein halber Liter von dem Zeug, und wir wären eines qualvollen Todes gestorben.«

»Queenie hat es immer gemocht«, meinte Grover.

»Das stimmt gar nicht!«

»So wie Rhabarberpie«, fügte Tom hinzu, gab mir einen Stoß in die Rippen und lachte.

Grover lachte jedoch nicht. Er setzte seine Ellbogen auf den Tisch. Der wackelte, und Grover fischte ein paar Holzspäne aus seiner Tasche und legte sie unter das Tischbein.

»Die Bar hier gefällt mir«, sagte Rita. »Sie erinnert mich an die Cocktail-Bar, in der ich früher gearbeitet habe.«

»Ich dachte, du warst Kellnerin in einem Café, dem Koffee Kup Kafé, alles mit ›K‹«, sagte ich.

»Hoppla.« Rita warf mir einen kessen Blick zu. »Du hast mich ertappt. Ich war Bardame im Pair-a-Dice in

Lawrence. Toms Familie hätte einen Anfall bekommen, deswegen mußte ich mir was einfallen lassen.« Rita nahm die Spitze ihres kastanienbraunen Fingernagels zu Hilfe, um einen Tabakkrümel von der Zunge zu schieben. Als sie ihr Glas geleert hatte, erklärte sie: »Das war genau das Richtige. Bestell mir doch noch einen, Tom, ja? Beerdigungen sind so ungemein deprimierend.«

Tom rief zu der Bedienung hinüber und beschrieb in der Luft einen Kreis über unserem Tisch.

»Ich hätte einen Vorwand gefunden, um zu Hause zu bleiben, wenn der *Enterprise* mich nicht gebeten hätte, eine Geschichte über den Mordfall zu schreiben«, fuhr Rita fort.

»Du hast doch schon eine geschrieben, als die Leiche entdeckt wurde. Wieso interessiert es denn die Leute in Topeka, was mit Ben Crook passiert ist?« fragte Grover.

»Weil es ein Mord war. Das ist jetzt die Fortsetzung. Ein Mord im Weizenfeld ist eine wichtige Sache.«

»Maisfeld«, korrigierte ich sie. »Ben lag in einem Maisfeld begraben.«

»Das ist doch keine wichtige Einzelheit.« Rita streifte ihre Lackschuhe ab, streckte die Beine aus und legte die Füße auf den Stuhl ihr gegenüber. Tom nahm sie in den Arm. Ich fragte mich, ob sie wohl etwas betrunken war, aber ich war mir da nicht sicher, denn die Frauen, die ich kannte, betranken sich nie, auch nicht an Silvester.

»Rita meint, das könnte eine große Sache werden, stimmt's?« sagte Tom.

»Stimmt. Mein Durchbruch. Das nennt man ›einen Knüller landen‹«, antwortete Rita und beobachtete die Bedienung, die einen weiteren Manhattan und ein Ginger Ale auf den Tisch stellte. Rita biß wieder die Kirsche ab und machte einen Knoten in den Stiel, den sie dann in die Höhe hielt, um ihn genau zu betrachten. »Wer hätte schon gedacht, daß ich es zur Starreporterin bringen würde, als ich mit den netten kleinen Geschichten angefangen habe.«

»Warum willst du die Dinge aufwühlen?« fragte Grover sie.

»Weil es Nachrichten sind. Die Leute haben ein Recht, es zu erfahren. Außerdem war er ein netter Mann. Das sagen alle.«

»Ben Crook?«

»Genau der. Der nette alte Ben.« Inzwischen war ich mir sicher, daß Rita einen Schwips hatte.

»Ella war sein ein und alles. Er war der beste Ehemann der Welt«, säuselte ich.

»Ben Crook?« fragte Tom. »Meinst du den Ben Crook, der soeben begraben wurde?«

»Er hat Ella geliebt«, fügte ich noch hinzu.

»Gütiger Himmel, Queenie, Ben Crook war ein absolut mieser Hund«, knurrte Grover. »Du kannst jeden hier fragen. Zum Beispiel Eli Broom da drüben. Weißt du nicht mehr, wie er uns erzählt hat, daß er einen Monat für Ben gearbeitet hat, und dann hat Ben ihm seinen Lohn nicht gegeben? Ben war so knickrig, selbst wenn es Anzüge zum Spottpreis gab, hat er nicht mal das Ärmelloch in der Weste gekauft.«

»Wenn jemand es verdient hat, daß man ihm den Schädel einschlägt, dann hätte ich jederzeit mein Geld auf Ben Crook gesetzt«, ergänzte Tom. »Er war der gemeinste Hurensohn in Harveyville.«

»Ella hat ihn geliebt«, beharrte ich.

»Das sagst du die ganze Zeit«, sagte Rita. Die Bedienung kam wieder an den Tisch und brachte neues Bier für Tom und Grover. Ich nahm die Speisekarte, die zwischen Salz- und Pfefferstreuer steckte, und sah mir die kurze Liste von Hamburgern und Schinken mit Ei an.

»Möchtest du was essen, mein Goldstück?« fragte Grover, aber ich wollte nichts. Ich wollte nur das Thema wechseln, aber Rita ließ nicht locker.

Sie nahm einen Schluck aus ihrem Glas und sagte zu Tom: »Erzähl mir von Ben.«

Tom drückte seine Zigarette in dem Glasaschenbecher mit dem Werbespruch SMOKE OLD GOLDS aus, bevor er anfing. »Da gibt es nicht viel zu erzählen. Er war einer von drei – nein, halt, ich glaube, es waren vier Brüder, und nicht ein einziger von ihnen war soviel wert wie eine Handvoll Dung. Laß mal sehen. Wilton wurde von einer Ausbrecherbande umgebracht. Dimick ist im Vollrausch erfroren, und John hatte Streit mit Ben und ist weggelaufen, und kein Mensch hat je wieder was von ihm gehört.«

Tom schüttelte sich eine Chesterfield aus der Packung und fuhr dann fort: »Grundgütiger, wenn Ben noch am Leben wäre, würde ich jede Wette eingehen, daß wir John beerdigt haben. Es hätte mich nicht gewundert, wenn Ben seinen eigenen Bruder umgebracht hätte. Die waren allesamt niederträchtige und gemeine Riesenkerle. Früher haben sie mir immer höllische Angst eingejagt, und ich würde auch jetzt keinem von ihnen gern im Dunkeln begegnen.«

Tom zündete seine Zigarette an und löschte das Streichholz. Dann nahm er den Hut vom Kopf, legte ihn auf den Tisch und strich einen Fussel von der Krempe. »Ich weiß noch, daß Mom damals gesagt hat, Ella müsse eine Meise haben, wenn sie Ben heiraten wolle, aber wahrscheinlich war sie verrückt nach ihm. Man weiß nie, was eine Frau in einem Mann sieht.« Rita legte den Kopf auf die Seite und sah Tom in die Augen. Er steckte die Zigarette in den

Mund, damit er wieder den Arm um sie legen konnte. »Vielleicht hat Queenie recht und sie haben sich geliebt. Ich weiß nur, daß er ein echtes Ekelpaket war, und dazu knickrig. Da hat Grover recht. Der hat doch jeden über den Tisch gezogen.«

»Weiß du noch, die Kuh, die er Prosper verkauft hat?« flocht Grover ein. »Ben Crook hat da seinem Namen alle Ehre gemacht. Die Kuh war schon tot, bevor Prosper mit ihr nach Hause kam, aber denkst du, Ben hat ihm das Geld zurückgegeben? Er hat gesagt, geschieht Prosper ganz recht, weil er der dümmste Farmer weit und breit ist. Prosper war so wütend, er hätte ihn umbringen können.« Grover machte eine Pause und überdachte seine Worte. »Ich meine das nicht so. Prosper könnte keinen umbringen. Er war einfach stinkwütend, mehr nicht. Ich glaube, die beiden haben sich später geeinigt, wahrscheinlich Ella zuliebe.«

Rita knotete den Kirschenstiel auf und zu, bis er in zwei Stücke zerbrach, und ließ die Teile dann auf den Boden fallen. »Ich werde den Sheriff über Prosper befragen, wenn ich ihn interviewe. Diese Geschichte werde ich astrein recherchieren. Vielleicht kann ich sogar den Mord aufklären und kriege zur Belohnung eine Stelle in Topeka. Ich würde keine Träne vergießen, wenn ich aus Harveyville wegmüßte. Wie wär' das, mein Prinz?«

»Ich glaube, wir sollten langsam nach Hause gehen. Wenn Dad rauskriegt, daß wir hier einen getippelt haben, wird er wütender sein, als Ben es je hätte sein können«, erwiderte Tom.

»Na, das gefällt mir! Hier können wir nichts machen ohne die Einwilligung von Toms Vater«, erklärte Rita. »Ich habe den Fehler gemacht und ihm gesagt, daß ich Bier mag, und jetzt denkt er, ich bin ein gottloser Mensch. Zumindest hat er das zu Tom gesagt.«

Rita war noch nicht fertig, aber Tom unterbrach sie: »Aber Schatz«, und Rita machte den Mund zu und schmollte.

Die Bedienung kam an unseren Tisch und fragte, ob wir noch mehr zu trinken bestellen wollten, aber Tom sagte nein und holte sein Portemonnaie aus der Gesäßtasche. Grover streckte seine Hand aus und sagte: »Dein Geld taugt hier nichts. Ich lade euch ein. Spar die fünfzig Cent lieber für die Ferien.«

Als wir hinausgingen, winkte Eli Broom uns zu. »Wart ihr bei Ben Crooks Beerdigung?« fragte er. Grover nickte, und Eli meinte: »Dieser Ben war ein echtes Scheusal. Dem Kerl, der ihn umgelegt hat, würd' ich die Hand schütteln und 'ne Pepsi spendieren.«

»Wirklich? Brauchst mich nicht so anzusehen«, brummte Grover.

»Ich wüßte wirklich gern, wer's war. Mann, ich würd' ihm sogar eine ganze Lage Pepsi spendieren.«

»Wenn du eine Ahnung hast, dann sag's doch meiner Frau hier, die will den Mord nämlich aufklären«, warf Tom ein. »Sie wird den Landesfeind Nummer eins hinter Schloß und Riegel bringen.« Er lachte laut, und Grover stimmte ein.

Rita nahm ihre Reportertätigkeit ernst, und ich dachte, ihr Gelächter würde sie verletzen, aber das war nicht der Fall, denn sie hängte sich bei mir ein, da sie etwas unsicher auf den Beinen war, und zwinkerte mir zu. »Männer, was?«

Sie stolperte und sagte ziemlich laut: »Verdammter Mist!« Daraufhin blickte die Frau im letzten Abteil, dem bei der Tür, zu uns herüber. Die Trennwände waren hoch, und sie mußte sich recken, um darüber hinwegsehen zu können. Als sie mich erblickte, senkte sie sofort den Kopf, so daß ich nur ihren Hut zu sehen bekam. »Die sah aus wie eine von den Patchwork-Frauen«, brummelte Rita ziemlich undeutlich. »Sie war mit einem von diesen Vertretern zusammen, das steht fest.«

Wir lachten alle bei der Vorstellung, daß Mrs. Judd oder Opalina Dux sich ins Hollywood Café schlichen, um sich mit einem Handlungsreisenden zu treffen, doch ich fand den Witz gar nicht lustig. Denn die Frau hinter der Trennwand war tatsächlich eine von den Patchwork-Frauen. Es war Velma Burgett.

Kapitel
6

Ich saß am Küchentisch und sah zu, wie Sonny kalte Pfannkuchen aß, als ich durch das Fenster weit unten auf der Straße Velma erblickte. So sicher, wie Montag Waschtag ist, wußte ich, daß Velma an dem Morgen mein zweiter Besucher sein würde.

Jeden Morgen nach dem Frühstück kreuzte Sonny mit der Sahnekanne und einem Heißhunger für alles, was bei uns übriggeblieben war, bei uns auf. Ich hatte mir angewöhnt, mehr zu kochen, so daß immer noch genug für ihn da war. Heute waren es Buttermilch-Pfannkuchen mit Sirup.

»Hast du die Leiche gesehen?« fragte Sonny. Von dem Sirupkännchen, das aussah wie die Tagelöhnerhütte, ließ Sonny Sirup auf den Löffel laufen, und von dort auf den Pfannkuchen. Dann leckte er den Löffel und die Tropfen von seiner Hand ab.

Ich schüttelte den Kopf, war aber überrascht, daß Sonny über Ben Crook Bescheid wußte. Aber wahrscheinlich hatte jeder in Harveyville davon gehört, daß Hiawatha die Leiche gefunden hatte, es war also nicht erstaunlich, daß die Massies auch auf dem laufenden waren. »Ist ein Mäusebussard über dich hinwegeflogen? Weißt du daher, daß es einen Toten gegeben hat?« neckte ich ihn.

»Eh-eh. Wenn ein Mäusebussard vorüberfliegt, heißt das, du findest eine tote Schlange.« Sonny sah mich an, als sei ich schwachsinnig. »Ich hab' gehört, was Pa gesagt hat. Daher weiß ich's. Die Pfarrersfrau hat's ihm gesagt.«

Ich hatte angefangen, den Tisch abzuräumen, aber jetzt hielt ich inne und fragte: »Wer?«

»Die mit der Brille, die so auf ihrer Nase klemmt. Sie war bei uns, weil sie von Mas Patchworkdecken gehört hat. Sie wollte eine kaufen. Fünf Dollar wollte sie Ma für die ›Straße nach Kalifornien‹ geben, aber Ma hat gesagt, sie verkauft sie nicht. Dann hat sie zu Pa gesagt: ›Ich wette, Sie verkaufen sie, wenn ich Ihnen sieben Dollar gebe.‹«

Die Massies brauchten dringend Geld, aber trotzdem fand ich es gemein von Lizzie Olive, sie so in Versuchung zu führen. »Hat dein Pa eingewilligt?«

»Mann, ist das heiß«, sagte Sonny. Er ging zum Eiskasten, nahm einen Eiswürfel heraus und rieb ihn sich über den Arm. Eiswürfel mochte er besonders gern. Er legte ihn auf die Wachsdecke und nahm wieder einen Bissen von seinem Frühstück, während ich wartete. Ich brauchte meine Frage nicht zu wiederholen, denn Sonny bekam immer alles mit, aber er würde erst dann antworten, wenn er soweit war. »Pa hat gesagt: ›Sie hat es Ihnen gesagt, und ich sage es Ihnen noch mal, die Decke ist nicht zum Verkauf.‹«

Ich lächelte Sonny zu. »Was hat Lizzie Olive dazu gesagt?«

»Sie hat Pa einen alten Sünder genannt und gesagt, es ist eine Schande, daß Jesus für Menschen wie ihn gestorben ist. Pa hat aber eine gute Antwort gegeben. Er hat gesagt: ›Gestorben? Ich wußte gar nicht, daß es ihm nicht gutgeht.‹« Sonny lachte, und ich mußte lächeln.

»Dann hat sie ihre Nase in die Luft gesteckt und gesagt, Pa würde so enden wie der Tote, den der Nigger gefunden hat. Pa mochte Pfarrersleute noch nie. Ich auch nicht.« Sonny gab dafür keine Begründung. Statt dessen senkte er seinen Kopf über den Teller, schob sich einen Pfannkuchen in den Mund und leckte sich den Sirup vom Arm. Er sah auf, als er Fußtritte auf der Veranda hörte; wahrscheinlich dachte er, es sei Grover, und als er Velma sah, rollte er den letzten Pfannkuchen zusammen, stopfte ihn sich in die Hemdtasche, nahm den Eiswürfel und schoß wie ein geölter Blitz durch die Tür, so daß Velma ganz erschrocken war.

»Ist das der Landfahrerjunge?« fragte Velma und sah Sonny nach. Er war bis zum Mühlstein gekommen, wo er sich auf den Eisensitz hockte und zu treten anfing, so daß der Stein gegen die Bande schlug. Er reckte seinen Hals wie eine Gans, damit er uns sehen konnte.

»Das ist unser Nachbar«, korrigierte ich sie, dann fiel mir ein, daß sie denken könnte, ich spräche von oben herab. Velma konnte nichts dafür, wenn sie so neugierig wie Nettie und Tyrone war. Schließlich war sie ihre Tochter. Und auch wenn sie gekommen war, um mir eine erfundene Geschichte aufzutischen, warum sie mit einem verheirateten Mann im Hollywood Café gesessen hatte, war sie immer noch mein Gast, und es war meine Pflicht, ihr meine Gastfreundschaft zu erweisen.

Da ich also beschlossen hatte, höflich zu sein, stellte ich Sonnys schmutziges Geschirr ins Spülbecken und strich mir die Haare zurecht. »Schön, daß du vorbeigekommen bist, Velma. Ich war sowieso auf der Suche nach einem Grund, um frischen Kaffee zu machen. Wenn ich gewußt hätte, daß du kommst, hätte ich noch einen Kuchen gebacken.« Ich füllte den Wasserkessel und drehte das Gas auf.

Velma sah mich skeptisch an und fragte sich wohl, ob ich es ernst meinte oder ob ich sie verspottete. Sie antwortete nicht; statt dessen sah sie sich in der Küche um und bemerkte: »Du hast es echt schön hier.«

Da hatte sie recht. Meine Küche war um einiges hübscher als Netties, mit ihrem rußigen alten Herd und ohne Wasseranschluß. Nettie mußte das Wasser von der Pumpe im Hof hereintragen. Allerdings prahlten die Frauen vom Patchwork-Club nicht damit, wenn es ihnen besser ging, also erklärte ich: »Ja, ist nicht schlecht«, und füllte den Kaffee in die Kanne. »Natürlich kriecht der Sand in jeden Winkel, sogar in den Kühlschrank. Als ich letzte Woche Butter gemacht habe, sah die aus, als sei Pfeffer drin. Grover sagt immer, wir leben in den ›dreckigen Dreißigern‹.«

Velma erwiderte nichts, also gab ich den Versuch auf, eine Unterhaltung zu führen, während sie in der Küche umherging, Gegenstände aufnahm und sie umdrehte, als suche sie die Preisschilder. Sie drehte den Salzstreuer auf den Kopf, so daß Salz auf den Boden rieselte, und rief: »Huch«, entschuldigte sich aber nicht. Ich wischte das Salz auf, damit es das Linoleum nicht zerfressen konnte. Dies schien kein besonders gelungener Besuch zu werden.

Als der Kaffee fertig war, holte ich zwei Becher heraus, zögerte einen Moment und nahm dann die guten Tassen mit Untertellern, die ich auch zu den Club-Treffen benutzte. »Rita sagt immer ›Java‹, wenn sie Kaffee meint«, sagte ich und setzte mich auf Grovers Platz am Tisch. Velma saß schon auf meinem.

Sie antwortete nicht.

»Hast du sie schon kennengelernt?« fragte ich.

»Sie ist ziemlich eingebildet, finde ich.«

»Na, das stimmt überhaupt nicht. Sie ist sehr nett. Sie ist meine beste Freundin.«

»Dein Glück«, sagte Velma.

Ich schwieg und schob ihr die Zuckerdose zu.

»Du weißt wahrscheinlich, warum ich hier bin«, begann Velma.

»Ich denke schon.« Ich sah Velma in die Augen; so leicht würde ich sie nicht davonkommen lassen. Velma nahm einen Löffel aus dem Ständer auf dem Tisch und bediente sich von dem Zucker. Als sie den Kopf senkte, bemerkte ich die dunklen Haarwurzeln, bevor das Blondgebleichte anfing. Velma trank einen Schluck, und weil ich Stille nicht ertrage, fügte ich hinzu: »Ich erzähle nichts weiter, wenn es das ist, was dir Sorgen macht.« Das stimmte nicht so ganz. Ich tratschte genauso viel wie jeder andere, aber ich achtete streng darauf, daß ich mit dem Tratsch nicht anfing.

Velma sah mich über den Rand ihrer Tasse hinweg an. »Du hast es wirklich schön hier«, wiederholte sie, und diesmal wußte ich, daß sie nicht von meiner Küche sprach.

Plötzlich tat sie mir leid. »Ich wünschte, du würdest zu den Club-Treffen kommen«, platzte ich heraus. »Es macht sehr viel Spaß. Es würde dir bestimmt gefallen, wenn du es mal versuchen würdest.«

»Vielleicht, wenn ich eine alte verheiratete Frau wäre, die auf dem Lande lebt, wie du«, erwiderte sie.

»Na ja, so alt sind wir gar nicht. Ich bin vierundzwanzig, genau wie Rita. Du mußt doch fast einundzwanzig sein.« Ich war überrascht, als ich feststellte, daß Velma kaum jünger war als ich.

»Ich bin nicht verheiratet und lebe auch nicht in gesicherten Verhältnissen. Worüber sollte ich denn bei den blöden Club-Treffen sprechen?«

»Das dauert nicht mehr lange. Bis du heiratest, meine ich.«

»Von wegen! Er hat schon eine Frau – der Mann, mit dem ich zusammen war. Er macht mir nichts vor. Er hat mir gleich von ihr erzählt. Du weißt wahrscheinlich schon, daß er verheiratet ist.«

Ich nickte.

»Hat Forest Ann es dir gesagt?«

»Man sieht es einem Mann an, ob er verheiratet ist«, log ich, denn ich hatte kaum mehr von ihm gesehen, als seinen Hinterkopf. Aber ich wollte Velma nicht sagen, daß Forest Ann mit mir gesprochen hatte. »Ich hab' ganz vergessen, dir Sahne anzubieten. Grover und ich nehmen keine Sahne.« Ich stand auf, aber Velma streckte die Hand aus.

»Dad weiß nichts davon«, erklärte sie. »Du wirst ihm doch nichts sagen?«

»Nein. Tyrone würde Nettie die Schuld geben, und ich würde nichts tun, was deiner Mutter schadet«, erwiderte ich, und das stimmte auch. Neben Ella hatte Nettie es am schwersten von allen Patchwork-Frauen. Tyrone war nicht unbedingt gemein, aber er war dumm, faul und selbstgerecht.

Velma nickte, und ich stand auf, um die Kaffeekanne zu holen. Als ich Velma frischen Kaffee einschenkte, betrachtete ich sie. Sie hatte einen harten Ausdruck um die Augen, aber sonst war sie ein hübsches Mädchen, und ich sagte: »Velma, so wie du aussiehst, brauchst du dich nicht mit verheirateten Männern einzulassen. Es gibt jede Menge Jungs hier in Harveyville, die sich um dich reißen würden.«

»Zum Beispiel?«

Ich machte den Mund auf, aber mir fiel kein junger Mann in ihrem Alter in Harveyville ein, der nicht verheiratet oder Tagelöhner war. Schließlich kam ich auf einen. »Wenn du darüber hinwegsehen kannst, daß er ein Krüppel ist, Doyle Tatum«, antwortete ich. »Der ist richtig nett.«

»Ich würde keinen häßlichen Mann heiraten.« Velma lachte, und einen Augenblick sah sie richtig weich aus.

»Siehst du? Ich hatte mir Hoffnungen auf Tom Ritter gemacht, aber dann hat er diese Rita geheiratet.«

Meine Hand schloß sich fest um den Griff der Kaffeekanne, und ich fragte mich, was Velma genau meinte mit ›sich Hoffnungen gemacht haben‹, aber so etwas konnte man nicht fragen. »Oh«, sagte ich.

»Letzten Sommer haben wir viel Spaß zusammen gehabt, und ich dachte …« Velma saß über ihre Tasse gebeugt. »Du hast wahrscheinlich nichts davon gewußt. Wir sind auch nicht gerade ins Hollywood gegangen, auch nicht ins Kino, weil Tom kein Geld hatte. Vielleicht wollte er nicht, daß sein Dad von uns erfuhr, weil ich einen schlechten Ruf habe. Wir haben uns unten am Bach getroffen und miteinander geredet und so.«

Velma wartete, daß ich etwas sagte, aber ich fragte mich, warum Tom uns nichts von Velma erzählt hatte. Außerdem überlegte ich, was sie mit ›und so‹ meinte. Vielleicht hatte sie sich alles nur ausgedacht.

Als ich nichts erwiderte, fuhr Velma fort: »Na, ich halte keine großen Stücke auf einen Mann, der nicht einmal schreibt, daß er geheiratet hat. Das habe ich Tom auch gesagt, das letzte Mal, als wir uns gesehen haben. Wenigstens hat mir Charley – das ist der Mann, mit dem ich im Holywood war – gleich gesagt, daß er verheiratet ist, auch wenn sie so eifersüchtig ist, daß sie ihn umbringen würde, wenn er sich scheiden lassen wollte. Deswegen mag ich ihn. Er ist ehrlich. Er will mir eine Stelle in Coffeyville besorgen.«

Velma war so dumm wie Tyrone, wenn sie das alles glaubte, aber ich wußte, daß ich sie nicht zur Vernunft bringen würde, deswegen sagte ich: »Das geht mich nichts an.« Dann schnitt ich ein neues Thema an: »Deine Mom hat einen ganz leckeren gedeckten Ananaskuchen zu Ben

Crooks Beerdigung gemacht. Das Rezept würde ich gerne haben.«

Velma machte den Mund auf, als wolle sie etwas sagen. Ich glaube, sie wollte mich bitten, nichts von Charley zu erzählen, aber sie entschloß sich anders. »Warum, glaubst du, hat der, der Mr. Crook umgebracht hat, ihn bei der Straße begraben?«

Ich zuckte die Achseln. »Frag mich nicht. Wie soll ich wissen, was im Kopf eines Mörders vorgeht?«

»Charley hat ihn gekannt. Er hat mir erzählt, Ben Crook hat ihn mal um fünfzig Dollar betrogen, und bei der erstbesten Gelegenheit wollte Charley –« Velma brach ab und erhob sich. »Ich wäre dir dankbar, wenn du nichts erzählen würdest.« Dann stürzte sie den Rest des Kaffees hinunter und verschwand so schnell wie Sonny aus der Tür; und ich blieb zurück und wünschte, ich hätte diesen Charley richtig gesehen.

Nachdem Velma gegangen war, spülte ich hastig das Geschirr und trocknete es ab, weil ich Rita versprochen hatte, ihr mit der Geschichte für die Zeitung zu helfen. Ich verstand genausowenig wie Grover, warum sie eine zweite Geschichte schreiben wollte. Das machte es Ella nur schwerer, wenn die Leute weiter über Ben redeten, aber Rita war fest entschlossen. Sie wollte niemanden am Telefon interviewen, weil sie Angst hatte, ein Teilnehmer am Gemeinschaftsanschluß könnte mithören, deswegen hatte ich mich bereit erklärt, sie herumzufahren. Vielleicht würde sie meinen Namen in dem Artikel erwähnen, und das wäre ja eine feine Sache!

Rita kam, bevor ich das Geschirr abgetrocknet hatte, und ich dachte, daß selbst in einer großen Stadt wie Topeka die Leute an einem einzigen Morgen nicht so viele Besucher in ihrer Küche empfingen wie ich.

»Du bist ein richtiger Schatz, daß du das machst, Queenie«, sagte Rita, als ich ihr eine Tasse von dem Kaffee, den ich für Velma gemacht hatte, eingoß. In ihrem blauen Kostüm mit dem langen, modisch hochaktuellen Rock und dem hübschen kleinen Hut mit der Feder sah Rita aus, als wäre sie soeben aus dem Modegeschäft für junge Frauen in Eskridge getreten.

»Hervorragender Java«, lobte sie und zog das Schräubchen an ihren Ohrgehängen etwas fester. Dann nahm sie einen Zettel aus ihrer Handtasche. »Das ist eine Liste der Orte, die ich aufsuchen möchte. Ich habe sie aufgeschrieben, damit du unsere Route ausarbeiten kannst. Wir wollen ja kein Benzin verschwenden.«

Sie hatte nur drei Orte aufgeschrieben, es war also keine richtige Liste. Rita hätte sie sich auch merken können, aber vielleicht arbeiteten Reporter nicht so. Es handelte sich um das Feld, wo Ben gefunden worden war, Mrs. Judds Haus und das Büro des Sheriffs.

»Ella ist doch noch bei ihnen, oder?«

»Du meinst, du willst sie für deine Geschichte befragen? Warum das denn?«

Rita setzte ihre Tasse ab, deren Rand mit leuchtendem Lippenstift beschmiert war, und sah mich an. »Das ist doch nicht ungewöhnlich. Reporter sprechen immer mit der trauernden Witwe.«

»Es scheint mir nicht sehr höflich. Wir wollen doch, daß Ella darüber hinwegkommt, daß Bens Leiche gefunden wurde. Ich finde es nicht gut, eine Freundin darüber auszufragen.«

»Ich bin Reporterin, Queenie, und Reporter haben keine Freunde.«

Das klang, als hätte Rita das in einem Buch gelesen, und nicht wie etwas, das ein normaler Mensch sagen würde, aber ich war trotzdem erschrocken. »Das ist das Schlimmste, was ich je gehört habe. Nichts ist wichtiger als Freunde.«

Rita lachte. »Ach, Queenie, ist schon gut. Das gehört einfach zum Geschäft, wie man so sagt. Ich kann keinen Unterschied sehen, ob ich nun eine Freundin interviewe oder ob Grover Ella eine Kuh verkauft.«

Das klang auch nicht richtig, aber ich wußte nicht, warum. »Grover würde ihr eine Kuh *schenken*, wenn sie eine bräuchte«, erwiderte ich.

»Das weiß ich, aber das hat doch nichts damit zu tun. Können wir gehen?«

Ich kratzte einen Tropfen Sirup, den Sonny verkleckert hatte, von der Wachstuchdecke und steckte den Finger in den Mund. »Du wirst nicht darauf bestehen, daß Ella mit dir spricht, wenn sie es nicht möchte, oder?« wollte ich wissen, ohne aufzusehen.

»Natürlich nicht, Dummkopf. Wie sollte ich das denn anstellen?«

In dem Moment kam Grover in die Küche, wusch sich die Hände und trocknete sie, während ich ihm den Rest des Kaffees eingoß. Es war nur noch ein Schluck, und er trank ihn im Stehen. Dann sagte er: »Morgen, Rita. Klingt, als wolltest du Harveyville berühmt machen.« Er mußte auf der Veranda gelauscht haben. »Selbst wenn du Ella zum Reden bringen könntest, mußt du erst an den Judds vorbei, und das ist schwerer, als einen Esel bei lebendigem Leibe zu häuten.«

»Siehst du?« wandte sich Rita an mich. »Ella ist sicher vor mir.« Sie zog sich ihre kleinen weißen Handschuhe an und stand auf.

»Ich hole eben meine Schlüssel«, sagte ich.

Grover war vor mir ins Schlafzimmer gegangen, um sich

sein Hemd auszuziehen, das voller Öl vom Traktor war. Ich schloß die Tür, und obwohl ich wußte, daß Rita mich nicht hören konnte, flüsterte ich: »Grover, weißt du was von einer Geschichte zwischen Tom und Velma?«

»Meinst du jetzt?« fragte Grover. Ich fing das schmutzige Hemd auf, bevor es auf dem Boden landete, und fuhr mit dem Finger über den Fleck. Den würde ich nie herausbekommen.

»Nein, natürlich nicht, du Dummerjan. Tom ist verheiratet. Ich meine letzten Sommer.«

Grover ging zum Kleiderschrank.

»Du hast dir schon ein sauberes Hemd geholt. Sieh mich an«, befahl ich.

Es gelang Grover nie, etwas vor mir zu verheimlichen. »Es war nichts Ernstes, Queenie. Sie haben einfach nur Spaß miteinander gehabt, mehr nicht. Velma ist keine Frau zum Heiraten.«

»Ich habe keine Ahnung, was du meinst«, erwiderte ich und hoffte, Grover würde das Kratzen in meiner Stimme nicht hören. Natürlich wußte ich, was Grover meinte, aber keiner, auch nicht mein Mann, konnte über eine Patchworkfrau so sprechen.

»Ach komm, Queenie, du weißt, was ich meine. Sie ist ein Flittchen.«

Das konnte ich ihm nicht einfach durchgehen lassen. »Sie gehört zum Club!«

»Was hat das denn damit zu tun? Wie würdest du es denn finden, wenn Tom am Samstagabend mit Velma zum Würstchenessen kommen würde statt mit Rita?« Grover knöpfte sich das Hemd zu und streifte sich die Träger seiner Arbeitshose über die Schultern. »Ich glaube nicht, daß Tom sich noch mit ihr trifft.« Er setzte sich aufs Bett und sah mich an. »Ich hab' das nicht so gemeint, das mit dem Flittchen. Früher war sie richtig nett. Sie schlägt einfach ein bißchen über die Stränge. Wahrscheinlich regelt sich das in den nächsten paar Jahren wieder.«

Grover streckte seine Hand aus, aber ich hatte für solche Dummheiten keine Zeit. Außerdem wartete Rita nebenan. Aber ich beschloß, ihm trotzdem zu verzeihen. Deshalb küßte ich ihn, nachdem ich die Autoschlüssel aus dem Kasten auf der Kommode geholt hatte, auf seinen sonnengebräunten Nacken und ging zu Rita hinaus.

Wir fuhren zuerst zu Ellas Farm, denn ich hatte es nicht eilig, vor Mrs. Judd zu treten, die mir die Schuld dafür geben würde, daß es mir nicht gelungen war, Rita von Ella fernzuhalten. Sie hatte auch recht, aber ich wußte nicht, wie ich Rita von ihrem Entschluß abbringen sollte.

In dem Moment, als ich neben Ellas Veranda hielt und den Motor ausschaltete, trat Hiawatha hinter der Scheune hervor und beobachtete uns, ohne ein Wort zu sagen. Rita winkte ihm zu und grüßte freundlich: »Hallo, Hiawatha. Genau dich wollte ich sprechen.«

Hiawatha rührte sich nicht vom Fleck, sondern stand nur da mit der Mistgabel in der Hand; also mußte Rita aus dem Auto steigen und zu ihm gehen. Ich war direkt hinter ihr.

»Ich schreibe einen Artikel für den *Topeka Enterprise* und wollte mir mal den Ort ansehen, wo Ben Crook vergraben war.« Hiawatha gab keine Antwort. Er sah mich an, und ich nickte, um ihm zu verstehen zu geben, daß er mit Rita reden konnte.

»Da drüben«, sagte er und zeigte mit seiner Mistgabel in Richtung Norden.

»Na, dann laß uns mal ›da drüben‹ nachsehen«, erwiderte Rita.

»Sie machen sich nur Ihre Schuhe schmutzig, wenn Sie

über das Feld gehen. Fahren Sie auf der Straße eine halbe Meile nach Norden, dann am Bach entlang. Ich laufe übers Feld.«

Hiawatha machte sich auf den Weg, blieb aber stehen, als ich rief: »Willst du nicht mit uns kommen, Hiawatha? Du brauchst doch an so einem heißen Tag nicht zu laufen, wenn du mitfahren kannst.«

Er wartete, um zu sehen, ob Rita etwas einwenden würde, aber sie lächelte und sagte: »Steig ein.« Also steckte Hiawatha die Mistgabel in den Boden, wischte sich die Hände an der Arbeitshose ab und kletterte auf die Rückbank, den Hut in der Hand.

Rita nahm einen kleinen Block und ihren Füller hervor, allerdings war mir nicht klar, wie sie schreiben wollte, wenn das Auto über den Weg holperte. »Das muß dir einen ganz schönen Schrecken eingejagt haben, als du die Leiche da gefunden hast«, sagte sie und lächelte Hiawatha zu.

»Alte Knochen sind kein Schreck für mich.«

»Nein, wahrscheinlich hat jemand, der so groß ist wie du, vor nichts Angst. Was hast du gedacht, als du den großen Knochen in der Erde gesehen hast?«

»Ich habe gedacht, da ist eine Leiche.«

»Und du hattest recht. Wußtest du, wer es war?«

»Vielleicht.«

»Warst du dir sicher, daß es Ben Crook war?«

»Ich denke mal, ich kann einen Mann nicht an einem Knochen erkennen.«

»Hattest du keine Angst? Ich meine, hattest du keine Angst, daß da Geister oder Gespenster waren?«

Ich drehte mich um und sah Hiawatha an, aber ich konnte seine Gedanken nicht erraten. Vielleicht war er erbost oder verletzt, weil Rita ihm eine so dumme Frage stellte. Wenn, dann zeigte er es nicht. Ich dachte, ich hätte ein kleines Lächeln über sein Gesicht huschen sehen, aber als ich noch einmal hinsah, war es nicht da. »Ich bin Katholik, Miz Ritter. Ich hab' nichts mit dem Baptistenkram am Hut wie ihr.«

Selbst Rita mußte lachen. Sie wußte, daß Hiawatha seinen Spaß mit ihr trieb, deswegen schraubte sie den Füller wieder zu und ließ ihn in ihre Handtasche fallen. Dann legte sie den Arm auf die Rücklehne und fragte, als wolle sie sich einfach unterhalten: »Wieso hast du überhaupt da draußen gearbeitet?«

»Wer hat gesagt, ich habe da gearbeitet?« fragte Hiawatha. Rita antwortete nicht. Sie starrte Hiawatha einfach nur an, so daß er nach einer Weile fortfuhr: »Ich bin nur über das Feld gegangen, auf dem Rückweg von der Sutter-Farm. Sie haben mir einen Vierteldollar gegeben, für zwei Bäume, die ich fällen sollte. Die hatte der Wind im letzten Winter umgeworfen. Ich habe einen Knochen gesehen, der so in der Erde steckte, also habe ich mich hingesetzt und die Erde weggemacht. Der Wind hatte die Stelle freigelegt, und wenn ich nicht gerade vorbeigekommen wäre, hätte er sie auch wieder zugeweht, denke ich, und dann hätte ich den Knochen nie gefunden.«

»Dann kann man ja von Glück reden, daß du in dem Moment vorbeigekommen bist«, sagte Rita.

Hiawatha schwieg darauf. Er zog einfach nur die Augenbrauen hoch, als wolle er sagen, er sei sich da nicht sicher – genau wie wir anderen auch.

Wir holperten vor uns hin, bis wir zu einer Querstraße kamen, die in recht gutem Zustand war, wenn man bedenkt, daß sie nie benutzt wurde. Ich bog ein und folgte dem ausgetrockneten Bachbett über eine Anhöhe zu einem Feld, das seit Bens Verschwinden brachgelegen hatte. Hiawatha zeigte in eine Senke, und ich hielt an. Ich hätte die

Stelle auch allein gefunden, wegen der Reifenspuren, die die Leute im Unkraut und in den Disteln hinterlassen hatten, um an Ben Crooks Grab zu gelangen. Überall waren Fußabdrücke.

»Kinder kommen auch her«, sagte Hiawatha und zeigte auf Abdrücke von nackten Füßen. Ich sah die große Kuhle, in der Ben gelegen hatte. Man hatte sie noch nicht wieder aufgefüllt.

»Was ist das denn?« fragte Rita und deutete auf zwei kleinere Löcher hinter Bens Grab.

»Sieht aus, als wär' das hier ein Friedhof«, stellte Hiawatha fest und warf mir aus dem Augenwinkel einen Blick zu. Dann fuhr er sich mit dem Ärmel übers Gesicht, um ein Grinsen zu verbergen.

»Willst du damit sagen, daß hier noch mehr Leichen liegen?« Rita holte ihren Füller hervor und schlug den Block auf.

»Ich habe nur eine gefunden, mehr nicht.« Hiawatha bewegte sich unruhig von einem Fuß auf den anderen. »Ist noch was, was die Damen wollen? Ich muß noch für Miz Ella arbeiten.«

Ritas Lächeln wurde zu einem Schmollen. »Na ja, ich habe noch ein paar Fragen. Zum Beispiel, findest du, daß sich hier etwas verändert hat, seit du die Leiche gefunden hast? Ich meine, abgesehen von den Fußabdrücken und den Reifenspuren?«

»Da standen keine Damen herum, meinen Sie das?«

Ich kicherte, aber Rita warf ihm einen finsteren Blick zu. »Nein, das meine ich nicht.«

Hiawatha schüttelte den Kopf. »Ich muß jetzt gehen. Mehr ist nicht zu sagen.« Er drehte sich um und machte sich auf den Weg zurück zu Ellas Farm.

Rita versuchte, ihn zurückzurufen, aber er ging einfach

weiter. Also umrundete sie das Grab einmal und schrieb sich Dinge auf ihren Block. »Mist. Keine Tinte mehr drin. Hast du einen Bleistift?«

Ich kramte den Stummel hervor, den ich im Handschuhfach hatte.

»Wonach suchen wir?« fragte ich und reichte ihr den Stift.

»Spuren.«

»Spuren? Was für Spuren?«

»Spuren von dem, der Ben Crook umgebracht hat. Ich verrate dir mal ein Geheimnis, Queenie. Ich habe es ernst gemeint, als ich gesagt habe, ich würde den Mord aufklären. Die von der Zeitung haben mir praktisch eine Stelle zugesagt, wenn ich es rauskriege. Na, was sagst du nun?« Rita sah höchst zufrieden aus, so wie unser Hund Old Bob damals, als er ein Stinktier erlegt hatte.

»Wie kannst du denn einen Mord aufklären? Menschenskind, du kanntest ja Ben Crook nicht einmal. Wie willst du wissen, wer ihn umgebracht hat?«

»Na ja, sicher weiß ich es natürlich noch nicht. Aber ich habe da ein paar interessante Vermutungen. Mist, die Tinte aus meinem Füller hat meine Handschuhe bekleckst.« Sie zog sie aus, rollte sie zusammen und steckte sie in ihre Handtasche.

»So etwas Dummes habe ich schon lange nicht mehr gehört. Ich kannte Ben, und ich habe hier gelebt, als er umgebracht wurde, aber ich kann dir auch nicht sagen, wer ihn ermordet hat.«

»Man hat da ein Gespür für. Bei Reportern ist das so. Allerdings kann ich dir jetzt noch nicht sagen, wer es war.« Rita ging bei dem Grab in die Hocke, nahm eine Handvoll Erde und ließ sie wieder zu Boden rieseln, so wie Tom an dem Abend, als er und Rita zum Abendessen bei uns waren, nur daß Rita nicht daran gerochen hatte.

Ich fragte mich, ob die Erde einen Leichengeruch hatte, und beugte mich vor, um daran zu schnuppern, aber ich wußte nicht, wie eine Leiche roch, nachdem sie ein Jahr lang unter der Erde gelegen hatte, wie sollte ich es also erkennen? Aber es roch ein bißchen nach toter Kuh.

Rita rieb sich die Hände sauber. »Weißt du was, Queenie. Wenn ich eine gute Erklärung gefunden habe, trage ich sie dir vor, um zu hören, was du davon hältst.« Sie stand auf und stelzte auf ihren hochhackigen Schuhen unbeholfen über den Ackerboden zum Auto. »Glaubst du, Hiawatha hat es getan?«

»Er ist erst hergezogen, als Ben schon tot war.«

»Das bedeutet ja nicht, daß er es nicht getan hat. Vielleicht ist er hergezogen, um auf das Grab aufpassen zu können. Du weißt schon, damit die Leute nicht herumschnüffeln und es finden.«

»Hiawatha ist hergezogen, weil Ella ihm einen Platz zum Wohnen angeboten hat. Außerdem, wenn er Bens Leiche verstecken wollte, hätte er wohl kaum den Judds erzählt, daß er sie gefunden hat, oder? Er hätte sie wieder vergraben.«

Rita runzelte die Stirn und dachte über das nach, was ich gesagt hatte. »Da ist was dran. Trotzdem, vielleicht hat er die Leiche ›gefunden‹, um den Verdacht von sich abzulenken. Wie Nettie gesagt hat, er ist ziemlich helle für einen Farbigen, und er ist stark. Ich wette, er könnte einen Menschen mit einem Schlag auf den Kopf töten.«

»Das könnte Grover auch, aber der hat Ben genausowenig umgebracht wie Hiawatha. Bist du jetzt hier fertig? Ich kriege Sommersprossen, wenn ich zu lange in der Sonne stehe.« Ich hatte ein Trägerkleid an und wünschte mir, ich hätte etwas mitgenommen, um meine Schultern zu bedecken. Außerdem hatte ich genug von diesem Reportergetue.

Rita machte einen Schritt auf das Auto zu, dann blieb sie stehen und tippte sich mit meinem Bleistift an die Lippe. Sie drehte sich um, ging wieder an das Grab und schaute hinunter. »Eins weiß ich mit Sicherheit: Derjenige, der Ben Crook umgebracht hat, hatte ein Auto.«

Gedankenlos legte ich meine Hand auf den heißen Türgriff, zog sie dann hastig zurück und spuckte auf die verbrannte Stelle. »Wie kommst du darauf?«

»Weil derjenige hierher gefahren ist und ihn hier verscharrt hat. Deswegen komme ich darauf. Weil Ben Crook neben der Straße gelegen hat. Überleg doch mal, Queenie. Wenn du jemanden vergraben wolltest, der so schwer ist wie Ben Crook, würdest du ihn bis zur Mitte des Feldes schleppen? Natürlich nicht. Das ist doch viel zu anstrengend. Du würdest ihn bei der Straße vergraben.«

»Vielleicht ist er ja da, wo er verscharrt war, auch umgebracht worden?« schlug ich vor.

Rita dachte darüber nach. »Vielleicht, aber was hat er hier draußen mit seinem Mörder gemacht? Nein, ich glaube, meine erste Vermutung ist richtig.«

»Dann ist ja Hiawatha aus der Sache raus. Er hat kein Auto, und ich glaube nicht, daß er fahren kann.«

»Vielleicht hatte er einen Komplizen. Vielleicht war er ein gedungener Mörder und hat Ben im Auftrag eines anderen umgebracht. Dann haben die zwei die Leiche vergraben.«

Rita war zu weit gegangen. »Wer soll das sein? Duty?« fragte ich spöttisch. »Du solltest Hiawatha einfach vergessen. Ich habe gesagt, ich helfe dir mit deiner Geschichte, aber ich will mich nicht in Sachen einmischen, die mich nichts angehen – und dich erst recht nicht, denn damit tun wir nur jemandem weh. Es gibt Leute, zum Beispiel Tyrone Burgett, die suchen nur nach einem Vorwand, um Hiawatha und Duty aus Harveyville zu verscheuchen.«

Rita kam wieder zum Auto und fegte mit der Hand den Staub von dem Trittbrett auf der Beifahrerseite, die im Schatten lag. Dann breitete sie ihr Taschentuch aus und setzte sich. Ich mußte um die Kühlerhaube herumgehen, um sie zu sehen. »Willst du denn nicht, daß Gerechtigkeit geübt wird? Willst du nicht, daß Ella erfährt, wer ihren Mann umgebracht hat?«

»Nein.«

Rita sah überrascht auf und drohte mir mit dem Zeigefinger. »Du wärst ja eine feine Detektivin.« Sie ließ ihren Blick über den Horizont schweifen und dachte nach, dann stand sie auf und wischte sich mit dem Taschentuch den Staub von den Schuhen.

Ich ging wieder zur Fahrertür und benutzte diesmal mein Kleid wie einen Topflappen, um den Griff anzufassen. »Ich will auch keine Detektivin werden«, stellte ich klar, nachdem ich auf den Sitz geklettert war und den Motor angelassen hatte. Ich war mir auch nicht sicher, ob ich diese ganze Aufregung mitmachen wollte, nur um meinen Namen in der Zeitung lesen zu können, auch wenn Ruby ihn vielleicht sehen und mir einen Brief schreiben würde.

Ich setzte zurück, fuhr wieder auf die Straße und schlug den Weg zu den Judds ein. Währenddessen plauderte ich über das Wetter, sagte Rita, daß sie auch bei dieser Hitze nett aussah, und hoffte, sie so für mich einzunehmen. Weil ich solche Angst hatte, daß Ritas Geschichte Ella schaden könnte, hatte ich nicht die rechte Begeisterung für Ritas Reportertätigkeit aufbringen können und überlegte, ob sie der Meinung war, ich hätte sie im Stich gelassen. Sie sagte zumindest nichts dergleichen. Um ehrlich zu sein, sie beachtete mich kein bißchen, sondern starrte aus dem Fenster und biß sich auf die Lippe.

Also hörte ich auf zu reden und betrachtete die Landschaft, und dabei stellte ich mir vor, wie schön es wäre, wenn man eine Patchworkdecke machen könnte, die das Bild der Felder von Kansas wiedergab. Ich würde gestreifte Stoffe nehmen und sie in Quadrate und Rechtecke schneiden, dann würde ich einige im rechten Winkel zu den anderen einsetzen, damit sie wie unsere Felder aussahen, nachdem Grover sie gepflügt hatte. Obwohl die meisten Felder, an denen wir vorbeikamen, braun waren, würde ich grüne Stoffe nehmen. Die Decke würde ich ›Bessere Zeiten‹ nennen. Der Name gefiel mir so gut, daß ich mir vornahm, Mrs. Judd davon zu erzählen. Ich bog in ihre Hofeinfahrt ein und stellte den Motor ab.

Prosper stand neben dem Räucherhaus und sah zu uns herüber, und ich erkannte Mrs. Judds Gestalt hinter dem Fliegengitter. Aus Mitgefühl für Ella hatten die Judds eine violette Trauerschleife an der Tür befestigt. Schwarze Kreppbänder hingen herab, doch in der Hitze sahen sie aus wie traurige Lumpen. Ich nahm an, daß Ella in der Küche war und der Weg zu ihr von Mrs. Judd blockiert wurde.

Rita wartete, daß ich aus dem Wagen stieg, aber ich hatte es nicht eilig, Mrs. Judd unter die Augen zu treten, die Kleinholz aus mir machen würde, wenn sie den Grund für unseren Besuch erfuhr. Deswegen fummelte ich an dem Schlüssel herum und tat so, als wolle er nicht aus dem Zündschloß herauskommen, dann starrte ich in Richtung Scheune und gab vor, daß dort eine Bewegung meine Aufmerksamkeit erregt hätte.

Rita stieg aus und trat auf die Judds zu. »Ist Ella hier?« fragte sie Prosper.

»Sie schläft«, antwortete Mrs. Judd hinter dem Fliegengitter. »Hallo, Queenie.« Das klang nicht freundlich, und ich rutschte tiefer in den Sitz.

»Ich möchte mit Ella sprechen«, insistierte Rita.

»Mehr Kondolenzbesuche kann sie heute nicht vertragen, aber trotzdem vielen Dank. Ich sage ihr, daß ihr vorbeigekommen seid. Das wird sie freuen.«

»Oh, ich bin nicht gekommen, um ihr mein Beileid auszusprechen. Ich möchte ihr ein paar Fragen stellen.« Das klang verkehrt, selbst in Ritas Ohren. »Ich meine, natürlich wünsche ich ihr herzliches Beileid.«

»Wozu willst du ihr Fragen stellen? Schreibst du wieder eine von deinen Geschichten?« Mrs. Judds Stimme dröhnte aus dem Haus wie ein Radio, das zu laut aufgedreht war.

»Rita meint, sie könnte herausfinden, wer Ben umgebracht hat«, rief ich durch das Fenster, und ich hörte Mrs. Judds Schnauben bis zum Auto.

Rita drehte sich um und runzelte die Stirn, als hätte ich das nicht sagen dürfen. Dann wandte sie sich mit demselben Lächeln, das sie auch für Hiawatha aufgesetzt hatte, Mrs. Judd zu. »Natürlich kann ich nichts versprechen, aber ich werde es versuchen. Es wäre doch gut zu wissen, wer den Mord begangen hat, meinen Sie nicht? Ich könnte mir denken, daß es für alle eine Erleichterung wäre, besonders für Ella, wenn sie wüßten, wer der Mörder ist.«

»Ach wirklich?« fragte Mrs. Judd.

Prosper, der Rita angestarrt hatte, drehte sich zu seiner Frau hinter der Tür mit dem Fliegengitter um.

»Natürlich wäre es das. Jeder möchte doch, daß Gerechtigkeit geübt wird, oder etwa nicht?« Rita klang frohgemut, aber sie machte mich nicht froh, und die Judds auch nicht, wenn ich ihre Mienen richtig deutete.

»Da bin ich mir nicht sicher. In dieser Gegend kümmert sich jeder um seine eigenen Angelegenheiten. Ich habe den

Eindruck, daß die Gerechtigkeit Ella im Stich lassen würde. Sie will nicht, daß ihr oder sonst jemand hier herumschnüffelt«, erklärte Prosper Rita. Noch nie hatte ich Prosper soviel auf einmal sprechen hören.

Rita hatte ihren Block und meinen Bleistiftstummel aus der Handtasche geholt, nachdem sie ausgestiegen war, aber jetzt steckte sie sie wieder ein und ließ das Schloß zuschnappen. »Was ich nicht verstehe, ist, warum alle den Fall vertuschen wollen.«

Mrs. Judd trat hinter der Tür hervor und ließ sie hinter sich zuschlagen, so daß Rita zusammenzuckte. Durch den Türspalt hatte ich einen Blick auf Ella erhascht, die auf dem Schaukelstuhl in der Küche saß. »Was hast du da gesagt?«

Ich bewunderte Rita, denn sie war weitaus tapferer, als ich es je gewesen wäre. Nicht einen Millimeter wich sie unter Mrs. Judds finsterem Blick zurück. »Ich sagte, es scheint mir, daß alle diesen Mordfall vertuschen wollen. Keiner will darüber sprechen«, erwiderte Rita.

Prosper trat einen Schritt auf Rita zu und öffnete schon den Mund zum Sprechen, aber Mrs. Judd hielt die Hand in die Höhe. »Vertuschen!« empörte sie sich, und der Speichel sprühte nur so. »Was gibt's denn da zu vertuschen? Ben Crooks Tod geht dich überhaupt nichts an. Er geht mich nichts an – und Queenie da drüben auch nicht. Du versuchst nur, Unfrieden zu stiften, mit deinen Zeitungsgeschichten. Ich kenne keinen in Harveyville, der seinen Namen in der Zeitung lesen will.« Obwohl Mrs. Judd mich nicht sehen konnte, wurde ich rot.

»Wenn du weiter so dumme Fragen stellst wie bisher, dann werden die Leute mißtrauisch und sagen Dinge, die sie nicht meinen. Schon jetzt sind Kinder auf Ellas Feld zugange und buddeln nach einem vergrabenen Schatz, weil jemand gesagt hat, Ben ist wegen irgendwelchen Geldgeschichten umgebracht worden. Ben hat aber nie Geld gehabt. Warum, meinst du wohl, hat er Ella so leben lassen, ohne Strom und fließend Wasser, wenn er Geld gehabt hätte? Für ihn war Ella doch –«

Rita unterbrach sie. »Na gut, aber jemand muß doch einen Grund gehabt haben, ihn umzubringen. Und wenn jetzt der Mörder hier in Harveyville lebt? Möchten Sie mit einem Mörder leben? Und wenn er jetzt hinter Mr. Judd her ist? Oder Ella? Oder Queenie?« Ich zitterte, obwohl es so heiß war, daß ich schwitzte.

Mrs. Judd stemmte die Hände in die Hüften, reckte den Hals vor und plusterte sich auf wie eine Henne, die gerade ein Ei gelegt hat. »Hinter uns ist keiner her, soweit ich weiß.«

»Tima«, beschwichtigte Prosper. Mrs. Judd blickte, ohne den Kopf zu drehen, zu Prosper hinüber. Die beiden sahen sich lange an, Mrs. Judd durch ihre dicke Brille hindurch und Prosper mit seinen kleinen Schweinsäuglein. Wahrscheinlich sagte er ihr etwas, ohne zu sprechen, wie das bei Eheleuten oft geschieht, aber ich wußte nicht, was es war.

Nach einer Weile sah Mrs. Judd wieder Rita an. »Wenn ich dich mit Ella sprechen lasse, versprichst du dann, nie wieder Fragen über Ben Crook zu stellen? Ben ist tot, und das schon seit über einem Jahr. Es tut ihr nicht gut, wenn die Sache mit Ben immer wieder hervorgekramt wird, so wie Hiawatha seine Leiche zu Tage gebracht hat. Ella ist nicht besonders kräftig, und all diese Frage helfen ihr kein kleines bißchen. Versprichst du, daß du sie in Ruhe läßt?«

Rita nickte. »In Ordnung.«

Rita setzte sich in Bewegung und ging auf die Tür zu, aber Mrs. Judd hielt sie auf. »Ich bringe sie her.« In süßem Ton, wie man mit einem kleinen Kind sprechen würde, rief sie: »Ella, mein Herz, komm doch mal heraus, bitte, ja? Du hast Besuch von den Patchwork-Frauen.«

Die Kufen des Schaukelstuhls scharrten über den Küchenboden, und Ella kam in ihren Hauspantoffeln zur Tür geschlurft. Seit der Beerdigung wirkte sie noch kleiner als vorher, und auch älter. Ich sprang aus dem Wagen, lief auf sie zu und nahm ihre Hand. »Hallo, Ella, komm, setz dich mit mir auf die Bank. Es ist so schön heute. Wenn ich gewußt hätte, daß wir vorbeikommen würden, hätte ich einen Apfelstrudel mitgebracht. Ich mache ihn genauso gut wie meine Mutter. Sie sagte immer, du warst die einzige, die ihn noch besser machen konnte, und wollte dich immer um dein Rezept bitten.« So plapperte ich munter, während ich Ella zur Bank führte, und dachte, Mrs. Judd würde mir über den Mund fahren, aber nichts da. Rita setzte sich auf den Stuhl neben der Bank, und Mrs. Judd ließ sich gewichtig auf den Verandastufen nieder. Sie winkte Prosper herbei, der sich an den Pfosten lehnte.

Rita nahm ihren Hut ab und legte ihn auf den Boden. Dann fuhr sie sich mit den Fingern durch die feuchten Locken, die sich so eng ringelten wie die von Shirley Temple. Ich dachte schon, sie würde wieder ihren Block zücken, aber sie ließ es. Vielleicht lag es an dem Bleistiftstummel, den ich ihr gegeben hatte. Wenn man eine Einkaufsliste zu schreiben hatte, reichte er aus, aber man konnte damit keinen Zeitungsartikel verfassen.

»Ich will dir nicht weh tun, Ella, aber vielleicht erinnerst du dich noch an etwas, das uns helfen würde, den Mann zu finden, der deinen Mann umgebracht hat.« Rita benutzte dieselbe Kleinmädchenstimme wie Mrs. Judd.

»Sie hat Sheriff Eagles schon alles erzählt«, fuhr Mrs. Judd dazwischen.

Rita tat, als hätte sie Mrs. Judd nicht gehört, und fuhr

fort: »Vielleicht liest jemand in Topeka den Artikel, und ihm fällt ein, wer es getan haben könnte. Oder vielleicht sagst du etwas, wodurch sich jemand erinnert. Selbst der allerwinzigste Hinweis kann hilfreich sein.«

»Warum sollte jemand in Topeka Ben Crook umbringen?« fragte Mrs. Judd. So hatte Rita es nicht gemeint, aber sie antwortete nicht.

Ella sah Rita lange an, dann lächelte sie auf ihre traurige Art und sagte: »Gut.« Rita lächelte zurück.

»Wann hast du deinen Mann zum letzten Mal gesehen?« fragte Rita.

»Am zwanzigsten Juni im letzten Jahr. Das weiß doch jeder«, antwortete Mrs. Judd an Ellas Stelle. Rita hob die Schultern und seufzte, um zu zeigen, daß Mrs. Judds Einmischung sie störte, aber sie wandte den Blick nicht von Ella. Mir wurde klar, daß Mrs. Judd beschlossen hatte, Rita die Fragen stellen zu lassen, doch Mrs. Judd würde sie beantworten. Schließlich hatte diese zugesagt, daß Rita mit Ella sprechen durfte, es war nicht die Rede davon gewesen, daß Ella antworten würde.

»Das war der Tag, an dem er verschwand. Ich habe gefragt, wann Ella ihn zum letzten Mal gesehen hat.«

»Wollen Sie Ella fragen, ob sie ihn gesehen hat, nachdem er verschwand?« mischte Prosper sich ein, bevor Mrs. Judd etwas sagen konnte. Rita wäre sehr viel weiter gekommen, wenn sie versucht hätte, die Judds auf ihre Seite zu bekommen, statt sie gegen sich aufzubringen.

»Hat er gesagt, daß er jemanden besuchen würde?« fragte Rita, und Ella schüttelte den Kopf. Ihre Hände machten auf ihrem Schoß eine scharrende Bewegung, dann steckte Ella sie in die Taschen ihrer Schürze. Doch die Hände wollten nicht stillhalten, und einen Moment später waren sie wieder draußen. Es war das erste Mal, daß ich Ella ohne eine

Patchworkarbeit oder eine andere Handarbeit sah. Sie spielte mit dem Saum ihrer Schürze, an der sich das Schrägband gelöst hatte. Ich fragte mich, wie ihre Hände so zart geblieben waren, wo sie doch ihr Leben lang schwere Landarbeit verrichtet hatte.

»Hat er sich manchmal mit anderen Männern geschlagen? Schuldete ihm jemand Geld, oder wurde er von jemandem bedroht? Oder haben sich manchmal Leute auf der Farm herumgetrieben?« Bei der ersten Frage fing Ella an, den Kopf zu schütteln, und sie schüttelte ihn noch lange, nachdem Rita zu Ende gefragt hatte. Mrs. Judd mußte Ella nicht am Sprechen hindern, denn Ella wollte sowieso nichts sagen.

Das merkte auch Rita, und sie seufzte und schwieg. Dann – ich war ganz überrascht – drehte sie sich zu Prosper um. »Ich würde gerne mit Ihnen sprechen, Mr. Judd. Allein, wenn ich darf.«

Mrs. Judd warf ein, daß alles, was Rita zu Prosper zu sagen hatte, auch vor ihr gesagt werden könne, aber Prosper hob seine kleine rosige Hand: »Ist schon gut, Mutter.« Er und Rita gingen zu der eisernen Pferdetränke hinüber, die an den Rändern mit grünem Schleim überzogen war. Prosper stand mit dem Rücken zur Sonne, so daß Rita die Augen zusammenkneifen mußte, um ihn zu sehen. Soweit ich erkennen konnte, redete Rita die meiste Zeit, während Prosper in die Pferdetränke starrte und mit der Hand über den kühlen Rand strich. Er kniff die Augen zusammen, bis sie kaum mehr als Schlitze waren.

Plötzlich entfuhr Prosper ein Laut. Kein Wort, sondern mehr ein »Huch« oder »Ha«. Ich wußte nicht, was das zu bedeuten hatte. Ohne einen Blick zu uns drehte er sich um, verschwand in der Scheune und schloß die Tür hinter sich. Die Scheune war alt, und zwischen den Planken waren im

Laufe der Zeit große Spalten entstanden. Ich wußte, daß Prosper im Dunkeln stand und uns durch eine dieser Spalten beobachtete. Mrs. Judd starrte auf die geschlossene Tür. Dann legte sie ihre große Hand auf Ellas Schulter, und Ellas Hände hörten auf, in ihrem Schoß zu scharren.

Rita rief: »Trotzdem vielen Dank, Mr. Judd.« Statt zurück zur Veranda zu kommen, stakte sie auf ihren hochhackigen Schuhen zum Wagen und wartete dort auf mich.

Ich stand auf und bückte mich nach Ritas Hut, den sie vergessen hatte, doch bevor ich ihn nehmen konnte, schoß Ellas Hand hervor und packte ihn. Sie strich über den dunkelblauen Filz und entfernte sorgfältig den Staub von der Feder.

Rita öffnete die Wagentür und setzte einen Fuß hinein, doch Ella spielte immer noch mit dem Hut, und ich hatte es nicht mehr eilig. Rita hatte keine Lust zu warten und kam wieder zur Veranda. »Meint ihr, es gibt Regen?« fragte sie wie ein alter Farmer.

Mrs. Judd blinzelte sie an, ohne zu antworten. Ella reichte Rita ihren Hut und sagte: »Hübsch.«

Rita setzte ihn auf und steckte ihn mit der Hutnadel fest; dann nahm sie Ellas Hand. »Ich möchte dir nicht weh tun, Ella. Wirklich nicht. Aber ich muß diesen Artikel schreiben, und würdest du nicht lieber mit mir sprechen als mit irgendeinem Reporter, den du nicht kennst?«

Das klang wie eine Drohung, und Mrs. Judd kräuselte die Lippen, während sie darüber nachdachte. »Du meinst, wenn du nicht darüber schreiben würdest, dann würde es ein anderer tun?«

»Sie würden einen ihrer Reporter aus Topeka schicken, wahrscheinlich einen von denen, die die Leute zu allen möglichen Geständnissen bringen. Die wissen, wie man das macht«.

Mrs. Judd dachte auch darüber nach. »Ich will nicht, daß Ella von Fremden belästigt wird.«

»Deswegen helfe ich ja auch Rita. Sie ist netter zu Ella als jemand aus Topeka«, warf ich ein.

Ohne mich anzusehen, hob Mrs. Judd die Hand, um mir zu verstehen zu geben, daß ich still sein solle. Sie sagte zu Rita: »Wenn die einen von diesen Männern schicken wollen, dann sag mir Bescheid.«

Rita und ich gingen zum Auto, und ich drehte den Zündschlüssel. Bevor ich den Studebaker rückwärts aus der Hofeinfahrt auf die Straße fahren konnte, kam Mrs. Judd auf uns zu, winkte mit beiden Armen und rief meinen Namen. Ich steckte meinen Kopf aus dem Fenster und wartete, bis sie zu uns gelangt war. Wahrscheinlich wollte sie mir sagen, daß sie es nicht gut fand, daß ich Rita half.

»Queenie«, schnaufte Mrs. Judd, ein wenig außer Atem. »Queenie, ich wäre dir dankbar für ein Stückchen von deinem roten Stoff, den mit den weißen Sternen – wenn du etwas entbehren kannst. Ich mache mir einen ›Dresdener Teller‹, und da würde es sehr gut wirken.«

Ich hatte den Atem von dem Moment an angehalten, als Mrs. Judd meinen Namen gerufen hatte, und jetzt war ich so erleichtert, daß ich ihn mit einem Zischen ausstieß. Mit ihrer Frage wollte Mrs. Judd mir bedeuten, daß sie mir nicht die Schuld dafür gab, daß Rita sich einmischte, und daß zwischen uns alles wie immer war. »Ich werde stolz sein, ihn in Ihrer Decke zu sehen«, erwiderte ich. »Ich bringe ihn mit, wenn ich wieder vorbeikomme.«

Als wir wieder auf der Straße waren, zog Rita die Lippen mit den Zähnen ein und fächelte sich mit ihrem Hut Luft zu. Dann fragte sie, was Mrs. Judd damit sagen wollte, als sie mich um den Stoff bat.

Ich ging vom Gas und überlegte mir, wie ich antworten sollte. »Sie hat gemeint, daß sie ein Stück von meinem roten Stoff mit den Sternen für ihren ›Dresdener Teller‹ haben möchte«, erklärte ich. »Mehr nicht.«

Kapitel
7

Als wir bei den Judds wegfuhren, hoffte ich, daß Rita genug hätte und nach Hause fahren wollte. Ich war es leid, Assistentin einer Reporterin zu spielen und mir den Ärger der Leute zuzuziehen, doch sie bestand darauf, mit dem Sheriff zu sprechen, also fuhr ich uns nach Harveyville.

Es war Freitag. Diesmal lehnte kein alter Junggeselle an der Fassade des Flint Hills Home & Feed. Sich zeigen und gesehen werden war den Samstagen vorbehalten, jetzt machten die wenigen Leute, die in der Stadt waren, eilig ihre Besorgungen, damit sie nach Hause fahren und ihre Hausarbeit erledigen konnten, um dann möglichst bei Anbruch der Dunkelheit wieder in der Stadt zu sein. Am Home & Feed hing ein Schild: FILMVORFÜHRUNG. NACH SONNENUNTERGANG. Freitag abends stellten die Leute vom Home & Feed vor dem Geschäft einen großen Projektor auf und zeigten auf der Seitenwand des Gebäudes einen Film. An diesem Abend sollte *Murders in the Rue Morgue* gezeigt werden. Ich fand, ich hatte mich heute schon genug mit Mord beschäftigt, und würde Grover nicht bitten, mit mir hinzugehen.

Harveyville war kein Vorführplatz für Straßenkreuzer. Das einzige Auto, das auf der Straße – genau vor dem Büro des Sheriffs – stand, war ein Hudson Super Six mit der

Steuerplakette vom letzten Jahr. Der Wagen stand schon über ein Jahr dort; damals hatte Pap Logan ihn dort abgestellt, war ohne zu gucken auf die Straße getreten und von einem Bauernlümmel in einem alten Willys Overland angefahren worden. Pap lag sechs Monate lang flach, und auch jetzt konnte er nur auf Krücken gehen und hatte deswegen den Hudson nicht geholt. Da er auch keinem anderen erlaubte, ihn zu fahren, blieb er stehen, wo er war. Alle vier Reifen waren platt.

Als ich hinter dem Super Six zum Stehen kam, saß Sheriff Eagles auf der schattigen Seite auf dem Trittbrett und schnitzte mit seinem Taschenmesser an einem Stock. Ich stellte den Motor ab, und Rita und ich stiegen aus.

»Das hier ist besser als eine Bank auf der Veranda«, meinte Sheriff Eagles; er stand nicht auf, legte aber einen Finger an die Hutkrempe.

»Kennen Sie Rita Ritter?« fragte ich, und der Sheriff begrüßte sie mit einem Nicken. »Sie ist die Frau von Tom. Sie will mit Ihnen sprechen.«

Er sah Rita mit zusammengekniffenen Augen an. »Schreiben Sie wieder einen Artikel über Ben Crook?«

»Haben Sie den ersten gelesen?« fragte Rita und strich sich den Rock glatt. Es gefiel ihr, wenn die Leute sagten, sie hätten ihre Zeitungsartikel gelesen.

»Ich denke, jeder in Harveyville hat ihn gelesen«, erwiderte er, wandte sein Gesicht ab und spuckte aus. »Zumindest haben mir alle in Harveyville gesagt, daß Sie meinen Namen falsch geschrieben haben. Ich heiße Eagles, mit einem s am Ende, nicht Eagle.« Rita wurde rot vor Verlegenheit, und Sheriff Eagles sagte: »Was soll's. Ist schon in Ordnung, Lady. Alle schreiben ihn verkehrt.«

»Was Sie schreiben, ist mir egal, Hauptsache, Sie schreiben meinen Namen richtig«, murmelte Rita.

Der Sheriff sah mich an, aber ich zuckte die Schultern, weil ich genausowenig wußte wie er, was Rita meinte. Er fragte: »Wie bitte?«

»Das ist nur so ein Zeitungsspruch«, erklärte Rita. Sie stützte sich mit dem Ellbogen auf den Hudson, um näher an den Sheriff heranzukommen, glitt aber aus und wäre beinahe hingefallen. Sie richtete sich auf und beugte sich dann zu dem Sheriff vor. »Es macht Ihnen doch nichts aus, in der Zeitung erwähnt zu werden, oder, Sheriff Eagles?« Sie sprach den Namen aus, als endete er mit einer ganzen Reihe von »s«.

»Ist wahrscheinlich nicht schlimmer, als sich ein Auge auszustechen.«

Rita lachte laut auf, obwohl ich den Ausdruck schon tausendmal gehört hatte und nicht verstand, was daran so lustig war. Sie wollte etwas erwidern, bemerkte dann, daß mehrere Leute auf dem Gehsteig stehengeblieben waren, um zuzuhören, und sagte deshalb: »Können wir nicht reingehen und dort reden?«

»Wie Sie wollen.« Allerdings ließ sich der Sheriff Zeit, klappte in aller Gemütsruhe sein Messer zu und erhob sich umständlich vom Trittbrett. Er klopfte sich den Staub vom Hosenboden, allerdings nicht von seinem Hemd, mit dem er an der Tür gelehnt hatte.

Rita und ich folgten ihm in sein Büro, und Rita flüsterte mir zu: »Wo ist sein Revolver?«

Sheriff Eagles stemmte die Fäuste in die Seite und drehte sich zu Rita um. »Wozu brauche ich einen Revolver?«

»Ich dachte, die Männer des Gesetzes hätten immer Revolver bei sich«, antwortete Rita.

»Wir sind hier in Harveyville, Kansas, und nicht in Dodge City, Kansas«, sagte er. »Wir sind auch nicht in Abilene, Kansas«, fügte er hinzu, aber ich glaube, Rita hatte bereits verstanden, worauf er hinauswollte. »Wir sind auch nicht …« Ihm fiel keine weitere Wildweststadt in Kansas ein, also schüttelte er den Kopf. »Man braucht keinen Revolver, wenn man in Harveyville auf dem Trittbrett von einem Super Six sitzt.« Sheriff Eagles zwinkerte mir zu, und ich zwinkerte zurück, dann fiel mir ein, er könne denken, ich würde mich mit ihm gegen Rita verbünden, und tat so, als wäre mir was ins Auge geflogen.

Ich war noch nie im Büro des Sheriffs gewesen und war ebenso enttäuscht wie Rita, daß Sheriff Eagles keinen Revolver im Halfter stecken hatte. Es war nur ein staubiges Zimmer mit einem großen Schreibtisch und einem Stuhl, auf dem eine zusammengelegte indianische Decke als Kissen diente. An der Wand stand ein rostiger Holzofen, oben drauf einige schmutzige Kaffeetassen. Eine Reihe senkrechter Gitterstäbe, einem Eisenzaun nicht unähnlich, deuteten den Gefängnisteil des Raumes an, und man konnte die zwei Pritschen und den Toiletteneimer sehen. Ich fragte mich, wie jemand, der dort eingesperrt war, in Ruhe sein Geschäft verrichten sollte. Ich wünschte, Rita würde Sheriff Eagles danach fragen!

Der Sheriff setzte sich hinter den Tisch, stützte sich auf seine Ellbogen und sah uns mit schmalen Augen an. Er forderte uns nicht auf, Platz zu nehmen, aber Rita zog sich einfach einen Stuhl heran, und ich fand einen zweiten für mich.

»Rita –«, fing ich an zu erklären, aber sie unterbrach mich mit einem scharfen Blick. Inzwischen hätte ich wissen müssen, daß sie die Fragen selbst stellen wollte.

Rita lehnte sich vor und lächelte den Sheriff an. »Ich schreibe eine Fortsetzung zu dem Artikel, den Sie gelesen haben, und diesmal schreibe ich Ihren Namen auf jeden Fall richtig.«

»Tun Sie das.«

»Sie haben nicht zufällig einen Bleistift?« fragte Rita, worauf der Sheriff in der Schublade kramte und einen winzigen Stummel mit abgebrochener Spitze zum Vorschein brachte.

»Haben Sie ein Messer zum Anspitzen?« fragte er.

Ich wollte schon fragen, warum er ihr nicht das Messer in seiner Brusttasche gäbe, aber Rita erklärte: »Ist auch egal«, klappte ihre Handtasche auf und holte meinen Stummel hervor, den sie schreibbereit in der Hand hielt. Das Lächeln verschwand aus ihrem Gesicht, sie kniff die Augen zusammen und fragte: »Wer hat Ben Crook getötet?«

Sheriff Eagles sah sie an, als hätte sie ihn gefragt, an welchem Tag in diesem Jahr wir den nächsten schweren Regen erwarten könnten. »Wie zum Teufel soll ich das wissen, Lady?« fragte er. »Bitte um Entschuldigung, Ma'am.« Das war an mich gerichtet.

»Sie wissen es nicht?«

»Ich bin da noch dran. Ben Crook ist vor mehr als einem Jahr gestorben. Es gibt nicht so furchtbar viele Spuren. Ich habe keinen Namen mit Adresse in Bens Hosentasche gefunden.«

»Haben Sie eine Waffe gefunden?«

»Nein. Ben wurde an einer anderen Stelle umgebracht und in einem Wagen zu dem Feld gebracht. Der Täter hat höchstwahrscheinlich ein Klafterholz benutzt. Er hat saubere Arbeit geleistet, nach dem Zustand von Bens Schädel zu urteilen. Ein echter Volltreffer.«

Rita warf mir einen Blick zu, als wolle sie sagen: »Hab' ich's nicht gesagt.« Dann beleckte sie die Spitze des Bleistiftes, schrieb aber nichts auf. »Welche Spuren verfolgen Sie?«

»Wieso soll ich Ihnen das erzählen? Sie würden es in der Zeitung schreiben, und der Kerl, der es getan hat, würde abhauen. Hab' ich nicht recht?« Sheriff Eagles lehnte sich selbstzufrieden in seinem Stuhl zurück. Er sah mich an, aber obwohl ich fand, daß er ziemlich scharf geschlossen hatte, runzelte ich die Stirn. Schließlich war ich auf Ritas Seite.

»Ich wette, Sie haben keine einzige Spur.« Rita legte den Bleistift hin und starrte den Sheriff an. Nach einer Weile wich er ihrem Blick aus. »Habe ich recht?« fragte Rita.

»Nein, Sie haben nicht recht«, mokierte sich der Sheriff. Sein Stuhl knarrte, als er sich nach vorne beugte und die Ellbogen auf den Tisch stützte.

»Wer hat ihn also umgebracht?«

»Lady, ich verrate Ihnen gar nichts. Und wenn Sie es genau wissen wollen: Es geht Sie auch nichts an.«

»Wenn in Wabaunsee County ein Mörder frei herumläuft, dann geht mich das wohl was an. Schließlich lebe ich auch hier. Es geht mich genauso viel an wie Sie – oder Queenie. Ich werde schreiben, daß Sie keine Ahnung haben, wer Mr. Crook umgebracht hat.«

»Tatsächlich? Na ja, wenn Sie Lügen verbreiten wollen, werde ich Sie wohl nicht daran hindern können.«

Die beiden sahen sich eine geschlagene Minute unverwandt an, und ich dachte, daß Rita mehr Erfolg hätte, wenn sie begreifen würde, daß sie mit Honig mehr Fliegen fangen konnte als mit Essig. Das hätte sie schon bei dem Gespräch mit den Judds merken können.

»Was ist denn mit Hiawatha?« fragte sie, während sie sich die Ohrringe abriß und in ihre Handtasche fallen ließ.

»Hiawatha Jackson?«

»Wie viele Hiawathas gibt es in Harveyville denn?« Den Spruch hatte sie von Nettie, als die damals Lizzy Olive angerufen hatte, und ich wollte schon lachen, aber ich ließ es, denn der Sheriff fand ihn nicht lustig.

»Was ist mit ihm? Netter Kerl, oder? Prügelt sich auch nicht, wie manche Farbige.«

»Glauben Sie, er hat es getan?«

»Warum sollte Hiawatha Jackson Ben umbringen? Kannten die sich denn? Hiawatha kam doch aus Blue Hill, nachdem Ben verschwunden war.«

»Woher wissen Sie das?« fragte Rita, aber der Sheriff grinste nur selbstzufrieden. Ich hätte Rita erklären können, woher der Sheriff das wußte, aber sie hatte mir deutlich zu verstehen gegeben, daß meine Einmischung nicht erwünscht war, also hielt ich den Mund.

Die beiden machten weiter so, jeder versuchte, dem anderen einen Knüppel zwischen die Beine zu werfen, aber sie kamen nicht vom Fleck, und ich hörte nicht mehr zu und sah aus dem Fenster. Sein Geld als Reporterin zu verdienen war langweilig und längst nicht so interessant wie ein Leben als Farmer. Ich überlegte, ob ich dem Sheriff erzählen sollte, daß Velmas verheirateter Freund einen Zusammenstoß mit Ben Crook gehabt hatte. Schließlich hatte ich Velma nicht versprochen, dem Sheriff nichts davon zu erzählen, daß Charley Ben bedroht hatte. Obwohl, wenn ich es ihm erzählte, müßte ich auch sagen, woher ich das wußte, und das würde die Sache für Velma schwieriger machen. Also behielt ich Charley für mich.

Ich wurde aus meinen Gedanken aufgerüttelt, als der Sheriff die Schublade seines Schreibtisches öffnen wollte – doch sie klemmte, und er zog kräftig daran. Er holte ein Blatt Papier hervor und reichte es Rita, die es umdrehte, um es lesen zu können.

Sie legte ihren hübschen Kopf auf die Seite und lächelte den Sheriff an. »Sie haben sich die Fundstelle recht gründlich angesehen, scheint mir. Sieht so aus, als wäre das eine ziemlich vollständige Liste. Der Bericht hält jedem Vergleich stand.«

Das hieß gar nichts, denn Rita hatte mir erzählt, daß dies der erste Mordfall war, über den sie berichtete, aber das wußte der Sheriff nicht. Er sah sehr zufrieden mit sich aus und sagte: »Ein, zwei Sachen weiß ich auch, denke ich.«

»Das sehe ich, allerdings.« Vielleicht wußte Rita doch über Fliegen und Honig Bescheid.

»Wie ist es denn mit Landstreichern? Grover hat gesagt, daß um die Zeit, als Ben ermordet wurde, einige gesehen wurden. Meinen Sie, es könnte einer von ihnen gewesen sein?« fragte ich und vermied es, Rita anzusehen, falls sie sich über meine Einmischung ärgerte.

Sheriff Eagles bewegte seinen Kopf auf und ab, was bedeutete, daß er nachdachte, und nicht, daß er mir zustimmte. »Grover ist gar nicht so dumm, wie er aussieht, was, Queenie? Tatsache ist, daß Ella erzählt hat, daß an dem Tag, als Ben verschwand, ein Landstreicher bei ihrer Farm vorbeigekommen ist. Sie fand es seltsam, daß er am frühen Morgen kam, und nicht zur Essenszeit, wenn die meisten von ihnen auf eine Mahlzeit hoffen.«

Ritas Augen leuchteten; vermutlich war sie froh, daß ich gefragt hatte, denn sie warf ein: »Glauben Sie, er ist der Mörder?«

Der Sheriff schüttelte den Kopf. »Ella hat erzählt, daß er nur ein Bein hatte und eine Hand ganz verkrüppelt war, der kann es also unmöglich getan haben. Das muß schon ein starker Kerl gewesen sein, der Ben umgebracht hat. Schließlich hat er ihm den Schädel eingeschlagen und ihn zu dem Grab gezerrt. Ben war kräftig gebaut.«

»So wie Zinke«, ergänzte ich.

Der Sheriff sah mich an und rieb sich das Kinn. Auf seinem Gesicht waren stoppelige Stellen, wo der Rasierer nicht richtig gefaßt hatte. »Daran habe ich auch schon gedacht«, erwiderte er.

»Wer ist Zinke?« fragte Rita.

Der Sheriff und ich sahen uns an. Dann forderte er mich mit einem Nicken auf zu antworten, und ich sagte: »Bens Tagelöhner.«

»Zinke, und wie weiter?« fragte sie.

Ich zuckte die Achseln. »Seinen Nachnamen weiß ich nicht. Sie, Sheriff?«

»Nein. Ella hat nie danach gefragt. Ein Mann, der schon unter einem Namen bekannt ist, will nicht, daß man seinen anderen Namen erfährt. Wenn Ella darauf bestanden hätte, hätte er einen erfunden. Ich wette, daß sein Vorname auch nicht Zinke ist.« Der Sheriff reckte sein Kinn nach vorn, als ob er erwartete, daß eine von uns sagen würde, wie klug er war.

»Glauben Sie, Zinke ist der Mörder?« fragte Rita.

Sheriff Eagles lehnte sich in seinem Stuhl zurück und legte die Fingerspitzen aneinander. Dann schob er die Unterlippe vor, als dächte er nach. Rita rutschte auf ihrem Stuhl hin und her, was den Sheriff zu reizen schien. Er sah sich im Zimmer um und zögerte seine Antwort hinaus. »Vielleicht. Zinke ist kräftig. Ich weiß, daß er ein hitziges Temperament hat, weil er für einen Farmer in Snokomo gearbeitet hat, bis ein Schwein ihn zur Weißglut trieb, und dann hat er es mit der Mistgabel erstochen. Zinke ist dort abgehauen und hat sich bei Ben verdingt. Der Farmer wollte, daß ich Zinke dazu bringe, für das Schwein zu bezahlen, aber ich habe ihm erklärt, wenn Zinke soviel Geld hätte, dann würde er nicht als Tagelöhner bei Ben arbeiten. Himmelherrgott, ich wollte mit Zinke nicht aneinandergeraten, genausowenig wie mit Ben. Einer war gemeiner als der andere. Man brauchte Zinke nur anzusehen, dann wußte man schon, daß man sich besser vor ihm in acht nimmt. Sein Gesicht war so häßlich, daß die Milch sauer wurde.«

»Aber war er's?« fragte Rita noch einmal.

»Der die Milch sauer gemacht hat?« Der Sheriff genoß seinen Witz.

Rita hingegen nicht. Sie starrte ihn aus kleinen Augen an und wartete auf seine Antwort.

»Wahrscheinlich nicht.«

»Wie können Sie da so sicher sein?«

»Weil er schon weg war, bevor Ben verschwand, daher bin ich so sicher.«

»Wohin ist er gegangen?«

»Also, wie soll ich das denn wissen? Ich habe Besseres zu tun, als jeden vorbeistromernden Tagelöhner nach seinen Reiseplänen zu fragen.« Der Sheriff erhob sich. »Ich denke, mehr habe ich dazu nicht zu sagen. Ich werde schließlich nicht fürs Reden bezahlt.«

»Kann ich schreiben, daß Zinke ein Verdächtiger ist?« fragte Rita, als wir beide aufstanden.

»Sie können schreiben, daß jeder in Wabaunsee County ein Verdächtiger ist, einschließlich Queenie.« Er sah mich von der Seite her an und rollte seine Zunge unter die Oberlippe, um mir anzudeuten, daß das ein Witz war.

Rita und ich gingen zum Auto und stiegen ein. Als ich einen Blick zu Rita hinüber warf, bemerkte ich ihren selbstgefälligen Ausdruck. »Du glaubst, daß Zinke der Mörder ist, oder?« fragte ich. Ich hoffte, Rita würde sich daran erinnern – sollte sie von Zinke schreiben –, daß ich die Rede auf ihn gebracht hatte.

Doch Rita schüttelte den Kopf, wobei die Feder auf ihrem Hut am Wagendach entlangstreifte. Sie nahm den Hut ab und stellte fest, daß die Feder abgebrochen war. »Er hat diesen Zinke-Typ nur erwähnt, weil er mich aufs Glatteis führen wollte, aber darauf falle ich nicht rein.«

Ich war verwirrt. »Du meinst, du glaubst nicht, daß Zinke der Mörder ist?«

»Ich glaube nicht im entferntesten, daß er es getan hat, aber ich habe einen ziemlich starken Verdacht, wer der Täter ist.«

»Wer?« fragte ich und hielt den Atem an.

»Das ist ein Geheimnis. Wenn ich es dir erzählen würde, würdest du es weitererzählen.« Statt mich anzusehen, hielt sie die rechte Hand mit gespreizten Fingern hoch und begutachtete ihre perfekt lackierten Nägel.

Ich wandte mich ab und ließ den Motor an. Rita hatte kein Recht, mich zu beleidigen. Es fiel mir nicht schwer, ein Geheimnis zu bewahren. Was sage ich, ich könnte sogar ein Geheimnis vor Grover bewahren, wenn es sein mußte. Und ich wußte, daß ich eins vor ihr bewahren konnte.

Auf dem Weg zur Ritter-Farm sprachen wir nicht. Man könnte sagen, ich habe geschmollt, während Rita überlegte, wer Ben Crook umgebracht haben könnte. Keine von uns sagte auch nur ein Wort, bis wir an Forest Anns Farm vorbeikamen und Rita mich plötzlich am Arm packte. »Ist das nicht der Wagen von Dr. Sipes? Mit dem möchte ich gerne reden.«

Ich lachte. »Das geht jetzt nicht. Es ist ja noch nicht fünf.«

Rita sah mich verblüfft an. »Was hat denn die Uhrzeit damit zu tun?«

Ich wünschte, ich hätte meinen Mund gehalten. »Nichts.«

»Ach, komm schon, Queenie, was meinst du denn mit fünf Uhr?« Rita hatte immer noch die abgebrochene Feder in der Hand und fuhr mir mit der Spitze über die Wange. »Sag's mir.«

Ich zuckte die Achseln.

»Queenie Bean, willst du damit sagen, daß Doc Sipes Forest Ann jeden Abend um fünf einen Besuch abstattet?« Rita tippte sich mit der Feder an die Lippen. Sie war ganz schön helle, wenn es darum ging, Dinge zu durchschauen – vielleicht nicht den Mord an Ben Crook, aber sonst schon.

»Nicht jeden Tag. Schließlich muß er sich ja um die Kranken kümmern.«

»Also, ich finde das richtig romantisch, besonders in ihrem Alter. Seit ich hier bin, hat es eine Geburt und zwei Beerdigungen gegeben. Vielleicht ist das nächste ja eine Hochzeit.«

»Bestimmt nicht! Doc Sipes ist verheiratet –« Das war schon wieder zuviel. Ich hatte das Bedürfnis, mir ein großes Loch zu graben und hineinzuspringen.

Rita lehnte sich in ihren Sitz zurück und kicherte. »Und das in Harveyville, Kansas. Also echt, wirklich. Diese Stadt wird noch zu Steinbecks *Straße der Ölsardinen*.«

Ich wußte nicht, was sie meinte. »Das hier ist doch nur eine normale Landstraße.«

»Ach, Queenie.« Rita lachte wieder so, als hätte ich etwas Komisches gesagt. »Vielleicht sollten wir mal bei Forest Ann reinschauen. Wir könnten sagen, wir seien vorbeigekommen und wollten nur mal schnell guten Tag sagen. Die Leute hier kommen immer ohne Einladung einfach vorbei, ob man sie nun sehen will oder nicht.«

»Wir mischen uns nicht in die Angelegenheiten von Forest Ann und Doc Sipes ein. Wir tun so, als wüßten wir nichts«, belehrte ich sie. »Sie gehört zum Patchwork-Club, deswegen halten wir zu ihr, auch wenn wir etwas nicht gut finden, womit ich nicht sagen will, daß wir das nicht gut finden. Forest Ann hat ein bißchen Zuneigung verdient, und der Doc auch. Mrs. Sipes ist ein richtiger Drachen, schlimmer noch als Ma Barker, und der Doc ist ein Heiliger … ein richtiger Heiliger. Man kann es ihm nicht verübeln, daß er Gefallen an Forest Ann gefunden hat.«

Ich gab Gas, falls Rita es ernst gemeint hatte mit dem Vorbeischauen, aber ich war nicht schnell genug. Sie beugte sich rüber und drückte auf die Hupe, worauf der Doc seinen Kopf über das Geländer der Veranda hob und uns zuwinkte, damit wir anhielten.

»Verdammter Mist. Jetzt werden wir wohl doch bei Forest Ann reinschauen müssen«, brummelte ich.

»Wir spionieren ja nicht rum«, sagte Rita. »Es ist ja gewissermaßen ein Besuch aus beruflichen Gründen. Ich will den Doc etwas über Ben Crooks Leiche fragen. Er ist doch der Leichenbeschauer, oder?«

»Der was?«

»Du weißt schon, der Mann, der die Leichen aufschneidet, um die Todesursache festzustellen.«

Ich schüttelte mich. »Lieber wäre ich Baumwollpflücker.«

Rita lachte, und obwohl ich sauer auf sie war, weil sie mir vorgeworfen hatte, daß ich kein Geheimnis hüten konnte, und weil sie auf die Hupe gedrückt hatte, dachte ich, als ich ihr helles Lachen hörte, wie sehr ich sie trotzdem mochte. Ich hatte Ruby sehr gern gehabt, aber wenn ich mit ihr zusammen gewesen war, war es mir vorgekommen, als würde ich in einen Spiegel schauen. Ruby und ich waren uns in den meisten Sachen zu ähnlich, und manchmal wußte ich schon, was sie sagen würde, bevor sie angefangen hatte zu sprechen. Rita hingegen war voller Überraschungen und machte das Leben interessant. Rita war ein richtiges Energiebündel, und es war spannend, mit ihr zusammenzusein.

Als ich den Motor abstellte, sah ich Forest Ann im Schatten neben Dr. Sipes. Sie rückte von ihm ab, als wir zum

Haus kamen. Sie schien nicht froh, uns zu sehen, und ich überlegte, wie ich ihr sagen konnte, daß nicht ich es gewesen war, die gehupt hatte.

Dr. Sipes nickte uns zu, als wir ausstiegen. Rita hatte schon Block und Bleistift gezückt. Sie warf Forest Ann nur einen flüchtigen Blick zu und bedachte den Doc mit demselben Lächeln, das sie auch bei ihren anderen Gesprächspartnern aufgesetzt hatte.

Bevor sie aber auch nur eine Frage stellen konnte, sagte der Doc: »Es freut mich, daß ihr Mädels vorbeigekommen seid. Ich habe Forest Ann gerade von Tyrone erzählt.«

Ich trat auf die Veranda, und als ich mich Forest Ann näherte, um zu hören, was er meinte, sah ich auf ihren Wangen Tränenspuren.

»Der Doc denkt, Tyrone hat Kinderlähmung.« Forest Ann schluchzte.

»O nein!« rief ich.

»Genau wie der Präsident?« fragte Rita.

»Albert hat es mir gerade erzählt. Bis vor zehn Minuten war er bei Tyrone.«

»Wer?« fragte ich.

»Dr. Sipes. Dr. Albert Sipes«, erklärte Forest Ann. Mir war es nie in den Sinn gekommen, daß ein Arzt einen Vornamen haben könnte.

»Vielleicht ist es auch keine Kinderlähmung. Ich bin mir noch nicht sicher, deswegen nehme ich ihn auch nicht in Quarantäne.« Der Doc wußte, wie schwer sich die Leute mit Quarantäne taten. Als die mittlere Tochter von Ada June Scharlach hatte und in Quarantäne war, hat Ada June später erzählt, daß sie beinahe verrückt geworden wäre, weil keiner ihr beistehen konnte. Manche wollten auch am Telefon nicht mit ihr sprechen, und wenn die Frauen vom Patchwork-Club ihr Kuchen und Kartoffelsalat vorbeibrachten, mußten sie die Sachen auf einem Baumstumpf vor dem Haus abstellen und nach Ada June rufen, damit sie sie da abholen konnte.

»Vielleicht ist es auch nur dieselbe Krankheit, die Tyrone häufig um diese Jahreszeit befällt«, sagte der Doc mit einem Blick auf Forest Ann. Damit wollte er sagen, daß Tyrone sich immer zur Erntezeit ins Bett legte. Der Doc lüftete den Hut und wischte sich mit dem Handrücken den Schweiß von der Stirn.

»Tyrone war immer schon ein bißchen kränklich«, fand Forest Ann. Da er ihr Bruder war, mußte sie ihn verteidigen, aber wir alle wußten, daß Tyrone weniger kränklich als faul war.

»Ich wollte es Forest Ann gleich sagen, weil Velma nicht zu Hause ist«, erklärte der Doc. »Nettie pflegt ihn allein, und es ist nicht leicht, mit Tyrone zurechtzukommen, wenn er im Bett liegt.«

»Auch sonst nicht«, murmelte ich, und der Doc wandte sich ab, um sein Lächeln vor Forest Ann zu verbergen.

»Wir helfen alle«, fuhr ich fort. »Ich fahre nach Hause und rufe Opalina und Ceres und Ada June an. Rita kann es den Ritters erzählen. Wir müssen ohne Ella und Mrs. Judd zurechtkommen.« Ich versuchte zu überlegen, was ich noch zu Hause hatte und den Burgetts zum Abendessen vorbeibringen konnte.

»Ella würde aber gerne helfen«, warf Rita plötzlich ein, und Forest Ann und ich sahen uns an.

»Sie hat recht«, bestätigte Forest Ann. »Ella würde uns nicht verzeihen, wenn man ihr verschweigen würde, daß jemand Hilfe braucht. Wenn sie Nettie helfen kann, wird sie ihren eigenen Kummer leichter vergessen.«

»Es wird ihr richtig guttun«, sagte Rita. Sie sah sehr zufrieden aus.

Auch ich war zufrieden. Rita dachte wie eine Patchwork-Frau. Dann überlegte ich, ob ihr wirklicher Grund für diesen Vorschlag der war, daß sie auf eine weitere Gelegenheit hoffte, Ella Fragen zu stellen. »Komm, Rita, wir machen uns auf den Weg.«

Wir waren schon wieder auf der Asphaltstraße, als Rita auffiel, daß sie den Stift noch in der Hand hielt. »Ach, Mist! Jetzt habe ich vergessen, mich mit dem Doc über Ben Crook zu unterhalten.« Meiner Meinung nach war das so ziemlich das einzige, was Rita an diesem Tag richtig gemacht hatte.

Und so fanden wir uns alle bei den Burgetts ein, wie damals bei den Ritters, als Rita ihr Baby bekam, und bei Opalina, als Ellas Mann gefunden worden war. Anscheinend hatten wir in diesem Jahr mehr Notfälle als Zeit zum Nähen.

Tyrone lag im Bett im Wohnzimmer, wo wir uns normalerweise zu unserem Clubnachmittag trafen, wenn Nettie die Gastgeberin war. Bei herabgelassenen Jalousien und ohne Licht war es der kühlste Raum im Haus, viel angenehmer als die heiße Küche, in der wir uns versammelt hatten. Die Tür zum Wohnzimmer war geschlossen, aber wir hörten trotzdem, wie Tyrone sich im Bett herumwarf. Alle paar Minuten stieß er Flüche aus wegen der Schmerzen oder aus Selbstmitleid. Wer wußte schon, was zutraf? Er schrie nach Nettie, und wenn sie zum ihm hineinging, schrie er, sie solle hinausgehen.

»Als Tyrone Nettie geheiratet hat, hat er das einzige Mal wirklich klug gehandelt. Für Tyrone Burgett würde ich nicht einen Finger krumm machen, aber Nettie kann wohl keiner etwas abschlagen«, sagte Mrs. Judd, als sie das Wachspapier von ihrem Gemüse-Aspik abnahm, den sie auf einem ihrer Haviland-Teller angerichtet hatte, die sie auch für die Patchwork-Treffen benutzte. »Schade nur, daß wir kein Pesthaus mehr haben. Das wäre der richtige Ort für Tyrone.« Nettie war gerade bei Tyrone im Wohnzimmer, aber Mrs. Judd hätte das wahrscheinlich auch in Netties Gegenwart gesagt. Ich war mir sicher, sie hätte es sogar vor Tyrone gesagt, nach dem Krach, den sie mit ihm wegen Hiawatha hatten.

Ella kam direkt hinter Mrs. Judd herein, ihr Gesicht hatte wieder Farbe. Wenn sie Menschen helfen konnte, ging es ihr sofort besser. Sie trug ein Marmeladenglas mit dunkelroten Astern, stellte sie in das Spülbecken und goß aus dem Eimer Wasser ins Glas.

»Tyrone macht sich nichts aus Blumen, die sind für Nettie«, erklärte Mrs. Judd. »Wir haben auf dem Weg bei Ellas Farm gehalten, um sie zu pflücken.«

Tyrone fluchte, und Opalina runzelte die Stirn. »Er muß ja nicht gleich den Namen des Herrn beschmutzen. Nettie sollte ihm eine Kopfnuß verpassen, wenn er so redet. Das würde ihm in seiner Verfassung viel helfen.«

»In so einem Moment wünsche ich mir, Foster Olive würde vorbeikommen. Dann könnten wir ihn zu Tyrone ins Zimmer schicken. Das würde ihnen beiden recht geschehen«, fand Ceres. Selbst Ceres, die mit jedem zurechtkam, konnte nicht viel Gutes über Tyrone sagen.

Nettie kam in die Küche; sie war müde und verschwitzt und roch nach Krankenzimmer. Sie war überrascht, so viele von uns Patchwork-Frauen zu sehen. Ihr stiegen die Tränen in die Augen, als sie uns der Reihe nach ansah und ihr Blick auf die Speisen fiel, die wir aufgestellt hatten. Der Gemüse-Aspik stand in der Mitte des Tisches auf einem Ehrenplatz; die Sellerie- und Möhrenscheiben leuchteten wie kleine Juwelen, und als ich zur Seite trat, fiel ein Sonnenstrahl auf die Schüssel und brachte die Gelatine zum Glühen. Es sah so hübsch aus, daß Nettie laut atmete und ihre Arme um Mrs. Judd schlang. »Oh, Septima, so etwas Hübsches habe ich noch nie gesehen.«

Mrs. Judd war überrascht und auch ein bißchen verlegen über das Kompliment und klopfte Nettie auf den Rücken. Ich hatte noch nie gesehen, daß jemand Mrs. Judd umarmt hatte.

In diesem Moment quietschte die Tür, und die Ritter-Frauen traten ein. Mrs. Judd befreite sich aus Netties Umarmung und nickte Mrs. Ritter und Agnes T. Ritter zu. Als ihr Blick auf Rita fiel, sah sie ihr in die Augen, nickte aber nicht und sagte auch nicht hallo. Rita erwiderte den Blick und schluckte ein paarmal. Sie fühlte sich unwohl, und ich mich auch, denn ich befürchtete, daß Mrs. Judd die Sprache auf unseren Besuch bringen könnte. Statt dessen schnaubte sie und erklärte: »Gut, daß du auch gekommen bist. Wir sind immer füreinander da.« Wenn Mrs. Judd ein Hühnchen mit Rita rupfen wollte, dann würde sie es nicht in Netties Küche oder vor den anderen Patchwork-Frauen tun.

Unser Besuch bestand darin, daß wir Essen mitbrachten und Kaffee machten. Agnes T. Ritter holte an der Pumpe draußen Wasser. Opalina schürte das Feuer im Herd, um Wasser warm zu machen, und dann wusch sie mit Ceres das Geschirr ab, das schon im Spülbecken stand. Forest Ann fütterte die Hühner, während ich den Eimer mit den Gemüseabfällen zu den Schweinen trug. Als wir die Hausarbeit erledigt hatten, übernahm Mrs. Judd das Zepter und schickte die meisten von uns nach Hause. Zu Forest Ann sagte sie, sie solle nach Hause gehen und sich ausruhen, da sie sich mit Nettie bei der Pflege von Tyrone abwechseln würde. Velma natürlich auch, »falls sie nach Hause kommt«, ergänzte Mrs. Judd und verbesserte sich dann: »Wenn sie nach Hause kommt.« Wir anderen seufzten erleichtert, denn wir hatten keine Lust, Dienst an Tyrones Krankenbett zu schieben.

»Queenie, du bleibst mit Rita hier, bis Forest Ann wiederkommt. Ihr seid jung und könnt Nettie aufheitern«, kommandierte Mrs. Judd, nahm Ella beim Ellbogen und schob sie aus der Tür.

Rita und ich saßen in der Küche und redeten über dies und das, bis Tyrone endlich eingeschlafen war und Nettie, die sich mit einer Hand Luft zufächelte, aus dem Wohnzimmer kam. Sicherlich sah Tyrone nicht kränker aus als Nettie.

»Wir gehen jetzt auf die Veranda, damit du dich etwas abkühlen kannst«, sagte ich und legte meine Hand auf Netties Schulter. Ich führte sie hinaus, wobei ich darauf achtete, daß die Tür mit dem Fliegengitter nicht zuschlug und Tyrone aufweckte. Nettie und Rita setzten sich auf die Bank, und ich fand einen Platz auf den Stufen. Ein paar Minuten lang saßen wir schweigend da.

Tyrone machte ein Geräusch, und Nettie stand auf, um nach ihm zu sehen, aber er schlief fest, und sie setzte sich wieder und legte den Kopf in die Hände.

»Du hast ziemlich viel Kummer«, begann ich.

»Oh, und du weißt noch längst nicht alles, Queenie«, gab sie zurück. Vielleicht hätte Nettie noch mehr gesagt, aber Rita legte ihr die Hand auf den Arm, um ihre Anteilnahme zu zeigen, und Nettie blickte überrascht auf, als hätte sie vergessen, daß Rita da war. Nettie sprach nicht weiter, sondern drückte Ritas Hand und sagte: »Wo wohl Forest Ann ist?« Velma erwähnte sie nicht.

»Forest Ann ist für eine Weile nach Hause gegangen und ruht sich aus. Rita und ich bleiben, bis sie kommt. Ich denke, sie wird schon bald hier sein«, erwiderte ich und stand auf. Ich stand hinter Nettie und rieb ihr die Schulter, um den Schmerz zu lindern, der da saß, und um sie zu trösten. Lange Zeit bewegten wir uns nicht und hörten nur auf die Geräusche dieser Kansasnacht, die auf ihre Art tröstlich waren. Selbst ich verspürte kein Bedürfnis zu sprechen.

Schließlich kam Forest Ann angefahren und entschuldigte sich, daß es so spät geworden war. Sie hatte sich für ein paar Minuten hingelegt und war eingeschlafen. Als Nettie ihr sagte, daß Tyrone schlief, hatte Forest Ann es nicht eilig, zu ihm hineinzugehen, und lehnte sich an den Pfosten, während wir uns von Nettie verabschiedeten. Dann ging Forest Ann mit uns zum Auto und hielt mir die Tür auf, während ich einstieg. Ich zog die Tür zu, rollte das Fenster herunter und bot an, am Morgen den Massie-Jungen vorbeizuschicken, damit er die Kühe melken und die anderen Arbeiten erledigen konnte. Ich erklärte, daß die Massies sich auf ihre Art als gute Nachbarn zeigen wollten, erwähnte aber nicht, daß Grover und ich Sonny fünf Cent am Tag extra bezahlen würden, damit er Nettie half.

Es war schon zehn Uhr vorbei und so dunkel wie in einer Scheune, als wir von den Burgetts wegfuhren, und ich erklärte Rita, ich sei demjenigen, der die Scheinwerfer erfunden hatte, sehr dankbar.

Kapitel 8

»Mann, ist das dunkel«, sagte Rita, als wir von der Asphaltstraße abbogen. »Bist du sicher, daß du das Fernlicht anhast?« Sie zitterte und bat mich, das Fenster halb hochzukurbeln.

Ich schaltete die Scheinwerfer auf Abblendlicht und dann wieder auf Fernlicht. Der Mond schien nicht, und die Sterne waren nicht zu sehen wegen der Wolken – keine Regenwolken, sondern nur diese leeren, von denen Grover gesprochen hatte. Eine rabenschwarze Kansasnacht konnte wohl einen Stadtmenschen wie Rita erschrecken, die sich Straßenlaternen und Neonlichter wünschte, aber für ein Landei wie mich war die Dunkelheit eine Art Freundin.

Ich gähnte. »Bis wir zu Hause sind, ist es elf. Was Grover wohl sagen wird?« Rita drehte das Radio an und suchte nach einem Sender, bis sie Kansas City fand, wo gerade »Paper Moon« gespielt wurde. Sie legte den Kopf auf die Rückenlehne und summte die Melodie mit, dann lachte sie. »Wenn ich, was ich nicht hoffe, für den Rest meines Lebens hier leben müßte, würde ich mich nie daran gewöhnen, mit den Hühnern schlafen zu gehen. Tom und ich sind am Wochenende immer bis zwei oder drei aufgeblieben und haben am nächsten Tag bis zum Mittag geschlafen. Und natürlich sind wir auch unter der Woche nicht vor Mitternacht ins Bett gekommen, wegen meiner Arbeitszeiten. Wenn Dad wüßte, wie lange wir auf waren, würde er uns einen liederlichen Lebenswandel vorwerfen. Stell dir mal vor, er hat sogar was gegen Kartenspielen!«

»Die meisten Leute in dieser Gegend haben was dagegen – Kartenspielen und Tanzen. Grovers Dad sagte immer, es sei nur ein Vorwand für einen Jungen, ein Mädchen in den Arm zu nehmen.«

»Da hat er ja recht.« Wir kicherten beide.

Als wir an die Kreuzung kamen, bremste ich und sah in beide Richtungen, obwohl ich wußte, daß in einem Umkreis von fünf Meilen kein anderes Auto auf der Straße war. Die Leute, die sich den Film bei Home & Feed angesehen hatten, waren schon seit Stunden im Bett, und es würde mich wundern, wenn uns auch nur ein einziges Auto auf dem ganzen Heimweg begegnen würde. Als ich in die Asphaltstraße bog, kurbelte ich das Fenster auf meiner Seite ganz hoch und dachte, wie angenehm doch die Abkühlung der Luft war. Diesem Sommer würde ich nicht nachtrauern.

Plötzlich schrie Rita: »O nein! Paß auf, Queenie!«

Ich trat auf die Bremse, rutschte über die staubige Straße und kam kaum einen Meter vor einem großen, schwarzen Etwas, das mitten auf der Straße lag, zum Stehen. Wenn Rita es nicht rechtzeitig gesehen hätte, wären wir draufgefahren und hätten den Wagen verbeult. Wir waren wirklich vom Pech verfolgt, und ich erschauderte bei dem Gedanken, daß wir zwei tot auf der Straße hätten liegen können, während Grover zu Hause auf uns wartete.

»Verdammt!« fluchte Rita. »Das war knapp. Was zum Teufel ist das?«

»Keine Ahnung.«

Wir stiegen aus dem Auto und gingen auf den Gegenstand zu; es war ein Pfosten, so dick wie ein Telefonmast, der quer über der Straße lag. »Er muß von einem Lastwagen gefallen sein«, meinte Rita.

Ich schüttelte den Kopf und wurde immer wütender, weil mir klar wurde, wie gefährlich dieser Pfosten war. »Wenn einer so einen Pfosten verliert, würde er es merken und anhalten, um ihn aus dem Weg zu räumen. Mann, es hätte uns das Leben kosten können, Rita. Grover wird herausbekommen, wer das getan hat, und dann, Mann, wird der aber Schiß kriegen!«

Ich beugte mich hinunter, um zu sehen, ob ich den Pfosten an einem Ende anheben konnte, und wollte schon Rita fragen, ob sie mir helfen könnte, als sie mir mit belegter Stimme zuraunte: »Hier stimmt was nicht. Beeil dich, Queenie, setz dich wieder ins Auto.«

Ich richtete mich auf, um zu fragen, wieso sie es plötzlich so eilig hatte, als sich in dem Moment ein Mann im Graben aufrichtete. Ich wollte ihn schon um Hilfe bitten, doch bevor ich etwas sagen konnte, begriff ich, daß er nicht da war, um uns zu helfen. Der Pfosten war ganz offensichtlich nicht versehentlich von einem Lastwagen gefallen.

»Rita ...«, flehte ich. Sie war zum Auto gerannt, blieb aber stehen, als sie mich rufen hörte. Als sie sich umdrehte und die riesige Gestalt im Dunkeln sah, blieb sie wie angewurzelt stehen. Rita hatte den Mann vorher noch nicht gesehen, sie hatte lediglich ein unheimliches Gefühl gehabt.

Ich wollte zum Auto rennen, aber meine Füße bewegten sich nicht vom Fleck. Statt dessen, wie zum Ausgleich, fing mein Körper an zu zittern, erst ein bißchen, dann heftiger, während der Mann auf mich zukam, mit ganz bedächtigen Schritten, als wäre es ein Film in Zeitlupe. Bei den Scheinwerfern blieb er stehen.

Ich konnte ihn besser riechen als sehen; es war ein modriger Geruch, nach altem Mist, und sein Atem roch nach faulen Zwiebeln. Alkohol konnte ich keinen riechen, aber trotzdem fand ich es merkwürdig, daß ich diese Dinge merkte. Mein Kopf funktionierte, wenn auch mein Körper nicht.

Er kam noch einen Schritt näher und trat in das Licht des Scheinwerfers, so daß ich sehen konnte, daß er groß war, fast so groß wie Grover, mit boshaften Augen und dicken Lippen.

Einen Augenblick versuchte ich mich zu überzeugen, daß er uns helfen wollte, aber Rita hatte die Lage erkannt. »Hauen Sie ab, Sie«, drohte sie, doch er machte eine Handbewegung, mit der man einen kläffenden Hund verscheuchen würde.

»Her mit den Schlüsseln, aber ein bißchen plötzlich«, befahl er. Er schien nicht unter dem Einfluß von Alkohol zu stehen, was mir noch mehr Angst einjagte, denn lieber würde ich mich mit einem Betrunkenen abgeben, als einen Nüchternen zu überlisten versuchen.

»Verpiß dich!« schrie Rita. »Verpiß dich, verdammt noch mal.« Noch nie hatte ich jemanden diesen Ausdruck benutzen hören, aber wenn man damit Erfolg hatte, würde ich ihn selber auch benutzen.

»Halt die Klappe«, schnauzte er Rita an, aber sein Blick war immer noch auf mich gerichtet.

»Ich hab' die Schlüssel nicht«, flüsterte ich. Was ich sagen wollte, war, daß ich sie im Auto gelassen hatte.

Der Mann trat näher an mich heran, packte meine Hand und bog die Finger zurück, um zu sehen, ob ich log. Das Gefühl seiner rauhen Haut auf meiner war schlimmer als seine Fingernägel, die sich in meine Handfläche bohrten.

»Sie sind im Auto«, stöhnte ich. Meine Stimme funktionierte genausowenig wie meine Füße. »Die Schlüssel. Ich habe sie im Auto gelassen.«

Der Mann schien es auf einmal nicht mehr so eilig zu haben. Mit einem häßlichen Lächeln sah er Rita an, dann mich. Er hielt meine Hand fest, hielt sie ganz still, während mein restlicher Körper so heftig zitterte, daß ich dachte, ich würde umfallen, wenn er mich losließ.

»Zwei Frauen. Ganz allein in einem schönen großen Auto. Na so was.« Seine Augen funkelten im Licht der Scheinwerfer.

Ich warf einen Blick auf Rita, die etwas sagen wollte, sich dann aber nur mit der Zunge über die Lippen fuhr. Ich war froh, daß sie den Mund hielt, denn es hatte ja nichts genützt, ihn zu beschimpfen.

»Unsere Männer erwarten uns. Sie werden gleich hier sein«, erwiderte ich. »Sie sind hinter uns hergefahren.«

»Aber ich seh' gar keine Lichter auf uns zukommen.« Sein kurzes Lachen war wie das Bellen eines Kojoten.

»Sie können das Auto haben. Es hat ein Radio. Grover hat es eingebaut«, fügte ich hinzu. »Er ist ein echter Kämpfer. Sie sollten besser fahren, bevor er kommt, sonst schlägt er Sie grün und blau.«

Mir war es inzwischen egal, ob der Mann den Studebaker nehmen würde, Hauptsache, er ließ mein Handgelenk los und tat uns nichts, aber er hielt mich weiter fest.

»Du hast hübsches braunes Haar. Gefällt mir. Für gelbhaarige Frauen hatte ich nie viel übrig«, meinte er. Mit seiner freien Hand strich er über mein Haar. Seine Berührung war wie die eines Bügeleisens auf meiner Schädeldecke, und ich riß den Kopf zur Seite. Er schlug mich mit dem Handrücken ins Gesicht, dann wieder mit der Handfläche.

»Nein!« schrie Rita. »Tun Sie ihr nichts!«

»Seid still! Alle beide!« knurrte er und rieb mir mit seinen schuppigen Fingern über das Handgelenk. Seine freie Hand ballte er zur Faust und schüttelte sie vor Rita.

Sie sah ihn aus harten, zusammengekniffenen Augen an. Plötzlich riß sie sich den Schuh vom Fuß, flog auf ihn zu und hämmerte mit dem spitzen Absatz auf seinen Arm ein. »Sie gemeiner Hund. Lassen Sie sie los!«

Ihre Schläge taten ihm nicht mehr weh als ein Stich von einer Bremse. Während er immer noch mein Handgelenk umfaßt hielt, schlug er Rita, so daß sie zu Boden fiel. »Halt du dich raus, Blondschopf, wenn du nicht willst, daß ich dir einen Tritt versetze«, befahl er ihr. Ich warf einen Blick auf seine genagelten Schuhe und hoffte, Rita würde sich nicht widersetzen.

Er drehte sich wieder zu mir um. »Also gut, Schätzchen, wir beide werden jetzt eine kleine Spazierfahrt machen. Vielleicht haben wir ja unseren Spaß dabei.«

Bis zu diesem Augenblick hatte ich überhaupt nicht daran gedacht, daß der Mann mich mitnehmen könnte. Jetzt begehrte mein Magen so heftig auf, daß ich befürchtete, ich müßte mich übergeben. »O nein, bitte nicht«, bettelte ich. »Nehmen Sie das Auto. Ich verrate Sie auch nicht. Meine Handtasche ist noch im Auto. Die können Sie auch haben. Es sind vier Dollar drin, nehmen Sie sie ruhig. Ich sage auch nichts. Auch Grover nicht. Ich versprech's.«

Der Mann antwortete nicht. Statt dessen kam er noch näher und rieb sein stoppeliges Gesicht an meinem. Seine Schnurrbarthaare kratzten über meine Haut, und als er mit seinem Mund näher kam, spürte ich etwas Feuchtes. Es war Speichel.

Er richtete sich wieder auf und sah mich an, wobei er sich den Speichel aus den Mundwinkeln leckte. Dann zerrte er mich zur Autotür. Ich versuchte ihn mit meiner freien Hand zu kratzen, aber er schlug meine Hand einfach weg. »Ich hab' gesagt, du sollst dich benehmen!« sagte er und musterte mich von oben bis unten. Plötzlich griff er mir an die Brust und quetschte sie so fest, daß ich vor Schmerz aufschrie. Ich betete, daß Grover kommen und mich retten würde oder Gott mich sterben lassen würde, bevor der Mann das tun konnte, was er vorhatte. Rita hatte sich in die Hocke gesetzt und war im Begriff, ihn anzuspringen, doch er hob einen Fuß und schnaubte: »Eine Bewegung, und ich tu deiner Freundin Gewalt an.«

»Bitte nicht«, wimmerte ich. Mein Zähne klapperten.

Jetzt wurde er wütend. »Was ist los, Schätzchen? Bin ich dir nicht gut genug? Ihr reichen Dämchen denkt wohl, ihr seid was Besseres als ich.« Er faßte in den Ausschnitt meines Kleides und riß es bis zur Taille auf. Das Geräusch war so laut, daß es in meinen Ohren dröhnte, so laut, daß Grover es gehört haben mußte. Der Mann legte seine Hand an meine Kehle und ließ sie dann über meinen Körper gleiten. »Du bist schön weich. Wenn du nett zu mir bist, bin ich auch nett zu dir. Wir beide machen es uns richtig schön.«

Ich fing an zu schluchzen, nicht nur, weil ich wußte, was er tun würde, sondern auch weil ich in dem Moment einen zweiten Mann aus der Dunkelheit herannahen sah. Er würde sich Rita vornehmen. Daß Rita und ich zwei Männern davonlaufen konnten, war aussichtslos. Sie würden uns beide vergewaltigen. Ich sagte mir das Wort immer wieder vor und fühlte, wie es mir im Halse steckenblieb. »Bitte«, schrie ich. »Bitte, wenn Sie Geld brauchen –«

»Kann ich helfen?« fragte die Gestalt im Dunkeln sanft. Seine Stimme war so leise, daß der Mann, der mich im Griff hatte, sie gar nicht hörte.

»Ich habe gefragt, ob ich helfen kann«, sagte er ein bißchen lauter.

Der Mann ließ meine Hand fallen, als sei sie ein heißer

Schürhaken, und drehte sich auf dem Absatz um. Meine Beine versagten ihren Dienst, und ich fiel neben Rita zu Boden. Als ich im Staub lag, spürte ich, wie eine Welle der Erleichterung mich durchfuhr, als wäre ein weicher Quilt über mich ausgebreitet. »Die Gefahr ist vorüber«, flüsterte ich Rita zu, deren Gesicht weiß wie eine Wand war. »Es ist Blue. Blue Massie.« Rita griff nach meiner Hand, die, die der Mann gehalten hatte, und ich zuckte zusammen, ließ Rita aber nicht wieder los.

»Kümmer dich um deinen eigenen Kram!« schnauzte der Mann Blue an, und wollte ihn mit der Hand verscheuchen.

»Wenn das hier mal nicht mein Kram ist«, erwiderte Blue mit derselben sanften Stimme. Er sprach so ruhig, als plaudere er mit jemandem in der Schlange vorm Postschalter.

Der Mann lachte auf und musterte Blue. Er dachte sicherlich, daß er mit Blue, weil der kleiner und nicht so kräftig gebaut war, ebenso leichtes Spiel haben würde wie mit Rita und mir. Aber Blue war drahtig und stark. Er war ein verschlagener Kämpfer wie alle Leute aus den Bergen. Der Mann holte aus, doch bevor er zuschlagen konnte, hatte Blue ihm ins Gesicht geschlagen, was ein Geräusch wie ein Vorschlaghammer auf dem Schädel eines Schweins beim Schlachten machte. Man hörte einen Knochen zersplittern. Der Mann schrie auf vor Schmerz und wich einen Schritt zurück.

Blue war noch nicht mit ihm fertig. Als der Mann sein Gesicht befühlte, trat Blue ihm in die Weichteile. Blue war barfuß, aber sein Fuß war hart wie eine Walnuß, und der Mann krümmte sich vor Schmerz. Er preßte seine Hände auf die Leisten, und ich sah, wie das Blut aus seiner Nase schoß. Er drehte sich um und wollte weglaufen, da trat Blue ihm ins Kreuz. Der Mann stöhnte auf und verschwand in der Dunkelheit. Blue hatte ihn laufenlassen, und darüber war ich froh. Ich wollte ihn nie wieder sehen.

Blue sah ihm nach, um sich zu versichern, daß der Mann nicht umkehrte. Dann drehte er sich zu mir um, und sein Atem ging ganz ruhig, als hätte er einen Spaziergang gemacht. »Alles in Ordnung, Missus?« Ich fing wieder an zu weinen und suchte in meiner Tasche nach einem Taschentuch. Da fiel mir auf, daß mein Kleid zerrissen war, und ich hielt es zusammen. Blue wandte sich ab.

»Wie kommen Sie hierher?« fragte Rita. Ihre Stimme war schrill und zittrig, und sie mußte schlucken.

Blue nahm seine Mütze ab, drehte sie in den Händen und ging dann neben uns in die Hocke. »Also, das war so. Zepha hatte den ganzen Tag so ein kribbeliges Gefühl. Sie wußte nicht, was es war, aber sie wußte, daß es mit Ihnen zu tun hatte, Missus. Sie wollte es fortzaubern, aber sie hat es nicht geschafft. Daher wußte sie, daß es sehr stark war. Wir waren schon im Bett, da hat sie gesagt, ich soll mal bei Ihrem Haus nachsehen. Am Haus ist mir nichts aufgefallen, deshalb bin ich zum Feldrand gegangen und habe da zufällig die Autolichter gesehen.«

»O Mann, wenn Sie jetzt nicht vorbeigekommen wären!« Rita seufzte.

»Ach was.« Blue gluckste leise. »Ich bin sofort gekommen. Zepha versteht sich sehr gut auf diese Dinge, wirklich wahr.«

Ich erhob mich langsam, wobei ich mir mit der einen Hand das Kleid zuhielt und mich mit der anderen am Kotflügel abstützte. Mein Handgelenk tat weh, wo der Mann mich gepackt hatte, und in meinen Fingern kribbelte es. Im Gesicht spürte ich die Stelle, wo er mich geschlagen hatte, und meine Brust schmerzte, wo er sie angepackt hatte. Blue half Rita auf. Ihr Kleid war beim Sturz zerrissen, ihre

Strümpfe ebenfalls. Sie hielt den Schuh immer noch in der Hand, brachte aber nicht die Kraft auf, ihn wieder anzuziehen. Also trug sie ihn in der Hand, und wir hielten uns aneinander fest und gingen zum Auto. Ich glaube, keine von uns hätte allein stehen können.

»Danke, Blue«, flüsterte Rita.

Blue nickte und bewegte sich unruhig hin und her. Er wußte nicht, was er tun sollte. »Ich roll' mal den Pfosten aus dem Weg, und dann gehe ich.«

»Nein!« schrien Rita und ich wie aus einem Munde.

»Was, wenn er zurückkommt?« fragte Rita.

Blue schüttelte den Kopf. »Keine Angst. Der da wird erst mal keinem etwas tun.«

»Ich kann nicht fahren, Blue. Meine Hände zittern viel zu sehr«, erklärte ich. »Kannst du uns zu den Ritters fahren? Dann rufe ich Grover an, daß er mich abholt.«

Bevor Blue den Kopf senkte, sah ich, daß er sich freute, gebeten zu werden. Er manövrierte den Pfosten in den Straßengraben. Dann kletterten wir zu dritt auf den Vordersitz, mit mir in der Mitte. Rita verriegelte die Tür und setzte sich ganz nah neben mich. Auf der Fahrt zu den Ritters liefen ihr Tränen über das Gesicht, und ab und zu war ein Schluchzer zu hören.

Als Blue vor der Hintertür hielt, hatte Tom den Motor gehört und kam nach draußen gelaufen. Er hatte gerade mit Nettie telefoniert, um zu hören, wann wir nach Hause kommen würden, und sie hatte ihm gesagt, wir seien schon fast eine Stunde weg. Tom überlegte noch, ob er Grover anrufen sollte, als wir vorfuhren. Als er Blue auf dem Fahrersitz sah, sprang er über das Verandageländer und landete neben der Autotür.

»Was ist passiert?« fragte er.

»Den Frauen geht es gut, aber sie haben einen ganz

schönen Schreck bekommen«, brummte Blue und stieg aus dem Wagen.

Tom riß die Beifahrertür auf, und Rita fiel ihm in die Arme. Tom nahm sie hoch und trug sie ins Haus, dann fiel ihm ein, daß ich noch da war. »Queenie?«

»Hilf mir, Tom«, flüsterte ich. Ich ließ mich aus dem Wagen gleiten und hielt mich mit beiden Händen an seinem Arm fest. Ohne ihn hätte ich es nicht bis zum Haus geschafft.

Wir waren schon bei den Stufen, als ich wieder an Blue dachte und mich zum Wagen umdrehte. Aber da war er nicht. »Blue!« rief ich, aber aus dem Dunkel kam keine Antwort. Blue Massie war verschwunden.

Tom rief Grover an und bat ihn, er solle mich abholen. Als Erklärung gab er an, ich hätte Schwierigkeiten mit dem Wagen gehabt. Das sagte er deshalb, damit Grover keinen Schreck bekam und damit keiner von dem Überfall erfuhr. Ein Anruf zu nachtschlafener Zeit scheuchte alle aus dem Bett, weil sie wissen wollten, was passiert war, denn die meisten hatten ja schon mitgehört, als Tom Nettie anrief, um zu hören, wo wir waren. Auch wenn die Leute nichts von dem Mann auf der Straße erfuhren, würden wir das Stadtgespräch von Harveyville sein, weil wir so lange ausgeblieben waren.

Nachdem Tom aufgelegt hatte, kam Mrs. Ritter, die von den Stimmen geweckt worden war, in die Küche, wo wir auf Grover warteten.

»Gütiger Himmel!« rief sie, als sie Rita und mich sah. Wir saßen umschlungen am Tisch. Mrs. Ritter nahm Rita den Schuh aus der Hand und ließ ihn auf den Boden fallen. Von dem Haken an der Hintertür nahm sie einen Pullover und gab ihn mir, damit ich ihn über das zerrissene Kleid ziehen konnte. Mrs. Ritter rieb sich die Augen am Ärmel ihres Bademantels, bevor sie das Feuer schürte und den Kessel mit Teewasser aufsetzte. Dann machte sie sich in der Küche zu schaffen und holte Brot und Butter herbei. In schweren Zeiten denken Frauen immer zuerst ans Essen, obwohl das diesmal ganz überflüssig war. Meine Kehle war so zugeschnürt, daß ich keinen Bissen hinunterwürgen konnte, und als ich Rita schlucken hörte, wußte ich, daß es ihr ebenso ging. Als Mrs. Ritter sich zu uns an den Tisch setzte, kam Grover schon zur Tür herein.

Bei seinem Anblick wurde ich verlegen und wandte mich von ihm ab. Ich konnte ihm nicht in die Augen sehen. Ich war froh, daß der Pullover mein zerrissenes Kleid bedeckte, so sehr schämte ich mich.

»Ein Mann hat sie auf der Straße angehalten –«, fing Tom an zu erklären. Rita und ich hatten Tom nur einen Bruchteil von dem erzählt, was uns zugestoßen war.

Grover hob die Hand, und Tom hörte auf zu reden. »Ist alles in Ordnung, Queenie?« fragte Grover. Ich nickte, die Augen gesenkt, und meine Hände zuckten, wie die von Ella am Nachmittag.

»Sieh mich an, Queenie«, sagte Grover leise. Ich hob den Blick, so langsam es ging, und sah dann zum Herd hinüber, wo das Teewasser kochte. Ich konnte Grover nicht ansehen, während er mich aufmerksam betrachtete. Er fluchte, als er mein geschwollenes Gesicht sah. Ich wußte, daß er das Kleid und die Kratzer an den Beinen schon gesehen hatte. Ich wartete, daß er etwas sagte, und hoffte, er würde nicht böse sein, weil ich so spät noch unterwegs war. Obwohl wir nicht früher bei Nettie hätten wegfahren können, nahm ich die Schuld für das, was geschehen war, auf mich. Nach dem, was Rita und ich durchgemacht hatten, hätte ich es nicht ertragen, wenn Grover mir böse gewesen wäre.

»Queenie, ist auch wirklich alles in Ordnung?« fragte Grover wieder.

»Ja«, antwortete ich mit piepsiger Stimme. »Er hatte … er hatte keine Zeit …«

»O Gott!« rief Grover, dabei machte er ein Geräusch wie ein Schluchzen, dann nahm er mich in den Arm und drückte mich so fest an sich, daß ich kaum atmen konnte. Dann setzte er sich und zog mich zu sich auf den Schoß, und ich sah ihn an. In seinen Augen standen Tränen. Ich hatte Grover noch nie weinen sehen, auch nicht, als ich die Fehlgeburt hatte. »Bist du sicher, er …« Grover schluckte und sagte den Satz nicht zu Ende, aber ich wußte, was er fragen wollte.

»Nein. Blue kam dazwischen«, erwiderte ich.

»Moment mal. Ihn hatte ich ganz vergessen. War der Tagelöhner mit von der Partie?« fragte Tom.

»Nein, nein«, warf ich schnell ein. »Blue hat uns gerettet. Wenn er nicht vorbeigekommen wäre, dann … Das stimmt doch, Rita?«

Rita sagte nichts. Statt dessen legte sie den Kopf auf den Küchentisch und fing an zu weinen. Tom streichelte ihre Schultern, dann setzte Rita sich auf und schlang ihre Arme um seinen Hals. »Ich hasse diese verdammte Gegend, Tom. Ich hasse sie. Ich werde mich nie wieder sicher fühlen, nach dieser schrecklichen Nacht. Ich schwöre dir, Tom, ich würde meine Seele verkaufen, um von dieser elenden Farm wegzukommen.«

Ich warf einen Blick zu Mrs. Ritter hinüber, aber in ihrem Gesicht stand das reine Mitleid. Sie erhob sich, füllte die Teekanne mit kochendem Wasser und ließ den Tee ziehen; dann goß sie Tee in die Becher, die sie auf den Tisch gestellt hatte. Sie umarmte Rita und mich und strich Tom über den Arm. »Ich lasse euch jungen Leute allein. Dad und Agnes brauchen vor dem Morgen nichts zu erfahren.«

Ich wartete, bis ich die Schlafzimmertür ins Schloß fallen hörte, dann fing ich von vorne an und erzählte Tom und Grover alles, was geschehen war.

Als ich fertig war, schlug Grover mit der Faust auf den Tisch. »Dieser Hund. Wenn ich den zwischen die Finger kriege, dreh' ich ihm die Eier mit der Zange ab, ich schwör's!«

»Laß mir auch eins!« sagte Tom.

Seit Mrs. Ritter ins Bett gegangen war, hatte Rita kein Wort gesprochen. Sie saß nur da und rührte mit ihrem Finger den Tee um. Tom hatte den Arm noch um sie gelegt. »Was ist, Süße?« fragte er.

Rita antwortete nicht. Sie leckte sich die Fingerspitze ab und sah mich plötzlich an. »War das Zinke? Der Mann, war das Zinke?«

»Zinke?« fragte Tom. »Wer ist denn Zinke?«

»Der frühere Tagelöhner von Ben Crook«, erklärte Grover mit einem perplexen Ausdruck auf dem Gesicht. »Er ist seit einem Jahr nicht mehr hier. Vielleicht schon länger. War er es, Queenie?«

»Nein. Das war nicht Zinke«, antwortete ich. »Den hätte ich ja erkannt. Es war ein Landstreicher.«

»Bist du sicher?« fragte Rita.

»Ganz sicher. Zinke hatte ein Gesicht wie eine Kürbisscheibe. Dieser Mann hatte ein ovales Gesicht.« Ein Zittern durchfuhr mich, als ich ihn mir vorstellte. »Außerdem hatte er Haare auf dem Kopf. Zinke war fast kahl.«

»Wieso denkst du, es könnte Zinke gewesen sein?« fragte Tom. Er nahm den Arm von Rita nur so lange weg, um einen Schluck aus seiner Tasse trinken zu können, dann legte er ihn wieder um ihre Schulter.

»Weil jemand hinter uns her ist. Hinter Queenie und mir«, erwiderte sie. »Da bin ich mir sicher.«

Ich atmete tief durch. »Ich hatte ihn noch nie zuvor gesehen. Es war einer, der umherzieht. Und wie hätte er denn wissen können, daß wir da vorbeikommen würden?« Trotz des Pullovers fing ich bei dem Gedanken, daß er speziell uns beiden aufgelauert hatte, wieder an zu zittern.

»Das glaube ich nicht, Queenie«, sagte Rita langsam. »Ich glaube, es hat mit dem Mord an Ben Crook zu tun. Jemand will verhindern, daß wir herausbekommen, wer es getan hat, und er wußte, daß wir heute abend bei Nettie waren. Das ist doch ganz einfach, mit dem Gemeinschaftsanschluß. Deswegen hat er uns aufgelauert. Er wollte uns umbringen.«

»Süße, es war nur ein Zufall. Es war ein Landstreicher«, sagte Tom, drückte sie und gab ihr einen Kuß auf die Schläfe.

»Vielleicht schon, aber es würde nichts schaden, dem Sheriff davon zu berichten«, sagte Grover.

Ich war entsetzt. »Nein, Grover. Wir dürfen nichts davon erzählen. Ich will nicht, daß alle es erfahren!«

Ich saß immer noch auf Grovers Schoß, und er legte sein Kinn auf meinen Kopf. »Queenie, wenn wir es dem Sheriff nicht erzählen, dann könnte der Mann einer anderen Frau dasselbe antun wie dir, und das würdest du doch nicht wollen, oder?«

»Aber ich kann nicht darüber sprechen, Grover! Das geht einfach nicht«, erwiderte ich. »Ich möchte jetzt nach Hause.« Ich versuchte zu stehen, aber meine Beine sackten zusammen. Also nahm Grover mich auf den Arm, und nachdem Rita und ich uns umarmt hatten, trug er mich zum Wagen.

»Was, wenn Zepha keine Vorahnung gehabt hätte?«

fragte ich ihn, als wir nach Hause fuhren. »Und wenn Blue nicht gekommen wäre?«

»Du darfst dir keine Gedanken über die Dinge machen, die nicht geschehen sind.« Grover zog mich zu sich heran.

»Glaubst du, der Mann war hinter Rita und mir her wegen Ben Crook oder wegen etwas anderem?«

»Nein«, antwortete Grover ein bißchen zu schnell. »Es war einfach ein Unglücksfall.«

Er fuhr bis zur Hintertür, und unser Hund kam schwanzwedelnd heraus, um uns zu begrüßen. »Weißt du, Queenie, es schadet ja nichts, wenn du Old Bob für eine Weile bei dir im Haus behältst.«

Am nächsten Morgen fuhr Grover mit Rita, Tom und mir nach Harveyville, wo wir den Vorfall Sheriff Eagles melden wollten.

»Rita meint, der Überfall könnte etwas damit zu tun haben, daß sie im Mordfall Ben Crook Nachforschungen anstellt«, erklärte Tom, nachdem wir ihm die Geschehnisse geschildert hatten.

»Ich glaube, er wollte uns Angst einjagen und daran hindern, den Mord aufzuklären«, fügte Rita hinzu. »Vielleicht wollte er uns sogar umbringen.«

Der Sheriff dachte darüber nach. »Aber Sie hatten doch gesagt, daß es Queenie war, die er angegrabscht hat.« Der Sheriff wurde rot und sah auf seine Hände, die wie eine kleine Kirche gefaltet vor ihm auf dem Tisch lagen. Er saß hinter dem Tisch, während Rita und ich auf denselben hohen Stühlen saßen wie bei dem Interview am Tag zuvor. Grover und Tom standen, weil es keine weiteren Stühle gab.

»Das ist doch egal. Vielleicht wußte er nicht, welche Rita und welche Queenie war«, mischte sich Tom ein.

Der Sheriff zuckte mit den Schultern und sagte zu Rita:

»Wenn Sie glauben, daß es was mit Ben zu tun hat, dann sollten Sie es vielleicht besser den Gesetzeshütern überlassen, den Mörder aufzuspüren. Es lohnt sich nicht, deswegen umgebracht zu werden.«

»Nein, Sir! Mich bringt er nicht davon ab!« erwiderte Rita, wobei sie sich vorlehnte und den Sheriff mit funkelnden Augen ansah. »Queenie und ich werden diesen Mord aufklären, koste es, was es wolle. Keiner wird uns daran hindern!«

Sie sah mich an und wollte meine Zustimmung, aber ich schüttelte den Kopf. »Ich nicht, Rita. Nicht mehr. Mir ist es egal, wer Ben umgebracht hat.«

Rita war enttäuscht, aber so schnell gab sie nicht auf. »Ist auch egal. Und wenn ich allein bin, ist mir das auch recht.«

»Was meinen Sie, Sheriff?« fragte Tom. »Meinen Sie, es hat etwas mit Ben zu tun? Vielleicht war es doch dieser Zinke-Typ.«

»Nein«, sagte der Sheriff. Er drehte die Hände um und begutachtete seine Finger, dann nahm er sein Taschenmesser hervor und schnitt sich eine vertrocknete Blase auf. »Queenie kennt Zinke. Außerdem habe ich eine Ahnung, wer die Ladys auf der Straße angehalten hat.«

»Warum verhaften Sie ihn dann um Himmels willen nicht?« fragte Tom. »Wenn Sie es nicht tun, dann werden Grover und ich ihn finden.«

»Meinetwegen. Das würde mir die Arbeit ersparen.« Der Stuhl des Sheriffs quietschte, als er sich zurücklehnte und zu Tom und Grover hinaufsah. »Ich habe nicht gesagt, daß ich seinen Namen und seine Adresse hier habe. Ich weiß nur, daß ein Mann in Osage County letzte Woche dasselbe getan hat, und die Woche davor in Leavenworth. Ich habe einen Bericht darüber. Ihr Mädels hattet Glück, daß der Tagelöhner rechtzeitig aufgetaucht ist.«

Der Sheriff fuhr sich mit der Zunge über die Lippen, doch bevor er fortfahren konnte, unterbrach Grover ihn. »Sie brauchen keine Einzelheiten zu erwähnen. Wir sind schließlich nicht sensationsgierig.«

»Ich wollte nur noch erwähnen, daß er davor in Missouri war«, erklärte der Sheriff. »Er kommt ganz schön herum, so daß ich mir denken könnte, daß er Wabaunsee County fluchtartig verlassen hat.«

Grover nickte. »So schnell kommt der nicht zurück, der bestimmt nicht. Nach dem, wie Blue ihn zugerichtet hat, kann er wahrscheinlich nicht einmal aufrecht gehen.« Ich fragte mich, ob Grover das zu meiner Beruhigung oder der des Sheriffs sagte.

Als Rita und ich aufstanden, erhob sich auch der Sheriff und trat hinter seinem Tisch hervor, um uns die Hand zu geben. »Es tut mir wirklich leid, Ladys. Ein Mann hat kein Recht ...« Er wurde rot und drehte sich um. »Wenn Sie ihn wieder sehen, sagen Sie mir Bescheid.«

»Wenn ich ihm begegne, sage ich Ihnen Bescheid, wo Sie die Reste auflesen können«, erklärte Grover.

Auf dem Weg nach Hause sagte Grover, er würde uns vier zu einem Eis und anschließend zu einem Kinobesuch in Topeka einladen, aber ich konnte immer noch nichts essen und hatte auch keine Lust, ins Kino zu gehen, auch wenn *Top Hat* gezeigt wurde. Grover war wirklich sehr nett, denn er mochte keine Filme, in denen gesungen und getanzt wurde, aber er wußte, daß ich sie mochte. Rita wandte ein, sie würde lieber zu Hause bleiben, sie hätte zu arbeiten, und als sie das sagte, sahen ihre Augen so klein und gemein aus wie die von dem Mann auf der Straße.

Die Kunde von dem, was uns passiert war, ging natürlich um, und die Patchwork-Frauen kamen zu uns mit ihren Butterkuchen und Schüsseln mit Kartoffelsalat, den hübschesten Stoffresten und Worten der Anteilnahme. Mir ging es besser, weil ich wußte, wie besorgt sie waren. Und ich fühlte mich sicherer, während ich im Schaukelstuhl saß mit Old Bob an meiner Seite und sie um mich herumgluckten, als wäre ich das Küken und sie die Legehennen.

Sie besuchten auch Rita und beteuerten, wie froh sie seien, daß es ihr gutginge, und als sie erklärte, der Mann hätte speziell uns auf der Straße aufgelauert, schüttelten sie den Kopf und meinten, sie solle sich den Mord an Ben Crook aus dem Kopf schlagen. »Egal, wer der Mörder ist, es lohnt sich nicht, zu Schaden zu kommen, um ihn zu fassen«, erklärte Ceres für uns alle.

Das konnte Rita nicht abhalten. Sie wollte den Mord unbedingt aufklären. Manchmal sprach sie davon, wenn wir nachmittags beim Nähen zusammensaßen. Ich machte meine Patchworkarbeit, weil es die beruhigendste Tätigkeit für mich war. Rita nähte auch, aber nicht, weil es ihre Nerven beruhigte, sondern weil sie sich sonst die Nägel abgekaut hätte. Wir besprachen den Vorfall immer wieder. Mit den anderen Patchwork-Frauen konnten wir nicht darüber sprechen, weil sie das Thema wechselten und fanden, wir sollten nicht mehr daran denken. Aber wir konnten nicht anders, und wenn wir über den Mann sprachen und darüber, wie Blue ihn zusammengeschlagen hatte, wenn wir uns überlegten, ob seine Verletzungen immer noch weh taten oder er vielleicht für den Rest seines Lebens verkrüppelt war, schien er mir kleiner und weniger furchteinflößend.

Eines Tages, als Rita bei mir zu Besuch war, kam Forest Ann mit einem Backblech Karamellen vorbei. Sie erzählte, sie hätte soeben gute Neuigkeiten erfahren und mußte einfach vorbeikommen, um uns davon zu erzählen. »Ich dachte, das würde euch aufmuntern, deswegen bin ich gleich hergekommen«, sagte sie, schnitt die Karamelmasse in große Stücke und legte sie auf einen Teller. Rita nahm ein Stück und knabberte daran, und ich probierte auch davon. Mit vollem Mund hob ich die Augenbrauen und zeigte Forest Ann damit meine Anerkennung.

Forest Ann akzeptierte das Kompliment mit einem Nicken. Sie nahm sich auch ein Stück, legte es aber wieder hin, weil sie erzählen wollte. »Ihr werdet Augen machen, wenn ich es euch erzähle. Bei all den schlimmen Sachen, die in letzter Zeit passiert sind, gibt es jetzt etwas Segenreiches.«

»Hat der Sheriff den Mann gefunden?« fragte ich.

Forest Ann wischte sich einen Krümel von den Karamellen aus dem Mundwinkel. »Nein, das nicht. Es ist wirklich eine gute Nachricht. Tyrone geht es von Tag zu Tag besser. Der Doc hat mir und Nettie vor knapp einer Stunde mitgeteilt, daß Tyrone doch keine Kinderlähmung hat. Dafür muß man wirklich dankbar sein, nicht wahr?« Forest Ann lächelte so glücklich, daß wir zurücklächeln mußten, obwohl wir uns in letzter Zeit kaum Sorgen um Tyrone gemacht hatten.

Nachdem sie gegangen war, legte Rita ihr halb gegessenes Stück Karamellen wieder auf den Teller zurück. Ich hatte meins aufgegessen und spürte schon das aufkommende Sodbrennen.

»Dankbar? Dankbar, weil Netties Mann keine Kinderlähmung hat?« Ritas Stimme war so schrill, daß Old Bob, der bei den Verandastufen im Schatten lag, aufstand und zu mir herübergetrottet kam.

»Stell dir vor, Queenie, wir wären beinahe umgebracht worden, weil dieser Schwarzbrenner Tyrone Burgett einen

Rheumaanfall hatte!« Rita kicherte. Im nächsten Moment mußte ich auch kichern. Dann lachten wir beide aus vollem Halse, worauf meine Karamelle hochkam und ich sie wieder herunterschlucken mußte. Ich glaube, von da an ging es mir besser.

Kapitel 9

Ich war nicht wie Rita. Ich konnte nicht im ganzen County herumlaufen und mit den Leuten reden, wie sie es tat – nicht nach dem, was uns passiert war. Ich schämte mich und wollte mich nicht zeigen.

Also lieh Tom sich den Wagen der Ritters und fuhr Rita herum. Ich wußte, daß sie enttäuscht von mir war, aber ich fühlte mich nur noch auf der Farm sicher und weigerte mich, sie zu verlassen, auch nicht, um meine besten Freundinnen zu besuchen. Ich rief Forest Ann an und erklärte, daß ich nicht zu dem Club-Treffen käme, das diesmal bei ihr stattfinden sollte.

Mrs. Judd kam auf ihrem Weg trotzdem bei mir vorbei. Ich hörte, wie sie den Motor ihres Packard abstellte und den Wagen dann bis zum Hintereingang rollen ließ, und ich ging zur Tür, um zu sehen, wer es war. Ella reckte den Kopf über das breite Armaturenbrett und winkte mir zu.

Mrs. Judd war schon halb die Treppe hinauf, als ich die Tür erreichte. Die Stufen ächzten unter ihrem Gewicht. An der Tür blieb sie schwer atmend stehen. Auf ihrem schweißnassen Gesicht glänzten die Warzen wie kleine Stahlnägel. »Ich wußte nicht, ob du dich stark genug fühlen würdest, selbst zu unserem Treffen zu fahren, deshalb sind Ella und ich vorbeigekommen, um dich abzuholen«, sagte sie durch das Fliegengitter. Old Bob stand auf und sah zu ihr hinaus, dann wedelte er mit dem Schwanz. Er leistete mir gute Gesellschaft, aber als Wachhund taugte er nicht viel.

»Ich komme heute nicht«, sagte ich. »Aber trotzdem danke.«

»Und ob du kommst«, erwiderte sie und wollte die Fliegengittertür aufreißen. Die ließ sich aber nicht öffnen, weil ich immer den Haken einhängte, wenn Grover nicht zu Hause war. »Himmeldonnerwetter! Du lebst wie eine Krähe im Käfig. Mach die Tür auf.«

Ich wollte klarstellen, daß es sie nichts anging, ob ich mein Haus verschloß. Statt dessen erwiderte ich: »Ich habe Kopfschmerzen. Ich gehe heute nicht.«

»Du hast in deinem ganzen Leben noch nie Kopfschmerzen gehabt. Jetzt mach die Tür auf.« Mrs. Judd schlug den Schleier ihres Hutes zurück und krempelte die Ärmel hoch; sie war bereit, die Tür aus den Angeln zu heben, wenn ich ihr nicht Folge leistete. Also reckte ich mich und öffnete den Haken, und Mrs. Judd trat herein. Sie keuchte immer noch, nicht nur von der Anstrengung, weil sie die Stufen heraufgekommen war, sondern auch wegen der Sorge um Ella in den letzten Wochen. Ella war noch kindlicher geworden, und ich fragte mich, ob sie wohl für immer bei den Judds bleiben würde.

Mrs. Judd ließ sich auf einem Küchenstuhl nieder und hatte anscheinend die Absicht, dort zu bleiben, bis sie sich ausgesprochen hatte. »Jetzt hör mal zu, Queenie. Ich weiß, daß du einiges durchgemacht hast. Das will ich nicht bestreiten. Aber es gibt andere, denen geht es noch schlechter als dir, und du hast nicht die geringste Ahnung davon.« Sie schwieg einen Moment und runzelte die Stirn, als hätte sie zuviel gesagt.

»Du kannst dich hier einschließen und in Selbstmitleid zerfließen, wie Lizzy Olive das tun würde, oder du kannst die schlechten Erfahrungen hinter dir lassen und über all die schönen Dinge nachdenken, die der Herr dir geschenkt hat. Und Er wird sie dir auch weiterhin schenken, wenn du Ihn läßt. Aber wie kannst du seine Freundlichkeit erkennen, wenn du bei verschlossener Tür am Küchentisch sitzt?« Mrs. Judd atmete tief ein und lehnte sich, die Unterarme auf die Oberschenkel gestützt, nach vorn.

»Und noch etwas. Forest Ann hat den Berühmtheiten-Quilt aufgespannt. Wir fangen heute nachmittag an, ihn zusammenzusetzen. Du solltest dabeisein, denn wir sind alle so aufgeregt und bekommen ihn vielleicht an einem Nachmittag fertig – und wäre es nicht schade, wenn du gar nicht mitgemacht hättest? Also geh jetzt und zieh dir das Kleid mit dem Orchideenmuster und der gelben Borte an, in dem du so hübsch aussiehst, und dann machen wir uns auf den Weg.« Mrs. Judd verlagerte ihr Gewicht und lehnte sich an die Rückenlehne, die aus Protest knarrte. »Hast du noch was von Ceres' Butterkuchen übrig, das wir kosten können? Ich hole ihn schon mal aus dem Kühlschrank. Ella muß was auf die Knochen kriegen.« Als sie aufstand, um im Kühlschrank nachzusehen, rief sie zur Tür hinaus: »Ella, Herzchen, Queenie sagt, du sollst hereinkommen und eine Kleinigkeit zu dir nehmen, solange wir warten.«

Das mit dem Berühmtheiten-Quilt war natürlich etwas anderes, und da mich jemand mitnehmen konnte, fühlte ich mich sicher genug, jetzt doch zu dem Patchwork-Treffen zu gehen, denn ich hatte Angst, daß ich, wenn ich in den Studebaker stieg, zu zittern anfangen würde und nicht fahren könnte. Also zog ich mich um und bürstete mir die Haare, und als ich fertig war, spülten Ella und Mrs. Judd gerade ihre Teller. Grover kam aus der Scheune, als wir in den Packard stiegen. Ich sagte, ich würde jetzt doch zu dem Patchwork-Treffen gehen, worauf er nur nickte, als hätte er nichts anderes erwartet. Vielleicht hatten er und Mrs. Judd dies gemeinsam ausgeheckt.

Wenn das der Fall war, war ich sehr froh, denn Rita war schon da, als wir ankamen. Das überraschte mich, denn Rita mochte unsere Treffen nicht so sehr wie ich, und ich hatte ihr gesagt, daß ich nicht käme, und dachte, daß sie dann auch zu Hause bleiben würde.

Sie kam aus Forest Anns Haus gesprungen, als sie mich sah, und raunte mir zu: »Ich dachte, mit Mrs. Judd im Auto zu fahren, wäre so schrecklich wie ... du weißt schon ...« Ich lachte.

Nettie hatte uns gehört und war entsetzt – nicht, weil wir etwas gegen Mrs. Judds Fahrkünste gesagt hatten, das machten wir alle. Nettie tat so, als grenze es an Gotteslästerung, daß wir über das, was uns geschehen war, Witze machten. Das wäre es natürlich auch, wenn es unsere Männer getan hätten, oder auch die anderen Patchwork-Frauen. Aber unsere Witzeleien schmiedeten Rita und mich enger aneinander und halfen uns, darüber hinwegzukommen.

Rita zog mich zur Seite. »Ich habe den Bericht des Leichenbeschauers gelesen«, flüsterte sie. »Doc Sipes hat geschrieben, daß es an Bens Leiche keine Hinweise darauf gegeben hätte, daß er ermordet wurde. Soweit er sagen könne, sei es ebensogut möglich, daß Ben vom Baum gefallen sei, und jemand hat ihn verscharrt, um die Beerdigungskosten zu sparen. Warum sollte er wohl so was schreiben?«

Ich schüttelte den Kopf.

»Warum sollte er, es sei denn, jemand würde ihn dafür bezahlen?« fragte sie. »Und wer ist die einzige in Harveyville, die soviel Geld hat, daß sie den Leichenbeschauer bestechen könnte?« Rita warf einen Blick zu Mrs. Judd hinüber.

Mrs. Judd sah, daß wir sie ansahen, und rief mir zu, ich solle hereinkommen und mir den Berühmtheiten-Quilt ansehen, und ich war so aufgeregt, daß ich einen Moment ganz vergaß, wer Doc Sipes Geld dafür geben würde, damit er Lügen in seinen Bericht schrieb.

Der Berühmtheiten-Quilt war wunderschön. Während des Sommers hatten wir die Autogramme, die wir erhielten, mit rotem Garn nachgestickt, aber wir wollten bis zum Herbst warten, um die Decke zusammenzunähen, für den Fall, daß einige der berühmten Leute, denen wir geschrieben hatten, verreist gewesen waren oder vergessen hatten, ihre Post zu erledigen. Forest Ann und Mrs. Ritter hatten die bestickten Vierecke in Reihen gelegt und eine jede mit einem roten Baumwollrand abgesetzt. Dann hatten sie die Streifen zu einer Decke zusammengenäht. An den Ecken fügten sie winzige rot-weiße Neunecke ein. Der Quilt war so frisch und hübsch wie kein zweiter. Forest Ann hatte den schweren Eichentisch in die Ecke geschoben und die Decke mitten im Zimmer auf den Holzrahmen gespannt.

Ich stand am Rand und befingerte das Autogramm von Lew Ayres. Dann ließ ich meine Hand über »Viel Glück, Eleanor Roosevelt« gleiten und dachte, daß ich keine Frau kannte, die einen Stoff ansehen konnte, ohne ihn zu berühren. Ich würde wetten, daß sogar Eleanor Roosevelt den Stoff zwischen Zeigefinger und Daumen befühlt hatte, bevor sie ihre Unterschrift daraufsetzte. Ich ließ meinen Blick über die Reihen mit den Namen berühmter Leute schweifen und war stolz, daß sie alle Teil eines Quilts in Harveyville, Kansas waren – eines Quilts, zu dem ich die Idee gehabt hatte.

Wir warteten ungeduldig, daß Forest Ann uns Plätze um den Rahmen anweisen würde. Das war nämlich ihr Privileg, da wir in ihrem Haus zu Gast waren. Ella machte die beste Patchworkarbeit, also würde sie in der Mitte sitzen, weil man dort die Stiche am deutlichsten sah. Ich war überrascht, als Forest Ann sie dort nicht plazierte, sondern sie bat, sich an der Seite hinzusetzen. Dann setzte sie Rita neben Ella, statt ans untere Ende, wo die schlechteste Patchwork-Arbeiterin normalerweise saß. Das war nett von ihr, auch wenn Rita nicht verstand, was für ein Kompliment das war.

Dann sagte Forest Ann: »Queenie, kommst du bitte hierhin, damit du in der Mitte arbeiten kannst.« Alle lächelten und nickten.

»Da sollte Ella sitzen«, wandte ich ein.

»Nein, der Berühmtheiten-Quilt war deine Idee. Die Ehre gebührt dir«, erwiderte sie. »Und davon abgesehen bist du eine ausgezeichnete Patchwork-Näherin.«

Ich errötete und setzte mich auf einen von Forest Anns Eßzimmerstühlen. Jetzt wußte ich, warum Mrs. Judd darauf bestanden hatte, daß ich zu dem Patchwork-Treffen mitkam. Sie und Forest Ann hatten sich das schon im voraus ausgedacht. Ich sah auf und bemerkte, daß Mrs. Judd mir zulächelte. Ich war so froh, daß ich so gute Freundinnen hatte, daß mir die Tränen in die Augen stiegen. Ich wollte niemanden meine Tränen sehen lassen, falls sie dächten, es sei wegen des Überfalls, deswegen nahm ich meine Handtasche und kramte nach meinem Fingerhut. Dann fädelte ich den Faden in die Nadel und machte einen Stich, wobei ich den Knoten vorsichtig durch den Stoff hindurchzog, damit er auf der Oberseite nicht zu sehen war, und nähte das Autogramm von Edgar Bergen ein.

Bei all dem Kummer, der über uns gekommen war, hatten wir schon lange kein reguläres Patchwork-Treffen mehr gehabt. Das letzte war das bei Opalina gewesen, als Hiawatha Bens Leiche gefunden hatte. Natürlich hatten wir uns oft genug gesehen, aber als ich den Faden immer wieder durch den Stoff zog, wurde mir bewußt, wie sehr ich unser gemeinsames Arbeiten vermißt hatte. Es hatte etwas Vertrautes und Beruhigendes, als wir uns alle in Forest Anns Wohnzimmer über den Quilt beugten. Ich hatte Grover, und ich hatte den Patchwork-Club. Manche mußten mit viel weniger auskommen.

»Das ist wirklich ein hübscher Quilt«, sagte Mrs. Ritter. »Meinst du nicht, Rita.«

Rita murmelte: »Hmmhm.«

»Wirst du einen Artikel darüber schreiben?« fragte Mrs. Judd. Ritas erster Artikel war nur einen Absatz lang gewesen, und unsere Namen waren gar nicht darin erwähnt.

Ohne aufzusehen zuckte Rita die Achseln. »Ich bin zur Zeit ziemlich beschäftigt.« Sie zerrte an der Nadel, so daß der Faden aus dem Öhr glitt. Rita leckte das Ende des Fadens, drückte ihn zwischen Daumen und Zeigefinger flach und schob ihn wieder durch das Nadelöhr.

Mrs. Judd hörte auf zu nähen und sah Rita zu. »Kannst du mir erklären, warum die Leute so verrückt nach diesen Mordgeschichten sind? Mir scheint, sie sollten lieber etwas über die Menschen lesen, die sich für die Gestrauchelten einsetzen.« Mrs. Judd sah zu Ella hinüber, die nicht zuzuhören schien. Manchmal fragte ich mich, ob Ella überhaupt noch etwas von dem mitbekam, was wir erzählten. Sie war mit ihren Gedanken immer woanders gewesen, aber seit Bens Beerdigung schien sie in einer anderen Sphäre zu leben, die weit von Harveyville entfernt war.

Rita sah auf und lächelte Mrs. Judd spöttisch zu, als wüßte sie ein Geheimnis, das sie nicht weitersagen wollte. »Wirklich?«

»Wäre es nicht schön, wenn ein Bild von uns in die Zeitung käme?« meinte Opalina.

»Von uns?« fragte Ada June.

»Von dem Quilt natürlich«, verbesserte sich Opalina, aber Ada June und ich tauschten einen Blick. Wir wußten beide, daß Opalina von uns meinte. Ich würde das auch sehr schön finden.

»Vielleicht schreibe ich später noch über den Quilt«, sagte Rita. »Aber jetzt kann ich Queenie nicht im Stich lassen. Nach dem, was uns zugestoßen ist, habe ich ihr versprochen, daß ich ... Mr. Crooks ... ihr wißt schon ...« Sie sah zu Ella hinüber und beendete ihren Satz nicht. Ich legte meine Nadel hin und überlegte, ob ich widersprechen sollte. Sie hatte mir nie versprochen, daß sie den Mörder von Ben Crook meinetwegen finden wollte. Und ich hatte sie auch nicht gebeten, es mir zu versprechen, aber mir war klar, daß auch die anderen Patchwork-Frauen das wußten. Also schwieg ich.

Ceres vernähte ihren Faden und biß ihn mit den Zähnen ab, dann nahm sie die Garnrolle zur Hand. »Wenn ihr mich fragt, es war einfach nur ein Unglücksfall, daß ihr überfallen wurdet. Es ist keiner speziell hinter euch her. Der Mann war einfach nur ein gemeiner Hund auf der Durchreise«, erklärte sie. »Ich wollte es euch noch sagen. Cheed hat erzählt, daß er gestern abend gehört hat, wie ein Auto auf dem Weg nach Emporia anhalten mußte, weil mitten auf der Straße ein Baumstumpf lag.«

Rita und ich sahen uns an, und Opalina fragte: »Was ist dann passiert?«

»Nichts. Zwei große Männer sind aus dem Auto ausgestiegen und haben den Baumstumpf zur Seite gerollt.«

Von der Seite warf Opalina einen Blick auf Ceres und wartete, daß sie fortfahren würde. Als Ceres nichts mehr sagte, meinte Opalina: »Das verstehe ich nicht. Wenn nichts passiert ist, was beweist das dann?«

»Na, das ist es doch gerade. Der Baumstumpf ist da ja nicht gewachsen. Wer ihn da hingerollt hat, hat doch keine Ahnung gehabt, wer vorbeikommen würde. Es war ein Zufall, daß es gestern abend zwei Männer waren – und genauso war es ein Zufall, daß ihr beide es wart, die anhalten mußten. Als der Mann zwei Männer aus dem Wagen steigen sah, ist er nicht aus seinem Versteck hervorgekommen. Das ist der Beweis.«

»Ich denke –«, fing Agnes T. Ritter an, aber Mrs. Ritter hatte Rita beobachtet, die immer unruhiger wurde, während sie Ceres und Opalina zuhörte. Also unterbrach sie Agnes T. Ritter.

»Ich wüßte ja gerne, wie viele Lose wir für diesen Quilt verkaufen werden – was meint ihr?« fragte Mrs. Ritter.

Agnes T. Ritter ärgerte sich, weil sie nicht sagen konnte, was sie dachte, und wollte einen zweiten Versuch machen. Aber mir war es egal, was sie zu sagen hatte. Außerdem wollte ich nichts mehr über den Mann in Emporia hören. Also warf ich ein: »Ich werde Grover bitten, die Farm zu verkaufen und alle Lose aufzukaufen, dann bekomme ich den Quilt.«

»Gütiger Himmel! Daß eine Farm in Harveyville soviel wert sein soll!« Mrs. Ritter seufzte.

Wir sprachen über den Preis, den wir für ein Los nehmen würden, und wie viele wir drucken lassen würden und wer sie kaufen würde, und bevor wir wußten, wie uns geschah, rief Forest Ann: »Fertig zum Rollen?«

»Fertig«, meinte ich.

»Immer mit der Ruhe«, sagte Mrs. Judd. Sie hatte sich mit ihrem Faden verheddert und mußte ihn abschneiden. Dann schnitt sie einen neuen Faden ab, fädelte ihn ein und machte in aller Hast ein paar Stiche. Da wir anderen mit unserem Abschnitt fertig waren, standen wir auf, streckten uns und bewunderten gegenseitig unsere Näharbeit. Wir lagen gut in der Zeit.

Endlich schnitt auch Mrs. Judd ihren Faden ab und erklärte: »Fertig zum Rollen.«

Wir standen dabei und sahen zu, wie Forest Ann und Agnes T. Ritter den Teil der Decke, den wir soeben zusammengesetzt hatten, über den Rahmen rollten und einen neuen Teil, den wir noch bearbeiten mußten, freigaben.

Während sie noch damit beschäftigt waren, kam Ada June zu mir und legte mir den Arm um die Taille. »Ich bin froh, daß du gekommen bist, Queenie. In diesem Kleid sehe ich dich am liebsten«, stellte sie fest. Ich dankte ihr, und sie flüsterte: »Bist du nicht auch froh, daß Mrs. Judd das Lesen vergessen hat?«

»Mann, und wie«, flüsterte ich zurück, obwohl ich mir nicht sicher war, ob Mrs. Judd es vergessen hatte. Wir hatten alle das Bedürfnis, miteinander zu reden.

Als wir wieder unsere Plätze einnahmen, sah ich, wie Forest Ann über Netties Arm streichelte. Nettie drehte ihren Hals soweit es ging, um ihrer Schwägerin zuzulächeln. Dann begannen ihre Lippen zu zittern, und ich fragte mich, ob Tyrones Rheuma wieder ausgebrochen war. Ich hoffte nicht. Lieber würde ich Schweine füttern, als noch einmal einen Abend an Tyrone Burgetts Krankenbett zuzubringen. Nettie sah erschöpft aus, und ich dachte, daß sie trotz ihres eigenen Kummers eine besonders gute Freundin gewesen war und mich mit einem Kuchen und einem Stück von ihrem Früchtebrot besucht hatte, nach dem, was uns passiert war.

»Ich hoffe, die schwangeren Mädchen wissen die ganze Arbeit, die wir in diesen Quilt gesteckt haben, zu würdigen«, sagte Agnes T. Ritter, nachdem wir wieder angefangen hatten zu nähen.

»Agnes! Herr im Himmel!« Mrs. Ritter sah Agnes T. Ritter an und schüttelte den Kopf.

»Ich meine nur, daß wir uns hier jede Menge Arbeit machen, und wer weiß, vielleicht ist es für eine Bande leichter Mädchen, denn die sind es ja, die in solche Heime gehen. Mädchen, die keine Moral kennen!« Sie preßte die schmalen Lippen zusammen.

Nettie sog die Luft mit einem Zischen ein, so daß wir alle zu ihr hinsahen.

»Na, vielleicht nicht alle, aber ich wette, die meisten von ihnen sind so. Es muß euch ja nicht gefallen, was ich sage. Aber so denke ich nun mal, nämlich daß die Mädchen, die schwanger werden, ohne verheiratet zu sein, keinen Pfifferling wert sind.« Agnes T. Ritter hatte wirklich sehr schlechte Laune an diesem Tag.

Mrs. Ritter legte ihr über den Quilt hinweg die Hand auf den Arm. »Das reicht, Agnes. Wir sind nicht hier, um andere zu verurteilen.« Agnes T. Ritter streckte ihre spitze Nase in die Luft, aber sie hielt den Mund.

Nettie wandte ihr Gesicht ab, aber da hatten wir schon gesehen, daß ihr die Tränen über die Wangen liefen. Sie versuchte aufzustehen, doch ihr Stuhl war zwischen Opalina und Ella eingeklemmt, und sie konnte nicht weg. Da legte sie die Hände vors Gesicht und fing an zu weinen, und die Tränen rannen ihr an der Nase herunter und tropften auf Bebe Daniels Autogramm.

Forest Ann stand auf, stellte sich hinter Nettie und legte die Arme um sie. »Ist schon gut, meine Liebe. Wird schon wieder werden.« Forest Ann mußte auch ein paar Tränen verdrücken. »Nettie macht sich Sorgen um Tyrone«, erklärte sie uns.

Aber wir wußten, daß Tyrone nicht der Grund für Netties Tränen war. Als uns klar wurde, aus welchem Anlaß Nettie angefangen hatte zu weinen, legten wir alle, eine nach der anderen, die Nadeln hin und sahen sie voller Mitleid an. Nein, es hatte nichts mit Tyrone zu tun. Außer Ella, die nie verstand, was um sie herum vorging, war Agnes T. Ritter die letzte, die begriff, und dann sog sie scharf die Luft ein und stotterte: »Velma ist … Velma ist … oh, das wußte ich nicht … großer Gott!«

»Sei still!« wies Mrs. Judd sie ruhig zurecht. »Ella, Herzchen, hast du meine Schere?«

»Oh«, sagte Ella und sah auf ihrem Stuhl nach.

Wir suchten alle nach der Schere, bis Mrs. Judd sie hochhielt. »Meine Güte, sie war die ganze Zeit in meinem Nähkorb.« Natürlich hatte sie gewußt, daß sie da war. Sie wollte Nettie nur die Gelegenheit geben, sich mit einem Stück Toilettenpapier aus ihrer Tasche die Nase zu putzen und die Augen trocken zu wischen. Als wir uns wieder Nettie zuwandten, waren ihre Augen rot und das Gesicht fleckig. Ihr Halstuch war verrutscht, und der Kropf zitterte wie ein Frischling. Forest Ann, die immer noch hinter Nettie stand, steckte ihr das Halstuch wieder in den Kragen.

»Man könnte sagen, daß Velma zu den Gestrauchelten gehört«, begann Nettie schließlich und lachte kurz und bitter.

»Das ist ihre Angelegenheit«, erklärte Mrs. Ritter, machte drei, vier Stiche und zog den Faden straff. »Es geht uns nichts an.«

»Bald wird es uns aber etwas angehen«, erwiderte Forest Ann.

Mrs. Judd nahm ihre Nadel und machte einen Stich, und wir anderen taten es ihr gleich. Dann ließ Rita sich hören: »Am College haben wir immer gesagt, das erste Kind kann jederzeit kommen, danach dauert es immer neun Monate.« Ihr fiel nicht auf, daß wir den Spruch nicht witzig fanden. »Wann heiratet Velma denn?«

Nettie warf ihr einen kurzen Blick zu. »Sie heiratet nicht.«

»Oh!« rief Agnes T. Ritter. »Ach du liebe Güte!«

»Er ist verheiratet, jetzt wißt ihr es«, gestand Nettie und fing wieder an zu weinen.

Wir drückten unser Mitgefühl in einem Gemurmel aus, dann räusperte sich Mrs. Judd und fragte: »Was meint Tyrone dazu?«

»Er weiß es nicht. Velma hat Angst, es ihm zu sagen. Ich habe auch Angst, wenn ihr es wissen wollt«, antwortete Nettie. »Ihr wißt ja, wieviel Wert er darauf legt, daß man die zehn Gebote beachtet.« Sie sah jede von uns im Kreise an – als ob wir unter diesen Umständen darauf hinweisen würden, daß Tyrone Burgetts Maßstäbe immer nur für die anderen galten! Soweit ich wußte, hielt Tyrone kein einziges der zehn Gebote ein, außer dem, daß man am Sabbat die Arbeit ruhen lassen soll.

»Nettie und Velma wollen Tyrone nicht enttäuschen. Es würde ihm so weh tun«, sagte Forest Ann. Wir wußten alle, daß das nicht stimmte. Sie hatten Angst, daß Tyrone Velma rausschmeißen würde, und vielleicht Nettie gleich mit.

»Manchmal haben diese jungen Mädchen einen kleinen Unfall«, merkte Opalina an. Wir wußten alle, was sie damit meinte, und ich erschauderte.

»Nein«, sagte Forest Ann ruhig. »Ich habe Doc Sipes gefragt. Velma ist schon zu weit. Es würde sie wahrscheinlich umbringen.«

Ich warf einen Blick auf den Quilt und sah, wie unregelmäßig meine letzten Stiche waren, also trennte ich sie wieder auf.

»Wahrscheinlich müssen wir uns Gedanken darüber machen, was mit Velma geschehen soll«, warf Mrs. Judd ein. Sie hatte recht. Die anderen wußten das auch und hörten auf zu reden, um sich auf ihre Stiche zu konzentrieren. Wir waren Frauen, die sich ihre Näharbeit vornahmen, wenn es ein Problem zu lösen gab.

»Wenn sie irgendwo unterkommen muß, kann sie jederzeit zu Cheed und mir kommen«, bot Ceres an. »Wir würden uns über einen jungen Menschen freuen – und über ein Baby.«

Nettie schüttelte den Kopf. »Das würde nicht klappen. Tyrone würde es herausfinden und euch das Leben zur Hölle machen, und Velma auch. Aber trotzdem, danke, Ceres.« Nettie legte ihre Nadel hin und sagte mit einer Stimme, in der Scham mitschwang: »Außerdem will Velma das Baby nicht behalten.«

»Oh«, rief ich und fragte mich, warum Frauen wie Velma und Rita, die keine Kinder wollten, schwanger wurden, während Gott mir ein Kind verweigerte, obwohl ich mir nichts so sehr wünschte wie ein Baby. Er hatte dieser Familie Dionne in Kanada fünf auf einen Schlag geschenkt. War das etwa gerecht? Vielleicht geschehen diese Dinge, weil Gott ein Mann war und kein Verständnis hatte. Ich wollte die anderen fragen, was sie dazu meinten, hatte aber Angst, daß Nettie mich der Gotteslästerung bezichtigen würde.

Nettie warf mir einen Blick zu und fuhr fort: »Ich will gar nicht sagen, daß Velma da unrecht hat, aber es würde mir das Herz brechen, wenn ich wüßte, daß es ein kleines Baby gibt, das Velmas eigen Fleisch und Blut ist, und meins auch, und es lebt in einem Waisenhaus, wo keiner es lieb hat. Das Baby würde auf jeden Fall in ein Heim gesteckt, wie Mais in eine Krippe, wenn Velma es nicht behalten will, weil es sich in Zeiten wie diesen keiner leisten kann, einen extra Esser an den Tisch zu holen. Und es ist doch nicht recht, ein Kind als Waise aufwachsen zu lassen.« Nettie stach mit der Nadel in den Stoff und machte einen Stich. »Velma wird hier in Harveyville bleiben müssen, um das Kind zu bekommen. Wir haben kein Geld, um sie in ein Heim zu schicken. Das kostet nämlich was.«

»Wir könnten alle zusammenlegen«, schlug Opalina vor. »Alle gemeinsam würden wir das Geld aufbringen.«

»Wir sind Frauen und haben nur das Haushaltsgeld. Wenn wir unsere Männer fragen, dann müssen wir auch erzählen, wozu wir es brauchen, und dann weiß es jeder«, gab Ada June zu bedenken.

Das stimmte. Agnes T. Ritter wollte etwas sagen, unterließ es aber, bevor Mrs. Ritter sie unterbrechen mußte. Wir anderen dachten konzentriert nach, konnten aber auch keine Vorschläge machen. Schließlich, als es schien, daß es keine Lösung gab, ergriff Mrs. Judd das Wort, und ich dachte gleich, daß sie die ganze Zeit einen Plan gehabt hatte. »Ich kenne jemanden, der genug Geld hätte, allerdings nur, wenn er nicht alles ausgibt, um diesen Quilt hier zu erstehen«, fing Mrs. Judd an.

Ich sah auf, denn es klang, als meinte sie Grover. Er und ich waren besser gestellt als die meisten von uns, das stimmte wohl. Aber wir hatten kein Geld, um es zum Fenster hinauszuwerfen, und wenn wir es hätten, würde Grover es nicht für Tyrone Burgetts Tochter ausgeben. Mrs. Judd starrte mich an, und ich starrte zurück, während die anderen von mir zu ihr sahen. Dann kam mir ein entsetzlicher Gedanke, und bevor ich mich zurückhalten konnte, brach es aus mir heraus: »Wollen Sie damit sagen, daß Grover der Vater ist? Wollen Sie ihn beschuldigen und sagen, er hat Ehebruch begangen?« Ich hörte, wie eine der Frauen heftig einatmete, aber ich sah nicht hin, weil ich meinen Blick nicht von Mrs. Judd wenden wollte.

»Nein, nichts dergleichen!« sagte Mrs. Judd schnell. »Reg dich bloß nicht auf, Queenie. Ich weiß ganz genau, mit wem Velma sich eingelassen hat, und du wahrscheinlich auch. Ich will nur sagen: Velma bekommt ein Kind, das sie nicht will, und du willst ein Kind, das du nicht haben kannst. Jetzt können wir das eine Problem nehmen, um das andere damit zu lösen. Wenn Grover bereit ist, für Velmas Aufenthalt in Kansas City zu bezahlen, würde sie euch sicherlich das Baby überlassen. Habe ich damit recht, Nettie?«

»Na ja, ich …«

»Natürlich würde sie das. Das steht fest«, antwortete Mrs. Judd.

Die Hand, in der ich die Nadel hielt, fing an zu zittern. Ich hatte in letzter Zeit ziemlich häufig gezittert, aber diesmal war es nicht aus Angst. Ich versuchte mit der anderen Hand das Zittern zu stoppen, drückte aber so heftig, daß ich mir in den Finger stach, und ein Tropfen Blut auf Mae Wests Autogramm fiel. Ich fühlte keinen Schmerz, denn das, was Mrs. Judd gesagt hatte, rannte in meinem Kopf herum wie ein Huhn ohne Kopf, und es war kein Platz übrig, um an etwas anderes zu denken. Ich wußte, daß alle anderen aufgehört hatten zu arbeiten und mich ansahen, aber ich konnte ihre Gesichter nicht klar erkennen.

»Und wenn Velma es zurückhaben will?« fragte ich schließlich.

»Das will sie nicht. Ich habe sie schon gefragt«, erklärte Mrs. Judd. »Du und Grover, ihr müßtet es natürlich ganz legal adoptieren. Wenn Velma es dann wiederhaben will, könnte sie nicht mehr beweisen, daß es ihres ist. Aber das wird nicht geschehen. Sie kann es nicht ernähren, und der Vater will nichts damit zu tun haben – und mit ihr auch nicht mehr, seitdem sie ihm von dem Kind erzählt hat. Er hat sogar gesagt, es sei nicht seins. Außerdem kennt ihr Velma. Sie will schon seit dem Tag ihrer Geburt aus Harveyville weg. Sie sagt, wenn das Kind da ist, bleibt sie in Kansas City oder geht nach Chicago oder Omaha, egal wohin, solange es nicht Harveyville ist.«

»Harveyville ist doch nicht so schlecht«, protestierte Opalina.

»Darum geht es ja nicht«, erwiderte Mrs. Judd und sah Opalina lange an, um ihr zu zeigen, daß sie Opalina für verrückt hielt. Opalina senkte den Kopf und nahm ihre Arbeit wieder auf. Alle anderen sahen mich an.

»Ich weiß nicht, ob Grover ein Findelkind annehmen würde«, meinte ich.

»Velmas Kind ist doch kein Findelkind!« stellte Forest Ann klar. »Das ist doch nicht, als würde man die Katze im Sack kaufen, wo man nicht weiß, ob es eine Erbkrankheit hat oder fremdes Blut. Grover weiß doch, daß es aus einer christlichen amerikanischen Familie kommt.«

Grover wüßte aber auch, daß es aus Tyrone Burgetts Familie kam, denn ich würde es ihm nicht verschweigen. Grover konnte Tyrone nicht ausstehen, und auf Velma war er auch nicht gut zu sprechen, nicht, nachdem sie so ein Lotterleben führte. Aber immerhin wußte er, daß sie früher einmal ein nettes Mädchen gewesen war. Würde Grover ein Kind für seine Mutter verantwortlich machen? Das wußte ich nicht.

Die Eltern des Kindes waren nicht das einzige Problem. Da war noch eine andere Frage, nämlich: Würde Grover überhaupt ein fremdes Kind großziehen wollen? Wir hatten niemals über Adoption gesprochen. Seitdem Dr. Sipes mir gesagt hatte, daß ich keine Kinder bekommen konnte, rührte keiner von uns an das Thema Babys.

»Nun?« fragte Mrs. Judd. Alle Patchwork-Frauen warteten auf eine Antwort.

Ich sah erst sie an, dann Nettie, dann wieder Mrs. Judd. »Ich könnte ihn fragen«, sagte ich langsam. »Ich muß ihm aber die Wahrheit sagen. Sonst wäre es nicht recht.«

»Grover Bean tut alles, worum du ihn bittest. Wenn du ihn fragst, ist es so gut wie entschieden«, meinte Mrs. Judd. »Damit wäre das ja geklärt.«

Nettie zitterte ein wenig und strich über Forest Anns Hand, die auf ihrer Schulter lag. »Ich mische mich auch nicht ein, Queenie, das verspreche ich dir. Es wäre dein Kind. Aber vielleicht könnte ich es mal besuchen? Meinst du, das ginge?«

»Natürlich! Ihr könnt es alle besuchen«, sagte ich. »Auch Velma könnte kommen.«

»Das würde sie nicht tun«, sagte Nettie rasch.

Die anderen nahmen ihre Arbeit wieder auf, aber ich war zu aufgeregt, als daß ich weiternähen konnte, obwohl ich Mae Wests Namen einnähte. Ich steckte meine Nadel in den Stoff, lehnte mich auf meinem Stuhl zurück und ließ mir alles, was gesagt worden war, noch einmal durch den Kopf gehen. Das Gespräch war so schnell gegangen, daß mir ganz schwindlig war. Es hatte kaum länger gedauert als die Zeit, in der man eine Viereckkante näht, um aus mir kinderlosen Frau eine Mutter zu machen – vorausgesetzt, Grover war einverstanden. Aber da hatte Mrs. Judd recht. Grover würde nicht nein sagen. Als ich die Augen öffnete, sah ich meine Freundinnen, die von ihrer Arbeit zu mir aufsahen und lächelten. Ich würde ein Kind haben!

»Wenn es soweit ist, daß man es sieht, wird Velma einfach sagen, sie hat eine Stelle in Kansas City«, erklärte Mrs. Judd, und wir nickten alle. »Es ist natürlich unser Geheimnis.

Außer Grover werden wir keiner Menschenseele etwas erzählen.«

»Das ist doch verrückt!« brach es aus Rita hervor. »So etwas Dummes habe ich noch nie gehört. So ein Geheimnis kann man doch nicht bewahren. Jemand wird es ausplaudern, und in fünf Minuten weiß die ganze Stadt Bescheid.«

»Nein«, sagte ich.

»Tut mir leid, Queenie, aber jemand wird es ausplaudern.«

Mrs. Judd hielt ihre Nadel in der Hand und sah Rita über ihre Brille hinweg an. Dann sah sie auf das Viereck vor sich und strich mit der flachen Hand darüber, bevor sie mit ruhiger Stimme feststellte: »Wir hier können ein Geheimnis bewahren. Hattest du vor, es zu verraten?«

»Nein, natürlich nicht.« Rita fühlte sich sichtlich unbehaglich.

Mrs. Judd zuckte die Achseln. »Dann wär's das ja. Kein Grund zur Sorge.« Sie sah über den Quilt hinweg und fragte: »Fertig zum Rollen?«

Wir standen auf und reckten uns, außer Rita, die sitzen blieb und den Kopf schüttelte.

Unser Club-Treffen ging bis in den Abend, denn wir blieben, um den Quilt fertigzumachen, wie Mrs. Judd vorausgesehen hatte, obwohl ich es schrecklich eilig hatte, nach Hause zu kommen, um mit Grover zu reden. Aber ich war mit Mrs. Judd gekommen, also mußte ich warten, bis wir den Quilt aus dem Rahmen genommen und ihn hochgehalten hatten, damit jeder ihn bewundern konnte; dann mußten wir ihn noch einmal genau überprüfen, um zu sehen, ob wir Stellen ausgelassen hatten. Zu guter Letzt holte Opalina ihren Kodak-Photoapparat hervor und machte auf der Veranda Bilder von uns mit dem Quilt.

Danach wurde ich unruhig, weil ich wollte, daß Mrs. Judd endlich ging; ich stellte mich sogar neben den Packard, in der Hoffnung, daß sie sich beeilen würde. Die anderen Frauen trugen den Quilt wieder ins Haus, nur Rita blieb draußen und lehnte sich an die Zisterne, während sie den Frauen zusah. Eigentlich müßte sie sich bei uns Patchwork-Frauen inzwischen wohl fühlen. Wir gaben uns solche Mühe mit ihr. Aber sie schien immer noch außerhalb zu stehen, und ich fragte mich, ob sie je echt dazugehören würde. Rita gab mir ein Zeichen, ich solle zu ihr kommen.

»Queenie, du bist verrückt, wenn du da mitmachst. Ich kenne doch die Frauen«, belehrte sie mich.

»Vielleicht, aber ich kenne diese Frauen, und sie werden nichts verraten. Ich vertraue ihnen.« Ich sah zu, wie Mrs. Judd die Stufen herabkam, Nettie an ihrer Seite, deren Beine unter den fleischfarbenen Strümpfen wie Wackelpudding aussahen, und fragte mich, ob Velmas Kind auch solche Beine haben würde. Bei der Vorstellung mußte ich grinsen.

Rita dachte, mein Lächeln galt dem, was sie gesagt hatte. »Ich weiß nicht, warum du das witzig findest. Wenn du wüßtest, was ich weiß, dann würden dir schwerwiegende Zweifel an Mrs. Judds Vertrauenswürdigkeit kommen.« Jetzt lächelte Rita. »Schwerwiegend ist gut, was? Ziemlich passend.« Ich antwortete nicht. Nach dem, was Mrs. Judd gerade für mich getan hatte, wollte ich mich nicht über sie lustig machen.

Rita schob die Unterlippe vor, als ich schwieg, und warf den Kopf zurück, wobei ihre goldenen Locken hüpften. »Ich habe ein paar interessante Dinge herausgefunden, und wie gesagt, ich traue den Judds nicht über den Weg. Dir wird es nicht anders gehen, wenn du erfährst, was ich weiß.

Es bringt mich auf die Palme, wenn ich nur daran denke. Ich besuche dich mal und erzähle es dir.«

Sie wollte, daß ich sie fragte, was es war, aber es interessierte mich nicht. »Nicht nötig«, winkte ich ab. »Aber ich wünschte, du würdest mal kommen und mir bei einem Kinderquilt helfen.«

Kapitel 10

An einem Nachmittag der Woche darauf kam Rita zu mir, aber ich hatte schon Besuch von Ada June, so daß Rita mir nicht erzählen konnte, was sie über die Judds in Erfahrung gebracht hatte. Ich wußte, daß sie immer noch an dem Artikel arbeitete, denn Grover erzählte mir, daß Tom sie zum Gericht nach Alma und sogar nach Topeka gefahren hatte, doch weshalb, wußte ich nicht. Als ich eines Tages aus dem Fenster blickte, sah ich Rita in ihrem Reporter-Kostüm an unserem Haus vorbeigehen. Spontan beschloß ich, sie in die Stadt zu fahren, und rief ihr nach, aber sie hörte mich nicht. Ich lief ihr jedoch nicht hinterher, denn wenn ich es recht überlegte, war ich mir nicht so sicher, ob ich wirklich nach Harveyville fahren wollte. Obwohl Velmas Baby noch eine Weile auf sich warten lassen würde, war ich zu sehr mit den Vorbereitungen beschäftigt, als daß ich Rita helfen wollte, alte Dokumente zu durchforsten und Leute, die nicht über Ben Crook sprechen wollten, zu befragen. Um ehrlich zu sein, hoffte ich, daß keiner je wieder Bens Namen erwähnen würde. Wir hatten seine Leiche begraben, nun war es an der Zeit, auch die Erinnerung an ihn zu begraben.

Mrs. Judd hatte natürlich recht behalten, als sie meinte, Grover würde mir den Wunsch nach dem Baby nicht abschlagen. Obwohl ich unglaublich aufgeregt war, wartete ich bis zum nächsten Tag damit, ihn zu fragen. Ich machte Spareribs und bereitete das letzte Glas Sauerkraut zu, das noch aus Dad Beans Beständen stammte, und das Kartoffelpüree stampfte ich, bis es fein wie Schlagsahne war. Nachdem wir den Nachtisch – Rosinen- und Sauerrahm-Pie – gegessen hatten, begann ich: »Grover, wir müssen etwas besprechen.«

»Das dachte ich mir schon. So ein Essen gibt es nicht alle Tage.«

»Wir können ein Kind bekommen«, erklärte ich ganz aufgeregt und vergaß, was ich eigentlich zur Einleitung hatte sagen wollen. Bevor Grover vor Überraschung den Mund offenstehen lassen konnte, erzählte ich ihm von Velma und dem verheirateten Mann, von dem Heim für ledige Mütter in Kansas und von Mrs. Judds Idee. »Ich habe nicht zugesagt. Ich habe ihr gesagt, daß du zustimmen müßtest, weil du der Vater des Kindes sein würdest.«

Mit angehaltenem Atem wartete ich auf Grovers Antwort, aber als er anfing zu sprechen, fragte er, ob er noch von der Pie bekommen könnte. Ich schnitt ihm ein extra großes Stück ab und sah zu, wie er es aß.

»Ich wünschte nur, es wäre nicht das Enkelkind von Tyrone Burgett«, sagte Grover, drückte die Krumen mit der Gabel zusammen und leckte sie ab. »Nettie ist ja in Ordnung, und was an Velma zu beklagen ist, kann sich nicht auf das Kind übertragen. Wer weiß, wenn es ein Mädchen ist, könnte es richtig hübsch werden, wie Velma.« Die letzten Krümel nahm er mit dem Finger auf und steckte sie in den Mund. »Obwohl, du glaubst doch nicht, daß es einen Kropf haben wird wie Nettie, oder?«

Ich sah Grover erstaunt an, und schließlich fügte er hinzu: »Das war ein Witz, Queenie.«

»Wir sollten etwas über den Vater in Erfahrung bringen.« Ich strich meine Krümel auf der Tellermitte zu einem kleinen Häufchen zusammen und ließ sie dort liegen.

»Ach, der ist bestimmt in Ordnung«, sagte Grover so schnell, daß ich zu ihm aufblickte. Es sah ganz so aus, als würde Grover den Vater kennen. Aber viel wichtiger schien mir, daß er sich schon für das Kind entschieden hatte und jetzt *meine* Zweifel zerstreuen wollte. »Wenn es ein Junge ist, nennen wir ihn auf keinen Fall Tyrone, soviel steht fest.«

»Können wir uns denn ein Kind leisten?«

»Natürlich nicht!« Grover grinste. »Wir hätten uns auch unser eigenes Kind nicht leisten können, aber das hat uns ja nicht daran gehindert, eins zu machen.«

Ich errötete, dann grinste ich zurück, als wäre ich leicht beschränkt. »Grover Bean, was willst du damit sagen?«

»Na ja, Mama, ich will damit sagen, daß wir am besten die alte Wiege aus der Scheune holen.«

Ich stand auf und stellte mich hinter Grover, dann legte ich die Arme um seinen Hals und küßte ihn oben aufs Ohr. Er zog mich auf seinen Schoß.

»Wird es dir auch nichts ausmachen, daß das Baby nicht unseres ist?« fragte ich.

»Es wird unseres sein.«

Ein paar Tage später kam Sonny vorbei. Als ich mich vom Spülbecken umdrehte, saß er am Tisch und lächelte mich an.

Ich würde mich nie daran gewöhnen, wie die Massies sich leise wie die Füchse in unser Haus stahlen. Einmal kam ich aus dem Hühnerstall und ließ eine ganze Schürze voller Eier fallen, als Blue plötzlich in meinem Küchengarten neben den Brechbohnen auftauchte. Er stand still wie eine Bohnenstange, und es hätte mich nicht gewundert, wenn sich die Bohnen an ihm hochgerankt hätten. An diesem Morgen gelang es mir nur mit Mühe, die Butter, die ich aus dem Butterfaß in eine Glasschale füllte, nicht fallenzulassen.

»Möchtest du etwas Buttermilch?« fragte ich ihn, nachdem ich die Schale in den Kühlschrank gestellt hatte. Ich wischte mir die Hände an einem Geschirrtuch ab und warf es hinter mich.

Sonny verzog das Gesicht. »Von Buttermilch muß ich kotzen. Von Keksen nicht.« Das wußte ich schon, aber ich fragte ihn jedesmal, weil ich die Antwort so lustig fand.

Ich legte ein halbes Dutzend Butterkekse auf einen Teller und stellte ihn vor Sonny hin; dann nahm ich mir selbst einen und biß hinein.

»He, das gehört dir nicht. Gib's mir zurück«, rief Sonny und legte den Arm um den Teller, so daß ich mir nicht noch mehr nehmen konnte.

Ich griff ins Glas und legte einen weiteren Butterkeks auf den Teller. Trotzdem beobachtete Sonny mich mißtrauisch, während er die Kekse in sich hineinstopfte. Als er fertig war, sagte er: »Missus, Ma sagt, ihr sollt heute abend zu uns kommen.« Es war weniger eine Einladung als ein Befehl, und ich mußte lächeln. Es kam Sonny nie in den Sinn, daß wir vielleicht schon Pläne hatten.

»Ich muß erst Grover fragen.«

Sonny runzelte die Stirn. »Der muß ja sagen. Wo sind die Zahnstocher?«

Ich stellte den gläsernen Zahnstocherhalter auf den Tisch. Ich konnte nicht herausfinden, was Sonny mit den Zahnstochern machte. Er nahm immer, soviel er durfte, aber ich habe nie gesehen, daß er sich die Zähne damit reinigte.

»Was will denn deine Ma?« fragte ich.

Sonny zuckte die Schultern. »Sie hat nur gesagt, ich soll euch sagen, wenn ihr zu Hause seid, daß ihr gleich nach dem Abendessen zu uns kommen sollt.« Es glitt vom Stuhl und verschwand.

Da die Ernte vorbei war, gab es kaum noch Arbeit für Blue, und ich nahm an, die Massies wollten uns fragen, ob sie noch bleiben konnten. Das hoffte ich zumindest. Da die Tagelöhnerhütte jetzt in bewohnbarem Zustand war, befürchtete ich, daß Landstreicher dort einbrechen und Feuer machen würden. Doch das war nicht der eigentliche Grund, warum ich mir wünschte, daß Blue und Zepha blieben. Die Massies waren unsere Nachbarn. Außerdem stand ich in Blues Schuld, nachdem er mich und Rita gerettet hatte. Ich fühlte mich sicherer, wenn sie in der Hütte waren. Ich hätte nichts dagegen, wenn die Massies für immer dablieben.

Die Massies hatten ihren eigenen Garten, und wir gaben ihnen Eier und Milch, denn davon hatten wir reichlich. Die Preise waren so niedrig, daß es sich kaum lohnte, das Zeug in die Stadt zum Markt zu fahren. Im Tausch machte Zepha für uns Blutwurst und Maiskuchen, die Grover und ich nicht besonders mochten, aber den Hühnern schmeckte es.

Manchmal traf Grover auf Blue, während der Zäune flickte oder Geräte reparierte. Grover sagte ihm immer, er solle die Stunden aufschreiben, damit wir ihn bezahlen könnten, aber Blue tat es nie, und Grover bestand nicht darauf, weil Blue uns so für die Hütte bezahlte. Die Massies standen nicht gern in jemandes Schuld. Häufig sah Grover Blue gar nicht bei der Arbeit. Er stellte einfach nur fest, daß das Tretpedal des Schleifsteins wieder befestigt war oder die Schaufeln geschärft worden waren, und daran merkte er, daß Blue dagewesen war.

»Vielleicht wollen sie uns sagen, daß sie jetzt weiterziehen«, sagte Grover, als wir in der Dämmerung zur Tagelöhnerhütte fuhren. Ich mochte nach Einbruch der Dunkelheit nicht mehr über die Felder laufen, deswegen fuhren wir mit dem Auto.

Obwohl Grover dabei war, verriegelte ich die Türen von innen. Trotz meines dicken Pullovers zitterte ich. Ich mochte nach Einbruch der Dunkelheit auch nicht auf der Straße sein.

»Frierst du?« fragte Grover.

»Ja.« Ich glaube, er verstand, ohne daß ich etwas zu sagen brauchte, daß ich jedesmal, wenn ich abends in ein Auto stieg, Angst hatte. »Wohin würden denn die Massies gehen, wenn sie hier ihre Zelte abbrechen?«

»Keine Ahnung«, antwortete Grover. »Aber ich glaube nicht, daß wir deshalb kommen sollen. Blue hat den Ofen repariert, der zieht jetzt wieder ganz ordentlich, und er hat die Wände ausgebessert, damit der Schnee nicht durch die Ritzen hereinkommt. Und mit den Patchwork-Decken, die Zepha aufgehängt hat, werden sie es richtig schön gemütlich haben.« Grover steuerte den Studebaker um ein großes Schlagloch herum.

»Ich denke, sie wollen fragen, ob sie bleiben können. Wenn sie gehen wollten, würden sie einfach alles zusammenpacken und abfahren. So machen das die Leute aus den Bergen. Eines Tages würden wir zur Hütte kommen, und sie wären nicht mehr da. Außerdem, wenn sie wirklich nicht bleiben wollten, dann wären sie schon längst irgendwohin gefahren, wo die Ernte noch im Gange ist. Wenn man sieht, was Zepha alles in den Gläsern, die du ihr gegeben hast, eingemacht hat, und mit den Eiern und der Milch, die wir ihnen geben, haben sie es doch richtig gut hier.« Grover drehte das Radio an, doch es rauschte und knisterte nur, also drehte er es wieder aus.

»Weißt du, Queenie, wenn sie bleiben, könnte Blue vielleicht Strom in die Hütte legen. Sonny würde sich riesig über ein Radio zu Weihnachten freuen.«

»Zepha auch«, fügte ich hinzu und drückte ihm die Hand.

Wir bogen von der Asphaltstraße in die alte Straße ab, die zur Hütte führte, an dem Zaun vorbei, wo Blue die Häute der Klapperschlangen aufgehängt hatte, die Pup, der Hund der Massies, erlegt hatte. Als Jagdhund taugte Pup nicht viel, doch wenn er eine Klapperschlange erwischte, tötete er sie, daß sie so tot war wie eine Sonntagnacht in Kansas. Der Anblick der Häute ließ mich erschaudern, obwohl ich lieber tote Schlangen auf einem Zaun sah als lebendige auf dem Feld.

Sonny kam uns entgegen, sprang aufs Trittbrett und lehnte sich lauschend über die Motorhaube. Er wußte über Motoren ebenso gut Bescheid wie sein Vater. Ich überlegte, ob die beiden die Wasserpumpe, die Grover damals für sie besorgt hatte, in Blues altes Auto eingebaut hatten. Ich hatte Blue nie fahren sehen, aber schließlich gingen viele Leute zu Fuß, weil sie sich kein Benzin leisten konnten.

Als wir ankamen, war Blue in die Betrachtung des Himmels vertieft, und Grover fragte ihn: »Ist da etwa eine Regenwolke zu sehen?«

»Ich denke nicht.« Blue schüttelte den Kopf. »Für Sonny wär's schön, wenn es regnen würde. Ich hab' schon mal Regen erlebt.«

Zepha saß auf den Stufen und wiegte Baby, die an einem in Zuckerwasser getauchten Tuchzipfel lutschte. Blue hatte ein kleines Vordach über die Tür gebaut. Neben Zepha standen in alten Schmalztrögen Geranien, die sie von meinen Ablegern gezogen hatte. Nachts nahm sie sie mit in die Hütte, damit der Frost ihnen nichts anhaben konnte, und am nächsten Morgen stellte sie sie wieder hinaus.

»Wenn ich die Sterne ansehe, ist es wie zu Hause. Man würde niemals so weit fortgehen, daß man nicht mehr den vertrauten Himmel über sich sieht. Er ist mein Trost«, sagte sie, als ich mich neben ihr niederließ und meine Knie eng an den Körper heranzog, um warm zu bleiben.

»Ein richtiger Erntemond«, erwiderte ich und deutete auf die riesige orangefarbene Scheibe am Himmel. »So etwas Schönes sieht man nicht alle Tage.«

»Nur zu wahr.«

Ich stellte eine braune Papiertüte neben Zepha. »Ich habe Stoffe für eine Decke zurechtgeschnitten. Das hier sind ein paar Reste, die ich nicht mehr brauche.«

»'n Dank.« Mit ihrer freien Hand fuhr Zepha in die Tüte und befühlte ein Stoffstück. Ohne hinzusehen, erkannte sie an der dichten Webart, daß es ein gekaufter Stoff war. Sie hielt den Stoff gegen das Licht, das durch die Tür kam, und lachte, als sie das Motiv mit den zwei kleinen Matrosenjungen sah. »Das wird hübsch aussehen«, meinte sie. »Kaffee steht schon auf dem Herd.« Sie gab mir das Baby.

»Schönen Dank«, sagte ich, dann runzelte ich im Dunkeln die Stirn. Grover behauptete, ich bräuchte nur fünf Minuten, um mit Leuten ins Gespräch zu kommen, egal, wer es sei.

Ich folgte Zepha in die Hütte und wollte Baby auf das große Bett setzen. Dann sah ich, daß Zepha ihre »Straße nach Kalifornien« darübergebreitet hatte, und setzte das Baby auf die schmale Tagelöhnerpritsche, auf der Sonny schlief. Ich hob die Decke an, um die Stiche näher zu begutachten, und merkte, daß Zepha mich beobachtete.

»So kleine Stiche und so eine hübsche Patchwork-

Decke habe ich noch nie gesehen. Ich bin wirklich froh, daß du sie nicht an Lizzy Olive verkauft hast.«

»Ach die!« Zepha schnaubte und drehte sich zum Herd.

Im Raum roch es nach Baumwolle von dem Quilt, an dem Zepha arbeitete. Blue hatte ihr einen Rahmen gebastelt, der an zwei Haken von der Decke hing und mit zwei an der Wand befestigten Seilen hoch- und runtergezogen werden konnte. »Wie ich sehe, arbeitest du an einer Decke«, bemerkte ich und sah zu dem Rahmen hinauf, der ganz hochgezogen war.

»Ich arbeite immer an einer Decke. Sonst fühle ich mich nicht richtig. Zu Hause habe ich die Baumwolle für die Füllung selbst gepflückt und solange gestrichen, bis sie weich wie Wolken war, aber hier finde ich keine. Deswegen habe ich eine alte Wolldecke genommen. Ich hatte sie zu heiß gewaschen, und da ist sie eingelaufen und war nicht mehr zu gebrauchen, außer als Füllung.«

Zepha reichte mir zwei Tassen mit Kaffee, die ich den Männern nach draußen brachte, dann trat ich wieder in die Hütte. Mit einem Blick auf die Decke auf dem Rahmen sagte ich: »Ein warmer Quilt wie der da wird den Kansas-Winter erträglich machen – das heißt, wenn ihr bleiben wollt.«

Baby stieß einen kleinen Schrei aus, ihre winzige Zunge fuhr wie wild aus dem Mund heraus, und die kleinen Fäuste reckten sich in die Luft. In nicht allzu langer Zeit würde mein eigenes Kind dasselbe tun. Vielleicht würden die beiden Kleinen sich sogar anfreunden. Zepha nahm Baby auf den Arm und sang ein Wiegenlied, das ich nicht kannte. Als Baby sich beruhigt hatte, setzte Zepha sie wieder aufs Bett. Meine Bemerkung überging sie, und ich wiederholte sie auch nicht. Die Massies würden schon wissen, wann sie uns ihre Entscheidung mitteilen wollten.

Ein Wind kam auf und blies Staub in die Hütte. Darauf rief Zepha: »Ihr könnt mal reinkommen bei dem Wind da.« Sie ging zum Herd, goß Wasser auf den Kaffeesatz und stellte die Kanne für einen zweiten Aufguß auf den Herd. »Es gibt gleich mehr Kaffee. Blue und ich machen uns Kaffee aus getrockneten Kastanien. Der ist nicht schlecht. Aber wenn wir Besuch haben, nehmen wir richtigen Kaffee.«

»Er schmeckt sehr lecker!« sagte ich, als Blue und Grover in den Raum kamen. Sonny folgte ihnen und blieb in der Tür stehen, die nackten Füße übereinander gestellt.

»Mach die Tür zu, Junge«, rief Blue und sah dann Grover und mich an. »Setzt euch.« Zepha bedeutete uns, als Ehrengäste auf der »Straße nach Kalifornien« Platz zu nehmen. Als wir uns setzten, nickte Blue zufrieden.

»Das ist die Lieblingsdecke von der Frau. Sie liebt ihre ›Straße nach Kalifornien‹ mehr als eine Katze süße Sahne. Sie hat sie nicht selbst gemacht. Ihre sind noch besser.« Zepha senkte den Kopf vor Glück und Verlegenheit.

»Ich habe Blue erzählt, daß ich eine neue Düngemaschine kaufen will, aber er meint, er kann die alte auseinandernehmen und so reparieren, daß sie wie neu ist«, erklärte Grover, als wir uns gesetzt hatten. Er sagte zu Blue: »Ich dachte, wir könnten das alte Autowrack beim Räucherhaus verwenden und euch daraus eine Windmühle bauen – ich meine, wenn ihr vorhabt, den Winter hierzubleiben. Wir hätten nichts dagegen. Hab' ich nicht recht, Queenie?«

»Ich fänd' es schön, wenn ihr unsere Nachbarn bleiben würdet«, meinte ich.

Blue und Zepha sahen sich eine Zeitlang schweigend an, dann warf Zepha von der Seite her einen Blick auf uns, sah wieder Blue an, sprach aber zu Grover. »Mr. Bean, wir müssen Ihnen noch was sagen. Sag du es, Blue.« Blue schwieg und sah auf seine Hände. Zepha wiederholte: »Sag du es, Blue. Du weißt, daß wir es sagen müssen.«

Blue nickte. »Die Frau hat recht.«

Grover und ich sahen uns an, wir wußten nicht, was kommen würde. Ein Schauer lief mir über den Rücken, als mir der Gedanke durch den Kopf schoß, daß Blue doch etwas mit dem Mann auf der Straße zu tun gehabt haben könnte. Wir kannten die Massies nicht so gut, und sie hatten merkwürdige Gewohnheiten. Doch kaum war mir der Gedanke gekommen, wußte ich auch schon, daß er falsch war. Ich vertraute den Massies fast so bedingungslos wie den Frauen vom Patchwork-Club.

»Wir haben euch nicht die Wahrheit gesagt. Wir sind im Sommer nicht mit dem Wagen liegengeblieben, wie wir es gesagt haben. Wir sind absichtlich hergekommen.« Blue warf Grover einen Blick von solcher Reue zu, daß ich dachte, er befürchte, im nächsten Moment von einem Blitzschlag getroffen zu werden.

»Das versteh' ich nicht, glaube ich«, erwiderte Grover. Ich trank von meinem Kaffee und schluckte ihn so laut hinunter, daß mich alle ansahen. Sonny setzte sich zu Baby auf die Tagelöhnerpritsche. Die Sonne war hinter den tiefblauen Feldern untergegangen, und das einzige Licht im Raum war der gelbe Kreis der Petroleumlampe auf dem Tisch. Von Sonny, der sich an die Wand lehnte, sah ich nur die Augen, die wie die eines Kojoten leuchteten.

Blue machte den Mund auf und wollte etwas erklären, aber ihm fehlten die Worte, also nickte er Zepha zu und lehnte sich auf seinem Stuhl zurück, so daß sein Gesicht in der Dunkelheit verschwand.

»Wir hatten von euch gehört. Wir haben nach der Farm gesucht. Wir hatten gehört, daß ihr Leuten helft«, fing sie an.

Ich sah Grover an, aber er wich meinem Blick aus. Er hatte also Leuten, die zur Tür gekommen waren und gebettelt hatten, etwas gegeben, ohne daß ich davon wußte.

Allerdings gab Grover das nicht zu. Statt dessen fragte er: »Heißt das, meine Nachbarn denken, ich lasse mich leicht ausnehmen?«

Blue fand seine Stimme wieder. »Nein, Sir.« Er richtete sich auf, damit er Grover in die Augen blicken konnte. »Es war keiner von hier. Wir haben es gehört, als wir kampiert haben. Ein Mann sagte, wir sollen zwei Meilen nördlich von Harveyville an dem gelben Haus vorbeifahren und beim Bach kampieren. Er hat gesagt, der Mann hilft euch, aber die Frau sollen wir meiden, die hat nicht viel übrig für Landfahrer.«

Zepha fügte schnell hinzu: »Wir sagen aber, das stimmt nicht, Missus. Sie waren genauso freundlich wie Ihr Mann.«

Grover grinste mich an, wurde aber gleich wieder ernst. »Ich mache dir keinen Vorwurf, Blue. Wenn die Familie Hunger hat, und man hat kein Dach über dem Kopf, versucht man, das Beste für sich zu finden. Es hat mir nicht geschadet, daß ihr gekommen seit, und wo ihr jetzt hier seid, ist es Queenie und mir eine richtige Freude, stimmt's, mein Goldstück?«

»Und wie!«

»Dann ist ja alles gesagt.« Grover stand auf. »Wir machen uns besser auf den Weg –« Blue streckte seine Hand aus, und Grover setzte sich wieder.

»Noch nicht alles«, erwiderte Blue, und Zepha nickte mit verschlossener Miene. »Wir wollten nichts darüber sagen, aber dann haben wir von dem Mann gehört, der tot gefunden wurde.«

»Du meinst Ben Crook?« fragte Grover. Er legte seine Hand über meine.

»Genau der«, antwortete Blue. Zepha wollte etwas sagen, aber Blue schlug sachte mit der Faust auf den Tisch, damit sie still blieb. »Du hast gesagt, ich soll es sagen, und jetzt sage ich es. Also sei still.« Er wippte auf den Hinterbeinen des Stuhls und atmete tief ein.

»Ich weiß nicht, ob es wichtig ist, aber der Mann, der uns den Tip gegeben hat, hat noch 'ne Menge geredet. Er hat gesagt, wir sollen von der Crook-Farm wegbleiben, weil da eine arme Witwe lebt, die so wenig hat, daß sie davon nichts abgeben kann.«

»Stimmt genau«, sagte Grover.

»Dann hat er gesagt, daß ihr Mann da auf dem Feld unter der Erde liegt.« Die Vorderbeine des Stuhls knallten auf den Boden. Eine Minute lang war das das einzige Geräusch.

»Wie konnte denn jemand im letzten Frühjahr wissen, daß Ben da draußen begraben war?« flüsterte ich Grover zu.

»Das meine ich ja«, sagte Blue. »Als er das erzählt hat, dachte ich, man hat ihn schon wieder ausgegraben.«

»Der Kerl, der das erzählt hat, wißt ihr noch, wie der aussah?« fragte Grover.

Blue schüttelte den Kopf. »Wir haben versucht, uns zu erinnern, aber wir wissen es nicht mehr. Es war nur eine Stimme auf der anderen Seite vom Feuer. Zepha meint, sie weiß, daß sein Kopf aussah wie eine Hacke, und die Augen standen eng zusammen. Sie weiß auch noch, daß er einen Bart wie einen Futtersack hatte, aber mehr weiß sie nicht mehr. Dann hat er groß erzählt, er hat sich in diese Hütte hier eingeschlichen und eine Weile da gelebt, und ihr habt es nicht gemerkt.«

»Vielleicht war es Zinke«, warf ich ein. »Hat er gesagt, er heißt Zinke?«

Blue sah Zepha an, die schüttelte den Kopf. »Seinen Namen hat er nicht gesagt, soweit ich weiß.«

»Und wenn er ihn gesagt hat, Zinke ist mir nicht im Kopf hängengeblieben.«

Wir starrten uns gegenseitig an, bis Baby anfing zu schreien. Sonny murmelte: »Alles gut, alles gut«, und streichelte sie, und sie schlief wieder ein.

»Wir wollen keinen Ärger kriegen«, meinte Blue schließlich.

»Es ist unsere Pflicht, daß wir euch das sagen, wo doch der Tote seiner Familie entrissen wurde«, ergänzte Zepha. »Seitdem wir das wissen, sprechen wir darüber. Am Anfang dachten wir, wir sagen nichts, wo wir sowieso im Herbst weiterziehen wollten. Aber jetzt denken wir ja, wir bleiben den Winter, und da …« Sie sah mich an und fuhr dann fort: »Na ja, da habe ich zu Blue gesagt: ›Wir müssen es den Leuten sagen.‹«

»Was habt ihr jetzt vor?« fuhr Blue dazwischen, und wir alle sahen Grover an.

»Ich denke, wir müssen es dem Sheriff erzählen.« Blues Augen waren ganz schmal und auf Zepha gerichtet, deshalb fügte Grover schnell hinzu: »Wer euch das erzählt hat, muß ja Ben nicht umgebracht haben. Vielleicht war es einfach nur eine Idee, schließlich wußte jeder, daß Ben verschwunden war. Ist doch nicht ungewöhnlich, wenn jemand am Lagerfeuer so eine Geschichte erzählt.«

»Der Kerl war aber sehr sicher«, ließ sich Zepha vernehmen. »So wie er gesprochen hat, klang es, als ob der Tote schon ausgegraben war. Wir haben uns nichts dabei gedacht, bis die Pfarrersfrau hierherkam und sagte, daß der Neger die Knochen gefunden hat.«

»Wir müssen es dem Sheriff erzählen. Ich glaube nicht, daß er was tun wird, da ihr ja nicht wißt, wer es erzählt hat. Ich fahre morgen mit euch hin«, bestimmte Grover.

Blue und Zepha wechselten wieder Blicke, dann sagte

Blue zu Grover: »Ich würde nicht gerne mit dem Sheriff sprechen.«

»Ach, mach dir keine Gedanken über den Sheriff. Man ist nicht für das verantwortlich, was man von anderen gehört hat«, beruhigte ihn Grover.

»Es wird doch keinen Ärger geben?« fragte Zepha.

»Glaube ich nicht. Wahrscheinlich stellt der Sheriff dieselben Fragen wie ich jetzt. Kommt morgen früh zum Haus, dann fahren wir zusammen hin.«

»Wir wollen keinen Ärger.« Zepha wiegte sich vor und zurück und sah Blue an. »Wir sind ehrliche Leute. Der Ärger zu Hause, das hatte nichts mit Blue zu tun. Es gibt auch Leute, die das sagen können, aber sie haben sich nicht getraut.« Dann fügte sie düster hinzu: »Gestern nach dem Abendessen habe ich eine Eule rufen hören. Ich weiß, daß schlechte Zeiten bevorstehen. Ich hab's dir gesagt, Blue. Ich erkenne die Zeichen.«

»Still, Frau«, sagte Blue mit einem warnenden Unterton in der Stimme.

Grover erhob sich. »Darüber würde ich mir keine Sorgen machen, Zepha. Sheriff Eagles ist ein netter Mann, und ich werde ihm sagen, daß ihr den Leuten in Harveyville an Ehrlichkeit nichts nachsteht.«

»Wir wollen nicht noch mehr Ärger«, sagte Zepha. »So viele Zeichen habe ich noch nie gesehen. Ich habe einen Falken gesehen, der in östlicher Richtung vor dem Mond vorbeigeflogen ist –«

»Still«, befahl Blue.

Zepha hörte nicht auf, sich zu wiegen und vor sich hin zu murmeln. Sie merkte es nicht, als wir die Hütte verließen.

»Sie macht sich immer solche Sorgen«, erklärte Blue und schüttelte den Kopf in Richtung Zepha. Er ging mit uns zum Auto und ließ seine Hand über die Kühlerhaube gleiten. »Beim Ankommen klang es, als wäre am Getriebe etwas lose«.

»Wir können es uns morgen früh ansehen, wenn wir aus der Stadt zurückkommen«, sagte Grover, und Blue nickte.

Auf dem Weg nach Hause, als die Scheinwerfer über die braunen Stoppelfelder glitten, verriegelte ich wieder die Türen und schmiegte mich an Grover.

»Denkst du daran, daß Zinke – oder wer es sonst auch war, der mit den Massies gesprochen hat – in der Tagelöhnerhütte gewohnt hat?« fragte Grover. Ich nickte, und obwohl er mich in der Dunkelheit nicht sehen konnte, wußte er, daß es so war. »Mach dir keine Sorgen. Wenn es Zinke war, kommt er jetzt, wo Bens Leiche gefunden worden ist, nicht mehr zurück. Ich habe sowieso nie verstanden, warum er so lange bei den Crooks geblieben ist, so schäbig, wie Ben ihn behandelt hat.«

»Hattest du ihm erlaubt, da unterzuschlüpfen?« fragte ich.

Grover antwortete nicht, und da wußte ich, daß es so war.

Als wir zur Asphaltstraße kamen, hielt Grover an. »Zinke hat mir gesagt, daß Ben mit einer Mistgabel auf ihn losgegangen ist. Ohne Grund. Zinke wollte das Zaumzeug wegbringen und hat ein Geräusch gehört, und da war Ben hinter ihm und wollte ihn mit der Gabel aufspießen. Deshalb ist er abgehauen. Ich habe ihn beim Bach getroffen. Er wollte warten, bis Ben weg war, um seine Sachen zu holen.«

»Hat er sie geholt?«

»Keine Ahnung. Ich weiß nur, daß er ein paar Tage später nicht mehr in der Hütte war.«

»Hat er in der Hütte gewohnt, nachdem Ben verschwunden war?«

»Weiß ich nicht. Ich habe den ganzen Abend versucht,

mich daran zu erinnern.« Grover legte den Gang ein und bog in die Asphaltstraße ein.

»Eigentlich versuche ich mich daran zu erinnern, seit Hiawatha Bens Leiche gefunden hat. Eins ist sicher: Ob Zinke Ben umgebracht hat oder nicht, er hat keinen Grund, nach Harveyville zurückzukommen.«

Grover und Blue sind nie zum Sheriff gegangen. Grover wartete fast bis zum Mittag auf Blue, dann ging er zur Tagelöhnerhütte, um nach ihm zu sehen.

Als er zurückkam, lehnte er sich mit dem Rücken an die Spüle und sah mich an. »Sie sind weg, Queenie.«

»Was?« fragte ich.

»Die Hütte ist leer. Die Massies müssen gleich, nachdem wir gegangen sind, alles gepackt haben und gefahren sein. Alles ist blitzeblank. Sie haben sogar den Quiltrahmen von der Decke heruntergeholt.«

»Das verstehe ich nicht. Sie haben gefragt, ob sie bleiben können, und wir haben ja gesagt. Warum sollten sie gehen?«

Grover nahm seinen Hut ab, hängte ihn auf den Knauf eines Küchenstuhls und setzte sich. »Ich denke, sie hatten Angst. Die Leute aus den Bergen mögen die Gesetzeshüter nicht. Es hat sie all ihren Mut gekostet, uns die Geschichte zu erzählen. Ich hätte daran denken müssen. Es ist meine Schuld, weil ich zu Blue gesagt habe, er muß zum Sheriff gehen.« Grover ging zum Kühlschrank und holte den Krug mit der Buttermilch heraus. »Möchtest du welche?« fragte er und holte ein Glas aus dem Schrank.

»Davon muß ich kotzen«, antwortete ich, und wir lachten beide, obwohl mir die Tränen in die Augen stiegen. »Ich werde den Jungen vermissen. Ich werde sie alle vermissen. Vielleicht kommen sie nächsten Sommer zurück.«

Grover schüttelte den Kopf.

»Haben sie einen Zettel hingelegt?« fragte ich.

Grover nahm einen großen Schluck Buttermilch direkt aus dem Krug und wischte sich mit dem Handrücken den Mund ab. »Können sie denn schreiben?«

Ich wußte es nicht.

»Sie haben den kleinen Sahnekrug und noch ein paar Sachen dagelassen.« Grover stellte das Glas ab und holte die Schachtel, die er auf die Anrichte gelegt hatte. Es waren die Teller und Löffel darin, die ich Zepha geliehen hatte, und ein paar von Grovers Werkzeugen, die Blue benutzt hatte. Und dann war da ein Bündel Zahnstocher, das mit einem Schnürsenkel zusammengebunden war. Grover nahm ein Paket aus der Schachtel, das in Zeitungspapier eingewickelt und mit einer Schnur zugebunden war. »Das haben sie auch dagelassen. Es lag auf der Tagelöhnerpritsche. Mach du es auf.«

Ich brauchte es nicht aufzumachen, um zu wissen, was es war. Ich starrte das Paket in Grovers Hand lange an und versuchte, meine Tränen zurückzudrängen. Schließlich nahm ich es ihm aus der Hand und machte die Schnur auf, die ich in meine Schürzentasche steckte. Langsam wickelte ich den Quilt aus, der mit der linken Seite nach außen zusammengelegt war, damit er von der Druckerschwärze nicht beschmutzt würde. »Es ist die ›Straße nach Kalifornien‹«. Ich faltete die Decke auseinander und starrte auf die kleinen Patchwork-Ecken, die nicht größer als eine Briefmarke waren.

»Das ist aber schade. Sie waren doch so stolz auf diese Decke«, sagte Grover. »Sie müssen es sehr eilig gehabt haben, und dann haben sie sie vergessen.«

Ich befühlte die selbstgewebten Stoffe zwischen Daumen und Zeigefinger und tastete über die Stiche. Dann hielt ich die Decke an mein Gesicht. »Nein«, sagte ich zu Grover, »Zepha hat sie nicht vergessen.«

Kapitel 11

Es war so viel geschehen in letzter Zeit – erst die Aufregung mit dem Baby, dann der Auszug der Massies –, daß im Handumdrehen eine Woche vergangen war und der Tag unseres Patchwork-Nachmittags kam. Die Treffen verliefen wieder nach Plan, und ich war auch wieder mit dabei. Es machte mir nichts mehr aus, das Haus zu verlassen.

Diesmal war Mrs. Judd die Gastgeberin. Also dachte ich, daß Rita auf jeden Fall eine Ausrede finden würde, um nicht zu kommen. Die »interessanten Fakten«, die Rita über die Judds herausgefunden hatte, klangen nicht sehr nett, und so wie Mrs. Judd und Rita zueinander standen, würde sich Rita in Mrs. Judds Wohnzimmer nicht sehr wohl fühlen. Frauen können ihre Patchwork-Decken nicht nähen, wenn sie verärgert sind. Man sieht das dann an den Stichen. Allerdings waren Ritas Stiche auch dann nicht die besten, wenn sie in guter Stimmung war. Trotz meiner Bemühungen war Rita nicht mit dem Herzen bei der Patchwork-Arbeit, und ich bezweifelte mittlerweile, daß sie es jemals sein würde.

Zu meiner Überraschung war Rita schon bei den Judds und wartete auf mich, als ich ankam. Sie stand abseits von den anderen in der Wohnstube, war unruhig und fühlte sich sichtlich unwohl. Als sie mich sah, sagte sie: »Zum Glück,

Queenie. Bin ich froh, daß du hier bist. Es macht mich ganz kribbelig, in diesem Haus zu sein.« Sie kaute an einem Fingernagel. Die meisten Nägel waren abgebissen, und der Nagellack war abgesplittert.

»Ach, so schlimm ist es gar nicht«, erwiderte ich, obwohl ich ehrlich sagen muß, daß das Wohnzimmer der Judds mit den schweren Walnußholzmöbeln und den braunen Polstern ganz besonders ungemütlich war. Die Tapete mit dem Muster aus großen hellbraunen Federn gab einem das Gefühl, in einem riesigen Kissen zu sitzen. Die Bilder hingen so hoch, daß man sich den Hals verrenkte, um sie anzuschauen – obwohl ich nicht weiß, wer sich diese Mühe gab, denn in jedem Haus in Kansas hingen dieselben Bilder. Es waren *End of the Trail*, auf dem ein glückloser Indianer zu sehen war, der von seinem Pferd zu gleiten schien, und ein zweites, dessen Titel ich nicht kannte, das eine Gruppe von Hunden um einen Tisch beim Kartenspielen zeigte. Grover mochte das Bild besonders. Wir hatten eine Kopie davon in Dad Beans altem Schlafzimmer, und ich hoffte, Grover würde mir erlauben, es wegzuwerfen, wenn wir dort das Kinderzimmer einrichteten.

Rita schürzte die Lippen, als sie sich im Zimmer umsah und ihr Blick an Mrs. Judds preisgekrönter Patchwork-Decke »Niederlage der Whigs« hängenblieb.

»Sieh dir den Quilt an. Da ist ein großes Loch drin«, stellte Rita fest und legte einen Finger auf die dunkle Stelle, wo die Füllung durchkam.

»Das ist das Einschußloch von einer Kugel, und das Dunkle drum herum, das ist Blut«, erklärte ich Rita, die schnell ihre Hand zurückzog. »Die Decke gehörte Mr. Judds Vater. Er hatte sie im Bürgerkrieg immer bei sich und behauptete, sie hätte ihm das Leben gerettet, als er von der Kugel eines Südstaatlers getroffen wurde.«

Rita biß sich auf die Fingerkuppe, weil der Nagel schon ganz abgekaut war. »Wenn der Schütze besser gezielt hätte, gäbe es jetzt keinen Mr. Judd.« Ich lächelte ihr zu, aus Höflichkeit, denn es war nicht sehr nett, so etwas auszusprechen. Dann flüsterte Rita: »Mord scheint in der Familie zu liegen.«

Ich wußte nicht, was sie damit meinte, aber dabei fiel mir wieder ein, daß ich noch nicht erzählt hatte, was die Massies über Zinke berichtet hatten. »Komm mal hier rüber«, sagte ich und versicherte mich mit einem Blick auf Ella, daß sie außer Hörweite war. Ich zog Rita ins Eßzimmer und sah mich um, denn ich wollte auch keine anderen Mithörer haben. Natürlich war Grover zum Sheriff gegangen, um ihn darüber zu informieren, was Blue und Zepha uns erzählt hatten, aber der Sheriff hatte es für sich behalten, deshalb wollte ich die Club-Frauen nicht beunruhigen, indem ich es erwähnte. So wie ich wollten auch sie den Mord an Ben Crook zu den Akten legen.

»Ich habe deinen Mörder gefunden«, flüsterte ich. Ich erzählte Rita die Geschichte von den Massies und dem Mann, der berichtet hatte, daß jemand in Ellas Feld begraben war. »Blue und Zepha wußten von Bens Leiche, bevor Hiawatha sie gefunden hatte. Dieser Tippelbruder am Lagerfeuer kann nur Zinke gewesen sein. So wie sie ihn beschrieben haben, bin ich mir sicher, er war's«, erklärte ich.

Rita hörte mir zu und unterbrach mich nicht, aber als ich fertig war, zog sie die Augenbrauen hoch. »Vielleicht war er es ja.« Rita dachte einen Moment lang nach. »Um Himmels willen, Queenie, du weißt so gut wie ich, daß dieser Zinke-Typ Ben Crook nicht umgebracht hat.« Sie tippte sich mit dem Daumen auf die Vorderzähne. »Er kann natürlich eine Art Mittäter gewesen sein. Dadurch wird die

Sache noch komplizierter. Ich muß mir das durch den Kopf gehen lassen.«

»Du bist verrückt!« brach es aus mir heraus. »Ein Kerl weiß, lange bevor die Leiche gefunden wird, daß Ben Crook in dem Feld vergraben ist, und du sagst nur, du läßt es dir durch den Kopf gehen?«

Rita fuhr sich mit der Zunge über die Lippen. »Immer mit der Ruhe, Queenie. Ich habe nicht gesagt, daß Zinke nicht irgendwie beteiligt war, aber ich weiß mit Sicherheit, daß er es nicht getan hat. Hör mal zu, was ich dir zu sagen habe. Weißt du, was eine Verschwörung ist?«

»Natürlich weiß ich das. So dumm bin ich auch nicht«, antwortete ich und überlegte angestrengt, was das Wort bedeutete.

»Was höre ich da von einer Verschwörung?« Mrs. Judd war hinter uns getreten, und weder Rita noch ich hatten sie bis zu diesem Moment bemerkt. Sie trug ein dunkelbraunes Kleid mit hellbraunen Streifen und sah damit aus wie eins ihrer Möbelstücke. Das Kleid hatte einen losen Schnitt, und das Vorderteil war mit Krumen und Flecken übersät, was ganz untypisch für Mrs. Judd war, die sehr auf Sauberkeit zu achten pflegte. Sie war immer eine stattliche Frau gewesen, aber ihre Pölsterchen schienen in den letzten Wochen geschrumpft, so daß ihre Haut lose und faltig herabhing. Die Sorge um Ella hatte ihre Spuren an Mrs. Judd hinterlassen, aber sie würde sich lieber die Zunge abbeißen, als sich zu beklagen. Das gleiche galt für Prosper.

»Oh, wir unterhalten uns nur«, sagte Rita, die immer viel schneller eine Antwort parat hatte als ich.

»Genau, wir unterhalten uns«, wiederholte ich.

»Na, jetzt kommt mal und setzt euch«, befahl Mrs. Judd. »Ihr könnt euch unterhalten, während ihr näht.« Sie befeuchtete einen Finger, betupfte die Krumen auf ihrem Busen und zerrieb sie zwischen den Händen.

Mrs. Judd ging uns voran ins Wohnzimmer, und Rita fuhr sich mit dem Finger quer über den Hals. »O Mann!«

Mrs. Judds »Dresdener Teller« war auf den Rahmen gespannt, der auf vier Stuhllehnen ruhte. Die Club-Frauen versammelten sich im Kreis und sagten, wie hübsch die Decke aussah, obwohl Mrs. Judd keinerlei Sinn für Farben hatte. Für die Mittelstücke des Musters hatte sie Orange gewählt, wodurch die Decke wie ein Kürbisfeld aussah. Mrs. Judd hatte die Zuckersäcke, die sie für den Hintergrund nahm, gebleicht, aber auf einigen konnte man immer noch die Schrift erkennen. Die Stiche allerdings waren klein und regelmäßig. Ella beugte sich vor, um sie zu begutachten, und dabei fiel ihre Brosche mit dem Monogramm auf die Decke. Sie hatte Glück, denn die Brosche war aus Porzellan und wäre auf dem harten Linoleumboden zerbrochen.

Rita hob sie auf und reichte sie Ella, nicht ohne mit den Fingern über die vergoldeten Buchstaben zu fahren. »E. E. C. Ella Crook. Und was bedeutet das mittlere E?«

»Eagles. Das ist Ellas Mädchenname«, erklärte Ceres.

»Also, fangen wir an«, unterbrach Mrs. Judd. »Setzt euch irgendwo hin, mir ist es egal.« Trotzdem schob Mrs. Judd Ella so weit von Rita weg wie möglich. Sie traute Rita nicht mehr als Rita ihr, und ich wünschte mir, ich wüßte, was Rita herausgefunden hatte. Ich wollte nicht, daß sie unseren Patchwork-Nachmittag verdarb, indem sie etwas Unüberlegtes sagte.

»Ladys, der Berühmtheiten-Quilt ist jetzt fertig«, gab Mrs. Ritter bekannt, als wir uns gesetzt hatten und anfingen, die keilförmigen Patchwork-Stücke einzunähen. Recht verhalten taten wir unsere Begeisterung kund.

»Wir haben Rot für die Umrandung genommen, dasselbe wie für die Zwischenstücke. Es ist recht hübsch geworden. Sehr hübsch sogar«, fand Agnes T. Ritter. Ada June und ich hörten auf zu nähen und sahen sie an. Noch nie zuvor hatte Agnes T. Ritter verlauten lassen, daß irgend etwas hübsch sei. »Na ja, ist es doch«, fügte sie schnippisch hinzu.

»Damit werden wir berühmt«, meinte Nettie. Sie sah mich an und lächelte, und ich lächelte zurück. Wir dachten beide nicht an die Patchwork-Decke, sondern an Velmas Baby – mein Baby. Aber ich wußte vom letzten Club-Treffen, daß keine der Patchwork-Frauen, auch Nettie nicht, das Baby erwähnen würde, bevor es auf die Welt kam, deshalb lächelten wir uns nur zu.

»So berühmt, daß uns vielleicht jemand fragt, ob er mit unseren Autogrammen einen Berühmtheiten-Quilt machen kann«, malte Forest Ann sich aus.

»Vielleicht«, warf Mrs. Judd ein. »Vielleicht Lizzy Olive.«

Wir lachten, und ich war froh, daß alles wieder beim alten war bei uns Patchwork-Frauen. Dieser Nachmittag würde richtig Spaß machen. Alle waren gekommen, und außer Rita, die immer noch unruhig war, waren wir auch alle in guter Stimmung. Das Zimmer war sonnig und groß, so daß wir nicht zu eng aufeinander saßen. Die Fenster standen offen, während wir nähten, doch über Sandflöhe brauchten wir uns keine Gedanken mehr zu machen, die hatte der Frost dahingerafft.

Ein paar Minuten nähten wir, ohne zu sprechen. Dann sagte Opalina, sie habe gehört, daß Blue und Zepha weggegangen seien, und ich nickte. »Wahrscheinlich konnten sie es nicht länger an einem Fleck aushalten«, erklärte ich. »Das ist bei Landfahrern so. Deswegen nennt man sie Landfahrer.«

»Haben sie was gestohlen?« fragte Agnes T. Ritter. »Leute, die sich mitten in der Nacht davonmachen, stehlen für gewöhnlich etwas.« Jetzt war sie wieder so wie sonst.

»Nein, außer dem Kalender mit den nackten Frauen, der noch vom letzten Tagelöhner da war, haben sie nichts mitgehen lassen.« Ich wußte allerdings, daß die Massies ihn nicht mitgenommen hatten; Grover hatte ihn aus der Hütte entfernt und in der Scheune aufgehängt, in dem Glauben, daß ich ihn da nicht sehen würde. »Aber sie haben etwas dagelassen. Zepha hat mir ihre ›Straße nach Kalifornien‹ geschenkt«, verkündete ich und wurde rot, denn die Club-Frauen wußten, daß man seinen besten Quilt nur jemandem schenkte, der einem besonders viel bedeutete.

»Oh, eine ›Straße nach Kalifornien‹ ist ein hübscher Quilt«, rief Ella aus. Sie folgte unseren Gesprächen besser als die Male davor.

»Zepha ist eine gute Patchwork-Arbeiterin. Sie hat mir erzählt, daß die Leute in den Bergen eine Katze auf den Quilt setzen, sobald der letzte Stich vernäht ist. Diejenige, der sie auf den Schoß springt, wird als nächste heiraten.« Ich warf einen Blick zu Agnes T. Ritter hinüber, doch sie sah nicht auf. »Ich weiß nicht, wo sie hingefahren sind, aber ich hoffe, sie fahren nach Kalifornien. Zepha hat immer davon gesprochen, daß sie dorthin wollte.«

»Vielleicht begegnet sie dort ja Ruby«, flüsterte Ella.

»Aber Ella, das waren doch keine Leute, mit denen Ruby sich anfreunden würde. Außerdem wissen sie nicht einmal Rubys Namen«, erklärte Mrs. Judd. »Bald bekommen wir eine Postkarte von Ruby, ganz bestimmt.«

Wir sprachen über Ruby und fragten uns, ob sie wohl jeden Tag Apfelsinen aß. Als der Packard vorfuhr, sagte Mrs. Judd: »Das ist bestimmt Prosper. Er hat Zitronen geholt. Ich habe sie gestern vergessen. Heute gibt es Tee mit Zitrone.«

Prosper kam mit einer Papiertüte in der Hand ins Wohnzimmer, und als er uns sah, blinzelte er mit seinen kleinen Schweinsäuglein und senkte den Kopf vor Verlegenheit. Unsere Ehemänner blieben den Club-Treffen fern, und wenn sie nicht gehen wollten, verscheuchten wir sie regelrecht. Prosper nahm seinen Hut ab, sah sich im Kreise um und nickte jeder von uns zu. Als er Ella begrüßte, sagte er lächelnd: »Tag, Miss Ella, sie sehen aber heute bildhübsch aus.«

»Oh, Prosper.« Ella sah auf ihre Nadel und errötete. Prosper fuhr in seiner Begrüßung fort, doch als er zu Rita kam, nickte er nicht, sondern wandte den Blick ab.

»Na, guten Tag, Mr. Judd«, rief Rita frech und mutig. Ihre Stimme war etwas schrill und wacklig, so daß ich aufsah. Auch die anderen richteten ihren Blick auf Rita, und Mr. Judd verließ rückwärts das Zimmer.

»Ich lege sie in die Küche, Mutter«, meinte Prosper. Die Hintertür fiel zu, und der Packard wurde wieder angelassen. Mrs. Judd, die Rita die ganze Zeit beobachtet hatte, wandte auch jetzt den Blick nicht von ihr ab.

Als Rita aufsah und Mrs. Judds Blick bemerkte, erwiderte sie ihn, und die beiden starrten sich wie zwei schnüffelnde Hunde an, ohne etwas zu sagen. Ella merkte nichts davon und erklärte mit ihrer piepsigen Stimme: »Prosper ist so ein guter Mann.«

Das war schon das zweite Mal, daß Ella an diesem Nachmittag etwas gesagt hatte, und ich wollte ihr gerade ermutigend zulächeln, als Rita herausplatzte: »Ganz und gar nicht, Ella! Prosper hat Ihren Mann umgebracht!« Ich glaube nicht, daß Rita das sagen wollte. Bevor sie es verhindern konnte, waren die Worte aber schon draußen. Rita erstarrte, ihre Nadel steckte im Stoff fest.

Es wurde so still im Zimmer, daß wir Opalinas Nadel

hörten. Wie immer schwitzte Opalina, und ihre feuchte Nadel quietschte jedesmal, wenn sie sie mit dem Fingerhut durch den Stoff schob.

Ich sah auf und stach mir im selben Moment in den Finger. Als ich den Blick wieder senkte, war ein Tropfen von meinem Blut auf dem Stück des »Dresdener Tellers« gelandet, an dem ich arbeitete. Ich steckte den Finger in den Mund.

Nettie und Forest Ann sahen sich entsetzt an, und Mrs. Ritter ergriff Agnes T. Ritters Hand. Ceres riß die Augen weit auf, hob die Hand an den Mund und biß sich auf die Knöchel. Ella hielt sich an ihrem Stuhl fest, um nicht hinunterzugleiten, ihr Gesicht war noch weißer als sonst. Wir alle wechselten Blicke, bevor wir auf Rita sahen, der das Entsetzen über das, was sie gesagt hatte, im Gesicht stand. Ihr Mund war zu einem kleinen O geformt, und auf der Oberlippe sammelten sich Schweißperlen. Ihre Hände zitterten, und sie hielt sich am Rahmen fest, um das Beben zu unterdrücken.

Genau in dem Moment, bevor noch jemand das Wort ergreifen konnte, surrte eine träge Winterfliege aus der Küche herein, beschrieb einige große Bögen im Zimmer und setzte sich auf den Lampenschirm, der über uns hing. Langsam, um die Fliege nicht zu verscheuchen, stand Mrs. Judd auf, nahm die Fliegenklatsche von der Wand und schlug auf den Lampenschirm. Die tote Fliege landete auf einem orangefarbenen Feld des »Dresdener Tellers«. Mrs. Judd transportierte die Fliege auf der Fliegenklatsche zur Tür und beförderte sie ins Freie. Dann schloß sie die Tür, machte den Haken fest, hängte die Fliegenklatsche wieder an den Nagel und setzte sich.

»Was hattest du da über Mr. Judd gesagt?« Mrs. Judds Stimme war ruhig, aber man konnte die Härte heraushören. Mit derselben Stimme sprach sie auch mit Leuten aus der Stadt, die mit ihr über den Preis ihrer Eier verhandeln wollten.

Unsere Blicke wanderten von ihr zu Rita, und wir warteten auf Ritas Antwort.

Rita schluckte beklommen und sah aus, als wünschte sie sich, im Boden versinken zu können. Nach einer derartigen Anschuldigung konnte sie nicht mehr zurück, und sie wußte bestimmt, daß in dem Zimmer keine auf ihrer Seite war. Sie öffnete den Mund und schloß ihn wieder, bevor sie erklärte: »Ich habe Ella gesagt, daß Ihr Mann Ben Crook umgebracht hat.« Rita hatte ihre Stimme noch nicht wieder unter Kontrolle.

»Das habe ich mir doch fast gedacht. Du hast das praktisch schon damals bei der Pferdetränke gesagt, stimmt's?«

Mrs. Judd wartete geduldig, aber Rita antwortete nicht. Wir anderen waren zu sehr vor den Kopf geschlagen und konnten nicht sprechen.

Ella war es schließlich, die das Schweigen brach. »Nicht Prosper«, stammelte sie.

»Er war es aber, Ella.« Rita sah sie mit einem um Verständnis bittenden Blick an und drehte sich dann zu Mrs. Judd. Diesmal hatte ihre Stimme wieder Festigkeit, als sie feststellte: »Sie wissen auch, daß er es getan hat, Mrs. Judd, oder? Ja, ich glaube sogar, alle hier wissen es, jede einzelne.« Sie sah uns der Reihe nach an, auch mich. Ich senkte den Blick.

»Nein«, wimmerte Ella, aber Rita beachtete sie nicht. Ihr Blick war auf Mrs. Judd gerichtet.

»Du weißt also genau Bescheid, ja?« fragte Mrs. Judd. »Du weißt also, wie es war?«

Rita hielt sich am Rand der Patchwork-Decke fest und beugte sich vor. »Ich weiß, daß Prosper Zahlungen für Ellas

Hypothek übernommen hat. Ich weiß, daß Ella Ihnen, kurz bevor Ben Crook verschwand, ein Feld überschrieben hat. Das habe ich in den Akten gelesen.«

Ich hatte das nicht gewußt. Ich sah Ada June an, aber die war ebenso überrascht wie ich.

»So?« sagte Mrs. Judd. »Und du glaubst also, daß die Tatsache, daß Prosper Hypothekenzahlungen übernommen hat, ihn zum Mörder macht?«

Rita lehnte sich noch weiter über den Quilt zu Mrs. Judd hinüber. »Prosper« – sie suchte nach dem passenden Wort – »fühlte sich zu Ella hingezogen, so könnte man es sagen. Deswegen hat er ihre Hypothek abbezahlt. Als Sie das herausfanden, hat Ella Ihnen ein Stück Land gegeben, damit Sie nichts sagen. Wahrscheinlich hat Mr. Crook die beiden zusammen erwischt. Deswegen hat Prosper ihn umgebracht. Ich behaupte ja gar nicht, daß es Mord war. Es hätte genausogut ein Unfall sein können. Ich weiß nicht, wie es war, das weiß Ella. Deswegen behalten Sie sie hier in Ihrem Haus, damit sie nichts verraten kann. Ich glaube, ihr alle« – sie sprach so lange nicht weiter, bis sie uns alle der Reihe nach angesehen hatte – »ich glaube, ihr alle wißt es und habt euch geschworen, nichts zu verraten – eine Verschwörung also.«

Also das war es, was das Wort Verschwörung bedeutete!

»Prosper war es nicht. Nein, Prosper würde nie …«, stammelte Ella und schüttelte unentwegt den Kopf. Mrs. Judd hob die Hand und hielt Ellas Kopf fest, darauf war sie still.

Auch wir anderen sagten nichts und saßen da, dumpf wie die Kühe. Ich wünschte mir, diese Fliege würde noch einmal aufkreuzen, um die Spannung aufzulösen. Ceres bewegte die Lippen, brachte aber keinen Ton heraus. Selbst Mrs. Judd schien es die Sprache verschlagen zu haben. Mein Mund war so trocken wie ein Feld in Kansas. Warum nur hatte ich nicht herausbekommen, was Rita im Schilde führte, und verhindert, daß sie diese schrecklichen Dinge sagte? Ich war schuld, daß der Nachmittag so verlief.

Rita deutete unser Schweigen als Eingeständnis und wurde mutiger. »Die Zeitungen nennen das ein ›Verbrechen aus Leidenschaft‹. Prosper hat Doc Sipes Geld gegeben, damit der in seinem Bericht schreibt, Ben sei vielleicht vom Baum gefallen und von jemandem begraben worden, der kein Geld für den Sarg hatte. So steht es im Bericht des Leichenbeschauers, und der Sheriff hätte sich an diese Version gehalten, wenn ich in der *Enterprise* nicht über den Mord geschrieben hätte. Ich konnte mir nicht erklären, warum, es sei denn, Prosper hat ihn bestochen. Dann habe ich heute entdeckt, daß Ella und der Sheriff aus einer Familie kommen. Wahrscheinlich möchte er einen Skandal vermeiden.« Rita sah mich mit flehendem Blick an, und ich schrumpfte zusammen. Meine Loyalität galt den Patchwork-Frauen, nicht Rita. Ich hoffte, die anderen Frauen erinnerten sich, daß ich Rita nicht zu ihren Nachforschungen ermutigt hatte. »Prosper hat den Mann bestellt, der uns auf der Straße aufgelauert hat, und ich glaube, das war dieser Zinke-Typ, auch wenn Queenie sagt, er war es nicht. Ja, wahrscheinlich hat er Prosper sogar geholfen, Mr. Crook zu vergraben.« Wenn die Judds der halben Bevölkerung von Wabaunsee County Schweigegeld zahlen mußten, war es ja kein Wunder, daß Mrs. Judd Zuckersäcke in ihren Patchwork-Decken verarbeitete, aber dieser Gedanke beschäftigte mich im Moment nur am Rande.

Ich hielt mir die Ohren zu, um Ritas Anschuldigungen nicht mehr hören zu müssen, aber ich hörte sie trotzdem noch, obwohl Rita längst aufgehört hatte zu sprechen. Ich schüttelte den Kopf hin und her und hoffte, daß das Geklapper in meinem Gehirn die schrecklichen Worte übertönen würde. Statt dessen explodierten sie in meinem Kopf wie Feuerwerkskörper. Ich betete, daß eine der Frauen den Mund aufmachen würde, aber es war totenstill in Mrs. Judds Wohnzimmer, und ich hatte das Gefühl, daß mein Kopf platzen würde, wenn ich nicht das Schweigen durchbrach. »Hör auf! Das ist nicht wahr, Rita!« brach es so laut aus mir hervor, daß meine Stimme von den Wänden zurückhallte. »Prosper und Zinke haben Ben Crook nicht vergraben. Das waren wir!«

Keine sprach. Das einzige Geräusch im Zimmer war Opalinas Atem. Rita sah mich entsetzt an, aber auch sie konnte nichts sagen. Ich sah die anderen Patchwork-Frauen an und brach dann in Tränen aus. »Oh, es tut mir leid. Ich habe unser Versprechen gebrochen.« Ich legte die Hände vors Gesicht und schluchzte. Rita würde unser Geheimnis in die Zeitung bringen, wir würden ins Gefängnis kommen, und Grover und ich würden niemals ein Kind haben.

Die anderen sahen zu mir herüber, während ich weinte. Sie waren zu verwirrt, um zu sprechen. Dann streckte Mrs. Judd ihre runzlige und mit Altersflecken übersäte Hand über den Quilt zu mir aus. »Ist schon gut, Queenie. Wenn du es nicht gesagt hättest, hätte es eine andere getan.«

Ich sah auf, aber sie starrte Rita an. Die anderen Frauen starrten ebenfalls auf Rita. Auf mich waren sie nicht böse, aber ihre Gesichter verschlossen sich gegenüber Rita, und als Rita das bemerkte, sackte sie in sich zusammen. Da tat sie mir fast leid, denn sie hatte uns nicht weh tun wollen. In diesem Moment verstand ich Rita.

Sie war nicht faul, wie Agnes T. Ritter behauptete. Rita hatte an der Aufklärung von dem Mord an Ben ebenso hart gearbeitet wie ich auf der Farm, und das war bestimmt nicht leicht, wo alle sie immer daran hindern wollten. Sie hatte Mut, denn obwohl ich wußte, daß der Mann auf der

Straße nicht von Bens Mörder gedungen worden war, konnte sie das nicht wissen. Sie war der Auffassung, er würde wiederkommen, wenn sie mit ihren Nachforschungen weitermachte. Rita hatte nicht aufgegeben, damit sie und Tom eine Chance hatten, so wie jeder in Harveyville auf seine Chance hoffte. Für Rita und Tom bestand sie darin, nicht als Farmer leben zu müssen. Und wenn ich mir noch so sehr wünschte, daß Rita eine Patchwork-Frau werden und gerne auf dem Lande leben würde: Sie wollte das nicht und würde es auch nie wollen.

»Das verstehe ich nicht«, flüsterte Rita und sah uns an wie ein in die Enge getriebenes Tier. »Wie konnte … Ich …«

»Prosper hat Ella nur eine Freundlichkeit erwiesen«, unterbrach Mrs. Judd sie. »Prosper hat die Hypothek, die Ben auf das Familienanwesen der Eagles bei einer Bank in Topeka aufgenommen hatte, abbezahlt, weil Ben das Geld durchgebracht hatte und die Bank damit gedroht hat, die Zwangsvollstreckung einzuleiten. Wenn Prosper nicht eingesprungen wäre, hätte man Ella von ihrem eigenen Land vertrieben. Ella hat mir das einzige Feld, auf dem noch keine Belastung war, überschrieben, weil Ben es vor ihren Augen verkaufen wollte. Es war ihm egal, daß Ella das Land von ihrer Familie geerbt hatte. Er hätte sich bestimmt etwas ausgedacht. Prosper hat des öfteren sein Leben aufs Spiel gesetzt und sich gegen Ben Crook gestellt, um Ella zu beschützen. Ja, Ella würde heute nicht mehr leben, wenn Prosper nicht gewesen wäre. Du hast kein Recht, ihm unmoralisches Verhalten vorzuwerfen. Überhaupt kein Recht.« Mrs. Judds Augen sprühten, ihr Gesicht hatte Farbe, und sie sah gar nicht mehr müde aus.

»Das war wirklich schrecklich, das zu sagen«, schimpfte Ada June.

»Übel«, ergänzte Nettie und strich mit einem Zeigefinger am anderen hinunter, um auszudrücken, daß sie Ritas Verhalten schändlich fand.

Ritas Blick wanderte von einer zur anderen, aber keine lächelte – außer natürlich Mrs. Ritter. »Es ist ja nicht Ritas Schuld. Vielleicht hätten wir es gleich am Anfang sagen sollen«, sagte Mrs. Ritter. »Ich denke, jetzt müssen wir es ihr erzählen.« Sie sah sich im Kreise um und suchte unsere Zustimmung. »Haben wir dein Einverständnis, Ella?« fragte sie, nachdem wir anderen genickt hatten.

Ellas Augen hatten einen wilden Blick, und sie ballte ihre Hand immer wieder zur Faust. Ich wußte nicht, ob sie Mrs. Ritter überhaupt verstand.

»Ella, bist du einverstanden, daß Rita unser Geheimnis über Ben erfährt?« fragte Mrs. Ritter und sprach dabei jedes Wort ganz deutlich aus, während wir gespannt warteten.

Ella hob immer wieder die Schultern, aber schließlich murmelte sie: »Na gut.«

Mrs. Judd nickte Mrs. Ritter zu. »Erzähl es ihr, Sabra.«

»Ben Crook war der gemeinste Mensch, der je gelebt hat. Er war schon gemein auf die Welt gekommen, und keiner wußte das besser als Ella«, fing Mrs. Ritter an.

»Er hat sie geschlagen. Komplett übergeschnappt. Vielleicht hat Ella als Kind auf dem Tisch gesessen. Das ist ein sicheres Zeichen, daß man einen Verrückten heiratet«, ergänzte Nettie. Agnes T. Ritter warf ihr einen vernichtenden Blick zu, und Nettie murmelte: »Na ja, kann doch sein. Weißt du es etwa besser?«

»Ein ganz schlimmer Mann«, sagte Opalina.

»Böse. Ich bin fest überzeugt, er war wahrhaftig böse, auch wenn es mir widerstrebt, das über einen Menschen zu sagen«, fügte Ceres hinzu. »Ich weiß, daß er in der Hölle ist, und darüber bin ich froh.« Ich sah zu Ella hinüber, die mit dem Kopf nickte, es aber nicht merkte, denn sie nickte weiter, als Ceres aufgehört hatte zu sprechen.

»Ich habe gesehen, wie er einmal die Wagentür zugeschlagen hat, und Ellas Hand war dazwischen«, erklärte Forest Ann.

»Mit Absicht. Man kann sehen, daß sie ganz schief ist, weil Ben Doc Sipes nicht erlauben wollte, sie zu verarzten«, sagte Nettie. Ich blickte auf Ellas schiefe, kleine Hand und spürte selbst den Schmerz. »Ben hat sich, nachdem Forest Anns Mann umgekommen war, abends immer bei ihrem Haus herumgetrieben. Sie fürchtete sich vor Ben, deswegen hat sie den Doc gebeten, abends vorbeizuschauen –« Forest Ann schüttelte den Kopf, und Nettie hörte auf zu sprechen.

»Ich habe ihn gesehen, wie –« begann Agnes T. Ritter, aber Mrs. Judd unterbrach sie.

»Er hat Ella nie in Frieden gelassen. Wenn sie nur den Mund aufmachte, war das ein Grund für ihn, sie zu schlagen. Er schlug sie mit der Faust oder dem Schürhaken oder was er sonst zwischen die Finger bekam. Es ist ein Wunder, daß sie das alles überstanden hat und so ein liebes Ding ist. Ich glaube, sie versteckt sich irgendwo in ihrem Kopf, und das hat sie gerettet.«

Ich sah Ella an, die sich auch jetzt dort zu verstecken schien.

»Manchmal ist sie weggelaufen und hat bei uns Schutz gesucht«, fuhr Mrs. Judd fort. »Prosper hat sich Ben in den Weg gestellt, wenn er sie bei uns suchte, und manchmal habe ich gedacht, er bringt Prosper um. Ben war ein kräftiger Mann, und Prosper ist … nicht ganz so kräftig. Aber er ist Manns genug, da gibt es nichts zu deuteln.« Mrs. Judd hielt inne, damit wir alle wußten, wie stolz sie auf ihren Mann war.

»Ben war auch auf andere Weise gemein zu ihr. Er hat ihre Blumen niedergetrampelt, weil sie sie so liebte, oder er hat ihre Schuhe versteckt, damit sie nicht zum Club-Treffen kommen konnte. Einmal, als wir uns bei ihr treffen wollten, hatte sie einen Kuchen gebacken und ihn mit Zuckerguß überzogen, und Ben hat ihn den Schweinen vorgeworfen. An dem Tag ist er auch gestorben, und es tut mir nicht im mindesten leid. Ich glaube, es ist keine hier, der es leid tut.« Während wir alle einvernehmlich nickten, atmete Mrs. Judd tief durch und ließ sich ganz verausgabt in ihren Stuhl zurücksinken.

»Septima wußte das alles, aber wir anderen sahen nur ein bißchen davon. Wir wußten nicht, wie schrecklich Ben sein konnte. Bis zu jenem Tag«, meinte Opalina. Sie lehnte sich vor und legte ihre Hand auf Mrs. Judds.

»Ich weiß noch, als sie geheiratet haben. Ben war in unseren Augen kein besonders guter Fang, aber er sah gut aus, und dann diese Hüften! Die Hüften waren klasse. Und Ella war so glücklich«, erinnerte sich Ceres. »Wer hätte das geahnt?« Ceres sah Opalina und Mrs. Judd an; sie hatten Ella als junges Mädchen gekannt und schüttelten beide den Kopf.

Rita sprach zum ersten Mal, seit ich unser Geheimnis preisgegeben hatte. »Warum hat Ella ihn denn nicht verlassen? Sie hätte doch zum Sheriff gehen können. Vermutlich ist Sheriff Eagles ihr Bruder, oder?« Sie zitterte nicht mehr, aber ihr Gesicht war immer noch blaß.

»Ja, das stimmt. Aber Ella hat sich geschämt und wollte es ihm nicht erzählen –« Mrs. Judd sprach nicht weiter, weil Ella die Hand gehoben hatte. Ich wußte, daß sie uns verstand. »Was ist, mein Herzchen? Möchtest du etwas?« fragte Mrs. Judd sie.

Ella lächelte verschämt und fuhr mit dem Finger einen Kreis des »Dresdener Tellers« nach. »Ich habe Ben geliebt«, sagte sie, ohne aufzusehen. »Er hat immer und immer wieder versprochen, mich nicht mehr zu schlagen.«

»Ha!« rief Mrs. Judd.

»Hat Prosper ihn also umgebracht, weil er gemein zu Ella war?« fragte Rita »Und ihr habt dann gemeinsam die Leiche begraben?«

»Ich habe dir schon gesagt, daß Prosper niemanden umgebracht hat«, schrie Mrs. Judd, als ob die Lautstärke es für Rita leichter verständlich machen würde. Ich warf einen Blick nach draußen. Zum Glück war niemand da, der zugehört hätte. »Prosper wußte nicht einmal, daß Ben tot war, bis Hiawatha ihn ausgegraben hatte.«

»Wer hat ihn dann umgebracht?« fragte Rita.

Die Frage hing in der Luft, während sich erneut Schweigen auf uns senkte. Wir hatten Rita fast alles erzählt, aber nicht den letzten Teil unseres Geheimnisses. Wir sahen uns gegenseitig an, vermieden aber Ritas Blick; dann wandten wir uns alle Mrs. Judd zu, wie immer, wenn eine schwierige Entscheidung getroffen werden mußte.

Mrs. Judd hatte einen Ellbogen aufs Knie und das Kinn in die Handfläche gestützt und wußte, ohne aufzusehen, daß wir darauf warteten, daß sie sprach. Sie stieß den Atem aus, doch bevor sie etwas sagen konnte, öffnete und schloß Ella den Mund wie ein kleiner Vogel und flüsterte dann: »Ich.«

Rita sah die winzige Frau erstaunt an, und wir auch. »Ich war's«, wiederholte Ella und ließ sich dann zurückfallen. Sie wäre vom Stuhl gekippt, wenn Ada June sie nicht gehalten hätte.

»Sie?« fragte Rita. »Wie denn?« Offenbar glaubte sie Ella nicht.

Mrs. Judd schnaubte bei der Vorstellung, daß Ella Ben Crook getötet haben könnte, aber Ella erklärte: »Hab' mich hinter ihn geschlichen und ihn mit der Bratpfanne erschlagen. Ich hab' gesagt: ›Wirf den Kuchen nicht weg.‹ Er hat mir weh getan.« Tränen rannen ihr über die Wangen, und sie rieb sich mit ihren kleinen Fäusten die Augen. Aber sie war es gewohnt, lautlos zu weinen, so daß das einzige Geräusch das Ticken von Ritas Uhr war, und das schien so laut wie unser Wecker.

»Das ist gelogen.«

Ich wußte nicht, wer das gesagt hatte. Mein Blick wanderte von Ada June zu Nettie zu Forest Ann und blieb schließlich überrascht an Agnes T. Ritter hängen, die etwas lauter wiederholte: »Das ist gelogen, Ella, das weißt du genau. Ich habe Ben Crook umgebracht.« Agnes T. Ritter starrte Rita an und hatte ihre Lippen zu einem kleinen dünnen Strich zusammengepreßt.

Dann mußte sie atmen, und ihre Lippen öffneten sich einen Spaltbreit. Agnes T. Ritters Augen leuchteten, fast als würde sie sich amüsieren, denn endlich einmal sagte ihre Mutter nicht, sie solle den Mund halten. »An diesem Nachmittag kam ich als erste zu unserem Treffen an, weil Mutter den Wagen in der Stadt hatte und ich gelaufen war. Es ging schneller, als ich dachte. Ich war also schon früh da und hörte, wie Ben Ella anschrie. Er versetzte ihr einen Faustschlag, und als sie hinfiel, hat er sie getreten. Ich habe es durchs Fenster gesehen, und als ich zur Tür kam, hatte Ben das Fleischermesser in der Hand. Ella lag zu einem Ball zusammengerollt auf dem Boden, und ich wußte, daß er sie, wenn sie nicht schon tot war, im nächsten Moment umbringen würde, es sei denn, ich hinderte ihn daran. Ich nahm also die Pfanne vom Herd neben der Tür und schlug ihm damit auf den Kopf. Ich wollte ihn nicht töten, aber ich bin nicht traurig, daß ich es getan habe.« Mit einem trotzigen Gesichtsausdruck ließ sich Agnes T. Ritter auf ihrem Stuhl zurücksinken.

Mrs. Ritter lehnte sich nach vorn und umarmte Agnes T. Ritter. »Nein, mein Kind, du brauchst mich nicht zu schützen«. Dann wandte sie sich an Rita: »Der Herd steht gar nicht neben der Tür. Das würdest du schnell selbst herausfinden, Rita. Ich kam bei Ella an, bevor Agnes da war, und habe ihn umgebracht. Ich habe auch nicht die Pfanne genommen, sondern die Axt, die Ella vor der Tür zum Holzspalten stehen hat. Selbst ein tollwütiger Hund geht nicht so auf einen Menschen los, wie Ben auf Ella losging. Er war nicht ganz richtig im Kopf. Es blieb mir gar nichts anderes übrig –«

»Du warst es auch nicht, Sabra«, fuhr Nettie dazwischen. »Ich habe es getan.«

»Wir haben es zusammen getan«, korrigierte Forest Ann sie. »Nettie und ich haben ihn kaltgemacht. Nettie hat ihn angeschrien, er soll aufhören, und ich bin hinter ihn gerannt und habe ihm das Plätteisen auf die Birne gedonnert. Es tut mir kein bißchen leid. Ich kann nachts gut schlafen, weil ich weiß, keiner muß sich je wieder vor Ben Crook ängstigen.«

»Ich bin eine alte Frau und bereit, meine Strafe auf mich zu nehmen«, sagte Ceres zu Rita.

Ada June schüttelte den Kopf. »Ich weiß ja, daß ihr mich schützen wollt, wegen der Kinder und so, aber ich leugne nichts. Der Herr weiß, Ben hat es verdient.« Sie sah Rita in die Augen. »Ich habe ihn mit einem Stück Feuerholz niedergestreckt. Ich habe zwei-, dreimal zugeschlagen, bis er sich nicht mehr bewegte.«

»Die Wahrheit«, stellte Mrs. Judd fest, und alle sahen zu ihr hin, »die Wahrheit ist, daß ich die einzige bin, die stark genug ist, Ben Crooks Schädel einzuschlagen. Und ich bin die einzige, die gemein genug ist, es zu tun.«

»Aber nein, meine Liebe. Ich habe mich auf einen Stuhl

gestellt, damit ich besser drankam«, widersprach Opalina, und Mrs. Judd sah Opalina dermaßen überrascht an, daß ich fast angefangen hätte zu lachen.

»Wir haben ihn alle in Mrs. Judds Packard verstaut und ihn zu dem Feld gefahren, wo wir ihn vergraben haben. Dann haben wir uns geschworen, daß wir jedesmal, wenn Ben erwähnt würde, sagen würden, er hätte Ella geliebt und sie sei sein ein und alles gewesen«, erklärte ich. »Wahrscheinlich haben wir das ein bißchen übertrieben.«

»Wo doch heutzutage so viele Männer ihre Familien verlassen, haben die Leute natürlich gedacht, das hätte Ben auch getan«, ergänzte Ceres.

»Ben hatte keine Familie, und Ella war die einzige, die ihn geliebt hat. Alle anderen in Harveyville waren froh, als er weg war. Wer würde sich da schon die Mühe machen und ihn suchen?« sagte ich, und die anderen nickten.

»Aber es war Mord«, sagte Rita. Sie zog das Wort in die Länge und erschauderte.

»Mord? Du glaubst, einen Verrückten umzubringen, der dabei ist, seine eigene Frau zu Tode zu prügeln, ist Mord?« fragte Agnes T. Ritter.

Rita erwiderte nichts. Auch alle anderen schwiegen. Wir waren froh, daß draußen ein Auto vorbeifuhr und wir etwas anderes hörten als unsere eigenen Stimmen. Ich war erschöpfter als je zuvor in meinem Leben. Ich hätte auf der Stelle meinen Kopf auf den Quilt legen und einschlafen können. Auch die anderen waren müde, besonders Mrs. Judd, die jetzt dunkle Ringe unter den Augen hatte. Das Feuer in ihr war erloschen.

Aber sie wußte, daß wir noch nicht durch waren, und als das Geräusch der Reifen auf der unbefestigten Straße verklungen war, fragte sie: »Was hast du jetzt vor, Rita, da du die ganze Wahrheit weißt?«

Wir alle waren gespannt auf die Antwort zu Mrs. Judds Frage, obwohl sich keine von uns getraut hatte, sie zu stellen. Rita runzelte die Stirn, während sie darüber nachdachte, und wich unseren Blicken aus. Ich fragte mich, ob die anderen meinen rasenden Herzschlag hören konnten.

»Du schreibst es doch nicht in der Zeitung, oder? Anson würde seine Stelle verlieren, und uns würden sie wie Hühnern die Köpfe abhauen«, sagte Opalina und fing an zu weinen.

Ceres ergriff Opalinas Hand, und Mrs. Judd beruhigte sie: »Schon gut. Im Staate Kansas wird keiner geköpft.«

»Wir haben dir das nicht erzählt, damit du es in der Zeitung schreibst«, erklärte Agnes T. Ritter bedächtig. »Wir haben es dir erzählt, weil du zu unserem Club gehörst und eine von uns bist. Wir haben dir unsere Freundschaft angeboten. Es gibt nichts Stärkeres in dieser Welt als Freundschaft. Du hattest ein Recht, unser Geheimnis zu erfahren, weil wir dir vertrauen.« Noch nie hatte ich Agnes T. Ritter einen so edlen Gedanken äußern hören, und ich wollte sie spontan umarmen. Bei dem Gedanken hätte ich beinahe laut gekichert.

Rita dachte angestrengt nach und biß sich dabei auf die Unterlippe. Sie hatte den Lippenstift weggelutscht und sich die Lippe wundgebissen. Ich erinnerte mich an den Abend in der Küche bei den Ritters, als Rita geschworen hatte, ihre Seele zu verkaufen, um aus Harveyville wegzukommen. Jetzt würde sie nicht ihre Seele verkaufen müssen, es reichte, wenn sie unsere Geschichte an die Zeitung verkaufte.

Als ich Rita dabei beobachtete, wie sie ihren Ehering am Finger herumdrehte, bemerkte ich, wie rauh und rissig ihre Hände waren, nicht hübsch und glatt wie beim ersten Mal, als ich sie gesehen hatte. Vom Daumen, wo sie sich die

Nagelhaut eingerissen hatte, tropfte Blut auf den Rand der Patchwork-Decke.

»Ich habe versprochen, noch einen Artikel für die *Topeka Enterprise* zu schreiben, und dem Herausgeber habe ich gesagt, ich wüßte so gut wie sicher, wer Ben Crook umgebracht hat. Wenn ich ihm jetzt nichts vorlegen kann, denkt er, ich bin dumm«, sagte Rita und wählte ihre Worte mit Bedacht. Sie legte die Hände in den Schoß und sah mir direkt in die Augen. Ich wollte meinen Blick abwenden, wußte aber, daß ich ihr standhalten mußte. Ceres legte mir den Arm um die Schultern.

»Erst heute hat mir Queenie eine Geschichte erzählt, die sich zugetragen hat, bevor die Leiche von Mr. Crook gefunden wurde. Ein Mann an einem Lagerfeuer hatte erzählt, er wüßte, daß jemand in Ellas Feld vergraben war.« Rita machte eine kleine Pause und lachte dann auf. »Na ja, man müßte ja schon ein so großer Dummkopf wie Charlie McCarthy sein, wenn man nicht darauf käme, daß es dieser Zinke war. Es ist also meine Pflicht, einen Artikel über Zinke zu schreiben – und die Leute vor Herumtreibern zu warnen.«

Rita sah recht zufrieden mit sich aus, als sie zu Ende gesprochen hatte, und zwinkerte mir zu. Als wir begriffen, was Rita da gesagt hatte, seufzten wir vor Erleichterung und lächelten sie an. Ich lockerte meine zu Fäusten geballten Hände und sah, daß meine Fingernägel sich so tief in die Handflächen eingebohrt hatten, daß sie bluteten. Die Tropfen waren auf die Patchwork-Decke vor mir gefallen. An diesem Nachmittag hatten wir mehr Blut über Mrs. Judds »Dresdener Teller« vergossen, als die Whigs im ganzen Bürgerkrieg gelassen hatten.

»Das ist eine gute Idee. Fordere du die Leute auf, nachts ihre Türen zu verriegeln«, sagte Nettie.

»Damit würdest du den Menschen gewissermaßen einen Dienst erweisen«, fügte Forest Ann hinzu.

»Den Frauen besonders«, ergänzte Opalina.

Wir anderen griffen das Thema auf und malten uns aus, was für eine Hilfe ein solcher Artikel sein würde, besonders für Menschen, die auf dem Lande lebten. Ceres sagte, sie sei sicher, Rita würde einen bombigen Artikel darüber schreiben.

»Vielleicht könntest du ein Bild von ihm drucken lassen«, schlug Opalina vor.

»Aber wer macht schon ein Photo von einem Tagelöhner?« fragte Mrs. Judd, und wir lachten alle.

Ella lachte jedoch nicht. Sie sagte auch nichts, worauf wir alle wieder still wurden. Ich fragte mich, ob Ella etwas gegen Ritas Artikel einzuwenden hatte, aber das war es nicht. Sie hörte einfach nicht mehr zu, sondern lächelte vor sich hin, nahm wieder ihre Nadel zur Hand, die auf der Decke lag, und machte ein paar Stiche, während sie eine kleine Melodie vor sich hinsummte.

»Also, eine Schande ist das. Wir sind kaum weitergekommen mit unserem Patchwork«, tadelte uns Mrs. Ritter. Also nahm eine nach der anderen, auch Rita, ihre Nadel wieder in die Hand und nähte die Stoffteile für den »Dresdener Teller« ein.

Eine ganze Weile nähten wir still, denn keine hatte mehr das Bedürfnis zu reden, bis schließlich Mrs. Judd ihre Nadel in den Stoff steckte und den Fingerhut abzog. »Wo ist die Zeit nur geblieben! Ich habe die Erfrischungen ganz vergessen.« Sie stützte sich mit den Händen auf die Armlehnen ihres Stuhles und stemmte sich hoch. »Ich setze den Kessel auf. Eine heiße Tasse Tee ist immer genau das Richtige, wenn man den Nachmittag genäht hat. Habe ich schon erzählt, daß ich frische Zitronen habe?«

Mrs. Judd machte ein paar schwerfällige Schritte in Richtung Küche, blieb dann hinter Ritas Stuhl stehen und lehnte sich vor, um die Decke zu begutachten. »Das sind aber richtig gute Stiche, Herzchen. Aus dir wird noch was.« Dann richtete sie sich auf und fügte hinzu: »Das war ein wunderbarer Patchwork-Nachmittag, nicht wahr, Ladys? Man könnte sogar sagen, so gut wie heute war es noch nie.«

Kapitel 12

Ich war an der Reihe, das Club-Treffen auszurichten, und konnte es kaum erwarten. Zwei Tage lang, seit ich das Päckchen und die Postkarte, beide am selben Tag, im Briefkasten gefunden hatte, mußte ich jetzt schon warten. Die anderen Patchwork-Frauen würden sich genauso darüber freuen wie ich!

Ich sah nach der Zitronencreme im Kühlschrank und versicherte mich, daß sich in den letzten fünf Minuten kein Staub auf dem Eßzimmertisch angesammelt hatte. Dann beugte ich mich über die Wiege und küßte Grover Junior, der unter der Decke mit den Motiven von Strohhut-Sue und Latzhosen-Bill schlief, die Nettie und Forest Ann für ihn gefertigt hatten.

Er war das liebste Baby auf der Welt, und niedlich dazu. Er ähnelte Tyrone Burgett nicht im entferntesten, obwohl Grover meinte, wir würden eine Weile warten müssen, um zu sehen, ob er Tyrones Bierbauch bekam. Das war das einzige Mal, daß Grover von unserem Kind als Tyrones Enkel sprach. Danach vergaß Grover es, und ich auch. Die Patchwork-Frauen erwähnten die Eltern von Grover junior nie. Er war unser Kind.

Alles war nach Plan verlaufen. Velma überließ uns ihr Baby zwei Wochen nach seiner Geburt. Dann ging sie nach

Moline, wo sie eine Stelle als Verkäuferin in der Haushaltswarenabteilung von einem Kresge-Billigkaufhaus fand. Bisher hat sie nicht einmal geschrieben und sich nach ihm erkundigt. Die Leute in Harveyville wußten natürlich, daß wir ein Kind adoptiert hatten, aber keiner außer den Patchwork-Frauen ahnte auch nur, daß sie die Mutter des Kindes kannten.

Ich hätte natürlich die Farm beliehen, um genug Geld für Grover junior zu haben, aber Velmas Aufenthalt in dem Heim für ledige Mütter kam uns nicht sehr teuer zu stehen. Das lag daran, daß die Heimleitung einen Teil mit den 124 Dollar verrechnete, die wir durch den Verkauf der Lose für die Berühmtheiten-Decke erzielt hatten.

Ein alter Junggeselle nördlich von Paxico hatte sie gewonnen. Er war bei der Ziehung nicht dabei, deswegen schlug ich vor, ihm die Decke zu schicken, aber Opalina meinte, wir könnten der staatlichen Post der United States nicht trauen. Einer der Postbeamten würde den Karton erkennen und die Berühmtheiten-Decke herausnehmen, fürchtete sie, und wie würden wir das Präsident Roosevelt erklären? Wahrscheinlich hatte sie recht, also fuhr ich den ganzen Weg nach Paxico und überreichte den Quilt persönlich, was dem alten Mann gut gefiel. Ada June, die mitgekommen war, meinte, wie schade es sei, daß er nicht lesen könne, denn so wisse er nicht, unter welchen Namen er sich zur Ruhe legte.

Endlich hörte ich den ersten Wagen in unseren Hof einfahren, und als ich aus dem Fenster blickte, sah ich Nettie und Forest Ann, die neben der Zitronenmelisse parkten, auf der noch die Wassertropfen glitzerten. Es war kein ausgiebiger Regen gewesen, aber wir waren nicht anspruchsvoll und freuten uns über jeden Tropfen. Ich beobachtete die beiden, wie sie Arm in Arm aufs Haus zukamen, die Nähkörbe in der Hand. Sie kamen in die Küche und brachten den Geruch von Erde aus dem Küchengarten, den Grover soeben umgegraben hatte, ins Haus. Sie gingen sofort zur Wiege und schauten nach dem Baby.

»Er wird immer größer. Wenn du nicht aufpaßt, ist er bald so groß wie Grover«, sagte Nettie. Sie zupfte sich das Tuch um den Hals zurecht, aber das war nur noch eine alte Angewohnheit. Dr. Sipes hatte den Kropf entfernt, wahrscheinlich umsonst, um Forest Ann einen Gefallen zu tun. Außerdem hatte Nettie sich eine Dauerwelle machen lassen, aber dafür mußte sie wohl bezahlen. Vermutlich lief Tyrones Spielsalon etwas besser.

»So ein liebes Kind. Ganz wie Grover«, sagte Forest Ann und strich Grover junior übers Haar.

Die anderen Patchwork-Frauen trafen ein paar Minuten später ein und sprachen mit gedämpften Stimmen, weil sie das Baby nicht aufwecken wollten. Aber ich sagte, sie könnten ruhig normal sprechen. »Grover junior würde auch bei einem Gewitter nicht aufwachen.«

»Wie willst du das wissen? Seit er auf der Welt ist, hat es kein Gewitter gegeben. Wahrscheinlich nicht, seit du auf der Welt bist«, widersprach Agnes T. Ritter. Sie und ich verstanden uns jetzt viel besser. Wir waren nicht gerade beste Freundinnen, aber doch gut befreundet.

Kurz nach dem Patchwork-Nachmittag bei Mrs. Judd im Herbst hatte Agnes T. Ritter mich besucht und gesagt, wir sollten es Rita nicht übelnehmen, daß sie unbedingt von Harveyville weg wollte. Sie gab zu, daß sie denselben Wunsch hatte. Sie hatte gehofft, den Absprung nach der High-School zu schaffen, aber es mußte jemand auf der Farm bleiben und für Howard und Sabra Ritter sorgen. Also war sie nach dem College-Abschluß wieder nach

Hause gekommen, statt sich in Lawrence oder Topeka eine Stelle zu suchen. Ihre Familie hatte gehofft, Tom würde bleiben. Sie brauchten einen Mann, der bei der Farmarbeit half, und sie fanden, daß Tom – schnaubte Agnes T. Ritter beleidigt – klüger war und besser aussah als sie und es vergnüglicher war, ihn um sich zu haben als sie. Wer würde also nicht Tom den Vorzug geben? Selbst in ihrer eigenen Familie stand Agnes T. Ritter nicht an erster Stelle. Doch sie wußte, daß Tom nicht zurückkommen würde, also mußte sie die Verantwortung für ihre Familie übernehmen. Nach diesem Gespräch verstand ich Agnes T. Ritter besser und bewunderte sie für ihr Opfer.

Rita hatte genau das getan, was sie bei Mrs. Judd versprochen hatte. Sie hatte einen letzten Artikel über den Mord für die *Topeka Enterprise* geschrieben und die Leute vor Herumtreibern gewarnt, besonders vor einem, der »Harke« genannt wurde.

Rita berichtete, daß die Freimaurer von Harveyville eine Belohnung von zehn Dollar für die Ergreifung und Verurteilung von Ben Crooks Mörder ausgesetzt hätten. Als ich das las, fragte ich, ob Ben Crook ein angesehener Freimaurer gewesen sei. Grover meinte, nein, da Ben nie seine Beiträge gezahlt hätte. Das sei ein weiterer Grund, warum die Belohnung nur zehn Dollar betrage. Der erste sei der, daß keiner Ben besonders gemocht hatte und bereit sei, mehr als diesen Betrag bereitzustellen. Einige hätten die Ansicht geäußert, man solle demjenigen, der Ben umgebracht hatte, fünfundzwanzig Dollar zahlen. Die Belohnung wurde ohnehin nie gezahlt, da Zinke nicht geschnappt wurde.

Rita wurde zwar nicht bei der *Topeka Enterprise* eingestellt, aber sie und Tom zogen trotzdem fort. Kaum mehr als zwei Wochen nach dem Patchwork-Nachmittag bei Mrs.

Judd bekam Tom auf seine Bewerbung hin eine Stelle als Ingenieur bei der Mountain Con Kupfermine in Butte, Montana, angeboten. Einen Tag später hatten sie gepackt und fuhren ab. Ich glaube, Tom hatte es noch eiliger wegzukommen als Rita. Ein paar Wochen später schrieb Rita, daß sie zwar bei den Zeitungen in Butte kein Glück gehabt habe, daß sie aber das Nächstbeste, nämlich eine Stelle als Schreibkraft bei der Anaconda Copper Company, gefunden habe. Sie bilde sich weiter, mache einen Stenographiekurs und würde eines Tages vielleicht als Sekretärin arbeiten können. »Das ist eine fabelhafte Chance und tausendmal besser als Hühner füttern«, schrieb sie.

Nachdem Rita weggegangen war, machten wir ihr eine altmodische Erinnerungsdecke. Wir bestickten rautenförmige Stoffstücke mit unseren Namen und guten Wünschen, dann formte ich aus den Rauten einen Stern und gab dem ganzen einen hübschen Hintergrund. Wir Patchwork-Frauen nähten die Decke an einem Nachmittag bei Nettie zusammen und schickten sie Rita.

Rita schrieb uns umgehend, daß dies der schönste Quilt sei, den sie je gesehen habe, und sie habe ihn sofort aufs Bett gelegt, um Tom damit zu überraschen. Rita wurde eine noch bessere Freundin, nachdem sie weggezogen war. Sie war meine beste Brieffreundin und schrieb mir alle zwei Wochen einen Brief, in dem sie mir von den komischen Leuten erzählte, die sie dort kennenlernte, und von den schicken Restaurants, in die sie und Tom zum Essen gingen.

Als ich Rita schrieb, daß das Baby da sei, schickten Tom und sie ein Telegramm, in dem sie Grover junior dazu gratulierten, daß er uns als Eltern gewählt hatte. Ich rahmte es und hängte es an die Wand.

Nachdem die Patchwork-Frauen genug mit dem Baby

geschäkert hatten, setzten sie sich um den Rahmen und bewunderten mein »Kreuz der Christenheit«, das ausschließlich aus gepunkteten und karierten Stoffen zusammengesetzt war, wobei kein Viereck aus demselben Stoff war. Ich hatte alle Patchwork-Frauen gebeten, in ihren Nähkörben nach Resten für mich zu suchen. Für mich war es der schönste Quilt, den ich je gemacht hatte, und sie stimmten mir zu.

Ich wies jeder einen Stuhl zu und wartete, bis alle angefangen hatten zu nähen, bevor ich verkündete: »Ich habe eine Überraschung für euch.« Ich versuchte, wichtig zu klingen.

»Du hast wohl wieder eine Regenwolke gesehen, wie?« fragte Mrs. Judd und sah von ihren Stichen um das blaugelb karierte Viereck auf.

»Es ist genauso gut und vielleicht noch besser. Seht her!«

Ich nahm eine Postkarte aus meiner Rocktasche und hielt sie hoch. »Von Ruby!«

»Oh, Ruby. Schön!« rief Ella. Nachdem die Judds dafür gesorgt hatten, daß auf Ellas Farm Strom und ein Telefon installiert wurde, war Ella wieder nach Hause gezogen. Duty und Hiawatha paßten auf sie auf, und Prosper holte sie jeden Mittag zum Essen bei den Judds ab. Ich hatte sie nie so glücklich gesehen.

»Reichst du sie mal rum, oder willst du damit nur in der Luft herumwedeln?« fragte Mrs. Judd.

»Lies doch vor«, drängte mich Ada June.

Ich räusperte mich. »Sie ist aus Bakersfield, Kalifornien, und falls ihr es nicht von dort drüben erkennen könnt, auf dem Bild sind zwei kleine Jungen, die auf einem riesigen Pfirsich sitzen.«

»Sie zerdrücken ihn doch«, sagte Opalina.

Mrs. Judd warf ihr einen tadelnden Blick zu. »Lies die Karte vor«, befahl sie.

»Sie schreibt: ›Sicherlich habt Ihr gedacht, Ihr würdet nie wieder von mir hören. Ich hoffe, Ihr habt Eure alte Freundin Ruby nicht vergessen. Floyd arbeitet für einen Farmer hier, und wir wohnen in einem kleinen Ferienhaus.‹ Als Unterschrift steht hier: ›Liebe Grüße an die Patchwork-Frauen. Ruby Miller.‹«

»Na, das ist doch schön«, erklärte Forest Ann, und alle nickten zustimmend.

Ich gab Ada June die Karte, damit sie sie herumreiche. Sie betrachtete das Bild, während die anderen mit ihrer Arbeit fortfuhren. Ich allerdings nähte nicht weiter, sondern räusperte mich, und sie sahen auf.

»Was gibt's noch?« fragte Mrs. Ritter.

»Das ist nicht das einzige, was mit der Post kam. Ich habe auch Post von Rita.« Ich ging ins Wohnzimmer und kam mit dem Karton zurück, den ich auf dem Rahmen abstellte. Ich schlug das Seidenpapier zurück und hob die Babydecke heraus. »Sie ist von Rita. Sie hat sie aus den Resten gemacht, die wir ihr gegeben haben. Sie hatte sie mitgenommen.«

»Also haben wir ihr doch beigebracht, wie man Patchwork-Decken macht«, stellte Mrs. Judd fest, nahm die Decke und hielt sie nah an ihre Brille. Dann reichte sie sie weiter.

»Habt ihr je so etwas Geschicktes gesehen?« fragte Ceres, als der Quilt bei ihr ankam. »Alle unsere Leben laufen darin zusammen, Ritas und unsere, in diesen Stücken.« Ceres gab Mrs. Ritter die Decke.

»Sieh an! Sie hat die kleinen Seepferde in ›diesem speziellen Grün‹ benutzt«, sagte Mrs. Ritter zu Forest Ann. »Und hier ist ein kleines Stück von deinem Paisley-Stoff, Ceres. Ich dachte, davon war nichts mehr übrig.«

»Ihre Stiche werden besser«, sagte Ada June, aber das

stimmte nicht. Ritas Stiche waren so groß und unregelmäßig wie eh und je. »Wahrscheinlich hat sie in Montana geübt.«

Nettie fuhr mit dem Finger um eines der Vierecke. »Die Decke ist schön. Wie heißt denn das Muster?«

»Das ist ein Doppelaxt-Muster«, erläuterte Forest Ann, als die Decke bei ihr ankam.

Forest Ann reichte die Decke an Agnes T. Ritter weiter, die sie genau betrachtete. »Nein, das stimmt nicht. Es ist kein Doppelaxt-Muster. Also, ich meine, manche nennen es vielleicht so, aber so heißt es nicht wirklich, zumindest nicht auf meinen Schablonen.«

Ich hatte mich gesetzt und angefangen, ein dunkelblaues Stück mit orangefarbenen Tupfern einzunähen, doch etwas in Agnes T. Ritters Stimme ließ mich aufblicken.

Sie hielt die Decke in der Hand und wartete darauf, daß ich zu ihr hinsah, bevor sie weitersprach. »Als Rita mir schrieb und mich um ein Muster für eine Decke für Queenies Baby bat, habe ich meine Schablonen durchgesehen und die mit dem besten Namen ausgesucht. Natürlich habe ich ein leichtes Muster ausgewählt, da Rita ja nicht so gut ist und so. Aber dann habe ich mich wegen des Namens entschieden. Diese Decke heißt ›Ewige Freundschaft‹.«

»O Agnes … Agnes«, rief ich. Sie wurde rot, was ich bei ihr noch nie gesehen hatte. Es stand ihr auch nicht besonders gut, aber das war egal, denn ich betrachtete sie nicht mehr so kritisch wie früher.

»Sieh mal einer an! Natürlich heißt sie so. Könnte man sich einen besseren Namen ausdenken?« sagte Ceres.

»War eine Karte dabei?« fragte Mrs. Judd. Ich sagte ja, und nahm sie aus dem Karton. Mrs. Judd las: »›Wenn du wissen willst, wer es war: Ich war's‹, steht hier.« Mrs. Judd runzelte die Stirn. »Glaubt Rita etwa, du würdest nicht merken, daß sie die Decke selbst gemacht hat?« Genau das hatte mich Grover auch gefragt.

Der Satz war eine Art Witz zwischen Rita und mir, den ich den anderen Patchwork-Frauen nicht erklären konnte, obwohl es mit unserem letzten gemeinsamen Nachmittag bei Mrs. Judd zu tun hatte.

Als es damals an der Zeit war, nach Hause zu gehen, hatte Rita mit mir das Haus verlassen und mich zum Wagen begleitet, wo uns die anderen Frauen nicht hören konnten.

»Queenie, da sind noch zwei Sachen, die ich geklärt haben möchte, nur für mich. Ich verspreche, daß ich sie nicht in meinem Artikel erwähnen werde.«

»Also –«

Rita unterbrach mich, bevor ich Einwände erheben konnte. »Wie wußte Zinke, daß Ben Crook in dem Feld vergraben war? Das ist nämlich sehr mysteriös, es sei denn, er hat euch dabei geholfen.«

Das hatte ich mich selbst auch schon gefragt. »Nein, Zinke hat uns nicht geholfen. Ich bin mir nicht sicher, wie er es herausgefunden hat, aber ich vermute, daß er danach an dem Feld vorbeigekommen ist und sich gewundert hat, weil die Erde frisch umgegraben war. Vielleicht hat er ein wenig gebuddelt, um nachzusehen. Er hätte keinem von der Leiche erzählt, denn da es zwischen den beiden böses Blut gegeben hatte, hätte man ihn wahrscheinlich verhaftet. Und vielleicht glaubte er, als er die Massies kennenlernte, daß Ben schon gefunden worden war.«

Rita dachte darüber nach und meinte, das ergäbe einen Sinn.

Ich wollte gehen, aber Rita hielt mich fest. »Ich habe aber noch eine Frage.«

Das hatte ich befürchtet.

Rita senkte die Stimme. »War es Mrs. Judd? Hat sie Ben Crook umgebracht?«

Ich ließ mir die Frage eine Weile durch den Kopf gehen. Die Patchwork-Frauen sprachen nie darüber, wer von uns den Mord tatsächlich begangen hatte, weil es uns egal war. Wer auch immer an jenem Tag zuerst bei den Crooks angekommen wäre, hätte sich die Axt mit dem Eichengriff, die draußen auf dem Holzstoß lag, geschnappt und Bens Schädel zertrümmert, um zu verhindern, daß er weiter auf Ella eindreschen konnte. Wir waren der Ansicht, daß wir alle gleichermaßen schuldig waren – und gemeinsam Ella das Leben gerettet hatten. Wichtig war, daß ein guter Mensch noch am Leben war, nicht, daß ein schlechter Mensch tot war. Es würde mich nicht überraschen, wenn einige der Frauen sich nicht mehr erinnern könnten, wer die Axt geschwungen hatte, und diejenigen, die es noch wußten, hätten es niemals erzählt, selbst vor Gericht nicht. Wir hatten die Tat gemeinsam begangen. Diejenige, die den Schlag ausgeführt hatte, wußte das und mußte sich nicht mit dem Gedanken quälen, daß ein Mensch durch ihr Handeln zu Tode gekommen war.

Bei dem Gedanken an diese Art von Zusammenhalt spürte ich einen Kloß im Hals, und ich sah über die rostige, alte Dampf-Dreschmaschine der Judds hinüber zu dem Feld, auf dem Prosper Winterweizen gesät hatte. Ich wollte Rita fragen, ob es ihrer Ansicht nach ausreichend Niederschlag geben würde, aber wie sollte sie das wissen? Sie war ja nicht an Farmarbeit interessiert. Außerdem würde Rita mich nicht das Thema wechseln lassen, das war mir klar.

»Wir haben ausgemacht, nicht darüber zu sprechen, selbst untereinander nicht«, erklärte ich und wich ihrem Blick aus. Ich drehte mich ein wenig um und schaute zu dem Sägebock hinüber, wo Mrs. Judd ihre Hühner schlachtete. Das Holz war blutgetränkt, und in den Kerben, die die Axt hinterlassen hatte, klebten Federn. Ein Windstoß ließ eine in die Luft flattern, wo sie eine Sekunde schwebte und dann zu Boden fiel. Ein kleiner gelber Kopf lag auf dem Boden. Mrs. Judd mußte am Morgen ein Huhn geschlachtet haben, und die Hunde waren noch nicht dagewesen. »Ich denke, man muß sagen, daß wir alle verantwortlich sind.«

»Das weiß ich, Queenie, aber ich würde es keinem erzählen, nicht einmal Tom«, beharrte Rita. »Ich kann auch ein Geheimnis bewahren. Du bist die einzige, die ich fragen kann. Ich könnte das, was mir die anderen sagen, sowieso nicht glauben.«

Das lag klar auf der Hand. Trotzdem schüttelte ich den Kopf. »Ich will es nicht sagen.«

»Bitte, Queenie. Ich verspreche, ich werde es nie wieder erwähnen. Nie. Auch nicht dir gegenüber. Schließlich gehöre ich jetzt auch richtig zum Patchwork-Club. Ich trage genau wie die anderen die Verantwortung für das Geheimnis, und da denke ich, habe ich ein Recht, es zu wissen.«

Rita legte mir die Hand auf den Arm, damit ich nicht in den Wagen einsteigen konnte, aber ich öffnete die Tür und stellte einen Fuß auf das Trittbrett. Wir hatten uns beim Nähen verspätet, und Grover wartete bestimmt schon auf sein Abendessen.

Dennoch stieg ich nicht ein, weil Ritas Frage zwischen uns in der Luft hing wie diese Hühnerfeder, und ich mußte zugeben, daß sie recht hatte. Sie gehörte zu uns und teilte nicht nur das Geheimnis um den Mord an Ben Crook mit uns, sondern auch die Schuld. Sie hatte ein Recht auf eine Antwort. Ich stellte den Fuß wieder auf das Trittbrett und ließ meinen Blick über die anderen Patchwork-Frauen gleiten, die in ihre Autos stiegen. Agnes T. Ritter winkte mir zu, und ich winkte zurück.

»Queenie?« fragte Rita, und ich sah sie wieder an. »Wer war es?«

Mrs. Judds Tür mit dem Fliegengitter schlug zu, und jemand rief meinen Namen, aber ich sah nicht auf. Statt dessen atmete ich tief ein und sah Rita direkt in die Augen. Dann lehnte ich mich über die Wagentür und sagte mit fester Stimme: »Ich war's.«